Forbidden Stepbrother

Du même auteur dans la collection

addictives

Infiltrée. Sex, Drugs & Danger

Love Scandal

LISE ROBIN

Forbidden Stepbrother

addictives
POCHE

« Un fil rouge invisible relie ceux
qui sont destinés à se rencontrer
et ce, indépendamment du temps,
de l'endroit ou des circonstances.
Le fil peut s'étirer ou s'emmêler,
mais il ne cassera jamais... »

Légende chinoise tirée du recueil
Xu You Guailu de Li Fuyan (IXe siècle)

1

Retrouvailles

Nell

À moins d'une heure de mon départ, j'ai ressenti le besoin de venir ici une dernière fois. Je me suis laissé guider par mes pas jusqu'à arriver au bord de la terrasse. Le bout de mes petites baskets noires flirte avec les brins d'herbe de la pelouse.

Après la parfaite étendue verte, la nature reprend ses droits. Une gigantesque forêt se dessine à perte de vue. Je n'ose imaginer jusqu'où vont ces milliers d'arbres. Au-delà des montages, certainement. À mon arrivée ici, un patient septuagénaire m'a fait une longue tirade sur cette forêt. Tout ce que j'en ai retenu, c'est qu'elle représente les trois quarts de l'État. Je n'avais pas les idées claires à cette époque.

Je me retourne pour m'asseoir dans l'un des fauteuils en bois, celui de droite, mon favori. Mon regard se pose sur un petit arc-en-ciel qui essaie désespérément de se dissimuler derrière les grands érables de la forêt. C'est un spectacle magnifique que je décide d'imprimer dans mes souvenirs. À jamais.

– Tu fais tes adieux au Vermont ?

La voix ne me surprend pas. Du moins, plus maintenant. Parce que Donna n'a jamais été bien loin ces derniers temps. C'est l'infirmière qui s'est occupée de moi chaque jour ou presque. Elle a été ma famille, mon amie, ma pire ennemie aussi. Tout ça à la fois. Comme un ange gardien.

– Le ciel est triste de me voir partir, on dirait, plaisanté-je.

– Évidemment, mais il te souhaite bonne chance, regarde ! rétorque-t-elle, pleine d'optimisme, en m'indiquant du doigt le petit arc-en-ciel.

– Tu as raison. J'espère juste ne jamais oublier cet endroit, ce paysage, ces gens.

L'émotion me prend à la gorge. Je déglutis avec difficulté, luttant contre cette boule qui m'oppresse la poitrine. Donna pose sa main réconfortante sur la mienne en prenant place dans le fauteuil voisin.

– Après neuf mois passés ici, tu n'es pas près d'oublier quoi que ce soit, tu sais, m'assure-t-elle avec un sourire.

– Les adieux ne sont jamais faciles, même lorsque l'on est heureux de partir, esquivé-je rapidement.

C'est vrai, je le sais. Il n'y a absolument aucune raison pour que j'oublie tout ce que j'ai vécu ici, mais je ne peux pas m'empêcher d'avoir peur. Il n'y avait aucune raison pour qu'un jour j'oublie deux années de ma vie. Et pourtant, c'est arrivé. Rien n'est impossible. Voilà ce que j'ai appris de tout ça. Tout peut arriver !

– Tu as peur ? tente Donna.

– Un peu, confié-je en me levant. Rencontrer de nouvelles personnes, découvrir de nouveaux lieux... Tout recommencer... Mais c'est toujours mieux que de retourner à ma vie d'avant, dont je n'ai pas le moindre souvenir. Ça serait trop bizarre d'être au milieu de toutes ces choses censées m'être familières...

Mon infirmière préférée se redresse à son tour pour se poster face à moi.

– Le cerveau fonctionne d'une façon que l'on n'explique pas toujours. Même les plus grands médecins n'ont pas toutes les réponses. Mais n'oublie jamais qu'il y a une raison à tout, même si cela nous dépasse.

– Ne t'inquiète pas pour moi, Donna. J'ai une chance inouïe d'être en vie, alors je compte bien en profiter. Je n'ai pas fait le deuil de ma perte de mémoire, mais j'ai appris à vivre avec. Je dois avancer. Dès demain, maman et moi reprenons tout à zéro. J'ai conscience de cette seconde chance. Je suis confiante en l'avenir. Et puis, grâce à vous tous, je suis comme neuve, lui certifié-je.

Pour appuyer mes propos, je me lance dans un moonwalk complètement loupé. Au souvenir de mes nombreuses tentatives infructueuses pour assimiler la technique au cours des derniers mois, Donna éclate de rire.

– N'en fais pas trop, d'accord ? s'esclaffe-t-elle.

– Je serai prudente. Et même si je suis anxieuse, je suis tellement excitée par tout ça, ajouté-je sans cacher mon enthousiasme. Ma mère a l'air si heureuse. On va enfin avoir la famille dont on rêvait. Elle l'a vraiment mérité ! J'ai hâte de rencontrer Donovan. Je me demande s'il est aussi adorable que maman le dit.

– Je n'en doute pas. S'il est aussi sympathique et gentil que ta mère, ça devrait aller, affirme Donna.

– J'espère juste qu'il n'est pas du type papa poule surprotecteur comme ma mère, m'amusé-je.

Nous nous sourions une dernière fois et échangeons un regard rempli d'amitié, de reconnaissance et de bienveillance. Nous savons que nous ne nous reverrons jamais. Donna ne m'oubliera pas, je serai l'un des nombreux patients du centre de rééducation Saint-Antoine qu'elle a aidés. De mon côté, elle sera la personne qui a accompagné la période la plus difficile de ma vie, autant moralement que physiquement.

– Allez, viens par là ! m'ordonne Donna en me tendant les bras.

Je m'avance jusqu'à elle, et le réconfort familier de ses bras qui m'accueillent efface toute la nostalgie que je ressens à quelques minutes du départ.

– Merci pour tout, murmuré-je au creux de son oreille en la serrant un peu plus fort.

C'est comme un secret, une dernière confidence.

Lorsque nous desserrons notre étreinte, Donna s'excuse de devoir me quitter : il est l'heure pour elle de prendre son service. Je la laisse s'échapper, même si je sais qu'elle ne reprend réellement que dans quinze bonnes minutes. Mais ses yeux brillants me font comprendre qu'elle a besoin de se remettre de ses émotions avant de commencer son travail. Le personnel soignant est là pour s'occuper des patients, mais ces gens n'en demeurent pas moins des êtres humains qui s'attachent aussi à nous.

Une fois seule, je regagne rapidement ma chambre. Ma valise est bouclée depuis l'heure du déjeuner, mais il me reste quelques dernières choses à ramasser, les dernières traces de mon passage. J'attrape mon sac à dos et y glisse l'ours en peluche que maman m'a offert à l'hôpital, mon bloc à dessin et ma trousse. La porte de ma chambre s'ouvre en même temps que l'on y frappe. J'ai à peine le temps de me retourner que je me retrouve le visage enfoui dans un foulard. Je reconnais immédiatement le parfum de ma mère. Elle me serre aussi fort qu'elle le peut.

Qu'est-ce que ça fait du bien !

Je prends une grande inspiration avant qu'elle ne me lâche. Ma dose de courage avant le grand saut.

– Ma libellule ! s'exclame-t-elle comme à chaque fois que nous nous retrouvons.

– Maman ! la grondé-je gentiment.

Ce surnom familier était très mignon quand j'étais une enfant, mais, lorsque l'on a 18 ans, ça devient ridicule. Je me souviens avoir fait la guerre à ma mère vers l'âge de 12 ou 13 ans pour qu'elle arrête de m'appeler comme ça. J'ai obtenu gain de cause. Et pourtant, quand elle l'a prononcé, après mon réveil à l'hôpital, j'étais tellement désorientée que ça m'a aidée. Par la suite, je n'ai pas eu le cœur de lui demander d'arrêter.

Ma mère recule d'un pas pour m'analyser des pieds à la tête. Elle doit avoir un laser dans la rétine, prêt à détecter le moindre problème de sa progéniture. J'en profite pour la regarder moi aussi. Elle a encore meilleure mine que lors de sa dernière visite. Elle a retrouvé son teint naturellement hâlé, celui qui avait été terni par le chagrin. Ses cheveux châtains sont parfaitement coiffés en chignon, comme souvent. Et ses yeux verts pétillent de bonheur. Ça me soulage vraiment de la voir, elle aussi, en meilleure forme qu'à mon réveil. Si cela ne risquait pas de la faire souffrir encore plus, je lui dirais combien j'ai mal rien qu'à l'idée de lui avoir causé autant de douleur. Qu'elle ait dû ne serait-ce qu'envisager que je ne me réveille jamais me brise le cœur.

– Bonjour, maman ! lancé-je pour ne pas me laisser submerger par le chagrin.

– Oh, mon bébé, tu es magnifique ! se réjouit-elle.

Elle ne cache pas son soulagement. Ma mère a toujours été protectrice, et ça s'est accentué après son divorce avec mon père, il y a plus de dix ans – et, bien sûr, après l'accident. Son éternel « les études d'abord » s'est transformé en « la santé d'abord » ces derniers mois. Mais sa bienveillance pour moi ne change pas.

Maman attrape mon visage en coupe et m'embrasse les joues, le nez, le front avec tout son amour. J'ai l'impression d'être une gosse de 8 ans qui rentre à la maison après un voyage scolaire. Je la laisse faire parce que, quelque part, j'aime ça, moi aussi. Depuis mon réveil à l'hôpital jusqu'à aujourd'hui, ma mère a été mon seul point d'attache, ma bouée de sauvetage. C'est horrible de sortir du coma et de comprendre qu'on a perdu tous nos repères, que tout autour de nous a changé, et que plus jamais rien ne sera comme avant. J'ai eu besoin de ma maman, plus qu'à n'importe quel moment de ma vie. Elle est mon ancre.

J'ai peut-être oublié ce qui s'est passé les deux dernières années avant mon réveil, mais il y a une chose que je n'oublierai jamais : depuis le divorce, ma mère s'est déménée pour nous deux. Elle n'a jamais refait sa vie. Pour elle, il était hors de question de perdre du temps à faire des rencontres… jusqu'à Donovan.

Maman m'a confié qu'elle refusait d'éprouver des sentiments pour cet homme, qu'elle venait de rencontrer, pendant que sa fille était entre la vie et la mort. Elle m'a même demandé pardon. Mais comment aurais-je pu lui en vouloir d'être tombée amoureuse de celui qui l'a soutenue pendant mes deux mois de coma ? Heureusement, après mon réveil, elle s'est enfin autorisée à tomber dans les bras de son prince charmant.

Je lance un regard par-dessus l'épaule de maman, mais il n'y a personne. Jusqu'à présent, les visites n'étaient réservées qu'à la famille proche, mais il était prévu que Donovan l'accompagne pour ma sortie.

Mon coup d'œil n'échappe pas à ma mère, qui fait immédiatement volte-face avant de revenir sur ses pas en direction de la porte.

– Mais enfin, entre, mon chéri… chantonne-t-elle.

À ses côtés se tient soudain l'homme qu'elle m'a montré en photo à chacune de ses visites. Il a les cheveux poivre et sel, accordés à sa petite moustache. Son visage porte le poids de sa cinquantaine bien entamée. Il est plutôt mince et grand, très grand même. Bien plus que mon père. Tout de suite, je m'en veux d'avoir cette pensée. C'est complètement stupide de les comparer. D'autant plus que mon père ne fait plus vraiment partie de notre vie.

Donovan hésite un instant avant de me regarder dans les yeux. Je suis amusée d'intimider un homme de son envergure.

– Ma libellule, je te présente enfin Donovan ! annonce maman, au comble du bonheur.

– Bonjour, monsieur Carter.

Il me sourit et serre chaleureusement la main que je lui tends. Son sourire est sincère, je le vois dans ses yeux. Il est aussi contagieux, car nous affichons bêtement le même tous les trois. Je sens en moi un soudain allègement : c'est un homme bien, je peux le percevoir.

– Enchanté de te rencontrer, Nell. Appelle-moi Donovan, d'accord ?

J'accepte volontiers d'un signe de tête. C'est extrêmement bizarre, cette sensation de connaître quelqu'un alors qu'on ne l'a jamais rencontré. En plus de m'avoir totalement impliquée dans les préparatifs de leur mariage, maman m'a énormément parlé de Donovan, de leur rencontre à l'hôpital, de la façon dont il l'a soutenue alors qu'elle avait peur de me perdre. Cependant, maintenant que je suis face à face avec mon futur beau-père, je comprends qu'il s'agit malgré tout d'un parfait inconnu.

Donovan et maman échangent un long regard. Il me semble qu'ils sont satisfaits de cette première rencontre entre lui et moi. Je serais aveugle de ne pas remarquer tout l'amour et la tendresse qui se dégagent de cet échange. L'émotion me gonfle le cœur. Après tout, Donovan et moi sommes liés par quelque chose de fort que nous avons en commun : notre amour pour maman. Je me fais alors violence pour amorcer le premier pas.

– Merci, Donovan. Pour… tout. Tout ça… hésité-je timidement.

Mes mots m'échappent et ça m'agace. Comment suis-je censée remercier un homme que je viens tout juste de rencontrer de rendre à la fois ma mère heureuse comme je ne l'ai jamais vue, d'avoir pris en charge des frais hospitaliers que nous aurions mis des années à rembourser, puis de m'avoir offert une place inespérée dans le centre de rééducation le plus réputé du pays grâce à ses relations ?

– Ce n'est rien comparé au bonheur de te voir revenir en si bonne santé, rétorque-t-il spontanément. Tu es le portrait craché de Tara, c'est incroyable.

Embarrassée, je remets une longue mèche de cheveux derrière mon oreille. Maman étouffe un sanglot en portant la main à sa bouche. Surpris, Donovan et moi nous tournons vers elle.

– Tara, mon amour, ne pleure pas, s'alarme-t-il.

– Excusez-moi, mais c'est l'émotion, marmonne ma mère en nous prenant une main à tous les deux. Il y a de ça un an, je pensais que ma vie était finie. Je pensais que j'étais en train de perdre mon bébé. J'étais presque prête à abandonner, à ne plus espérer et à me laisser mourir de chagrin. Et puis, le ciel m'a rendu ma petite fille, m'a fait rencontrer l'homme de ma vie. Et maintenant, je suis encore plus heureuse qu'avant. C'est un miracle. Un véritable miracle, croyez-moi !

Je serre la main de ma mère, la gorge nouée, tandis que son amoureux lui dépose un baiser dans les cheveux.

– Je vous laisse un instant seules, murmure Donovan à ma mère. Je m'occupe des valises.

À peine a-t-il lâché la main de maman que cette dernière me prend à nouveau dans ses bras. Je lui rends son câlin dans l'espoir de soulager un petit peu tout le chagrin auquel elle a dû faire face durant l'année écoulée.

2

Deux ans de perdus

Nell

Bien enfoncée dans mon siège, je reste concentrée. Mon regard navigue entre mon carnet à dessin et les nuages à travers le hublot de l'avion. Je tente d'en faire des croquis, mais la fatigue commence à me gagner. Cela ne fait pourtant qu'une heure que nous avons décollé de l'aéroport. Il nous en reste encore quasiment cinq avant d'arriver en Floride.

– Je t'ai dit que j'avais dû changer mes chaussures pour la cérémonie ? me demande tout à coup maman en se tournant vers moi.

– À cause du souci de talon ? m'assuré-je.

– Tu sais, j'ai vraiment essayé de m'y faire, mais c'était une torture d'avoir à porter ça. J'avais les pieds en sang en à peine une heure. Un enfer ! se justifie-t-elle en grimaçant.

Sans perdre une seconde, maman me montre une photo de ses nouvelles chaussures. Elle attend clairement mon approbation.

À chacun de ses appels et chacune de ses visites au centre de rééducation, elle me demandait mon avis. Tout y est passé : les faire-part, le choix de sa robe, de sa coiffure, de la décoration... J'ai même vu une photo des alliances la dernière fois. J'ai fini par me prendre au jeu et j'ai pris beaucoup de plaisir à la conseiller.

Pourtant, au fond de moi, je me sens comme une simple spectatrice. J'avais beau être très heureuse pour ma mère, isolée au fin fond de ma forêt du Vermont, j'avais l'impression de regarder ça comme une série télévisée. Malgré moi, la distance m'a permis de prendre les événements avec énormément de recul. Je m'en veux tellement d'avoir fait vivre ce cauchemar à ma mère ! Et je m'en veux encore plus de ne pas être capable, aujourd'hui, de m'impliquer à fond, tel qu'elle le souhaiterait. J'ai beau essayer, ce sentiment d'imposture ne fait qu'accentuer ma culpabilité.

– Elles sont parfaites, maman. Plus simples, mais très chic, validé-je sincèrement.

– Tu es sûre ? Parce que je suis certaine que Donovan pourrait trouver une solution pour...

– Certaine ! la coupé-je. Je les préfère même aux anciennes.

Il est hors de question qu'elle hésite un instant juste parce que j'ai un peu de difficultés à reprendre le cours de ma vie… si tant est qu'il reste quelque chose de mon ancienne vie…

– Tu m'as l'air bien pensive, s'inquiète maman.

– C'est juste un peu de fatigue…

Maman prend ma main dans la sienne et en caresse le dos.

– Le mauvais est derrière nous, ma libellule, crois-moi, me certifie-t-elle. Tu vas voir, Donovan est adorable et la maison est fantastique. Ta chambre est deux fois plus grande que celle de notre ancien appartement de New York…

– Je sais bien, maman, tu m'as déjà raconté tout ça des dizaines de fois, la taquiné-je gentiment. Ce n'est pas toi qui es censée avoir perdu la mémoire, je te rappelle !

Le sourire de ma mère se fige. Il est encore trop tôt pour elle.

– On ne plaisante pas avec ces choses-là, Nell. As-tu conscience que j'ai bien failli te perdre ?

Elle m'appelle par mon prénom. C'est donc vraiment beaucoup trop tôt.

Ma pauvre petite maman…

– Je suis là, maintenant !

Afin de totalement détendre ma mère, je la gratifie d'un clin d'œil. Ses lèvres se desserrent pour m'offrir un autre sourire, plus grand, plus beau. Un sourire qui illumine ses prunelles humides. Maman capture mes doigts et les porte à sa bouche afin de les embrasser délicatement.

Si seulement je pouvais tout effacer…

***

Je me frotte les paupières avec le dos de la main. J'essaie de me redresser, mais c'est douloureux. Je m'appuie sur un coude et je suis éblouie par la forte lumière du jour. La fenêtre me semble étrangement grande. Je poursuis mon tour d'horizon et fronce les sourcils. Rien de ce que je vois ne m'est familier. Je déglutis pendant qu'une goutte de sueur glisse le long de ma tempe. Je suis dans une chambre. Mais ce n'est pas ma chambre. Je ne suis pas chez moi. J'ignore totalement où je me trouve. Peu à peu, ma respiration s'accélère. Mon regard se pose au bout du lit dans lequel je suis allongée. Mes pieds bougent tout doucement sous les draps d'un blanc immaculé. Mes yeux remontent jusqu'à mes mains ensanglantées. Apeurée, je me redresse violemment en position assise. Un hurlement sauvage sort de ma bouche. Il provient du fin fond de mes entrailles. Il est aigu et me déchire les cordes vocales. Soudain, ma voix se casse. Ma respiration se coupe, neutralisée par ma peur. J'implore mentalement maman et papa de me venir en aide, mais il m'est impossible de les appeler. J'ignore s'ils pourraient m'entendre, tout comme j'ignore ce qu'il m'arrive. Mes paumes se posent sur ma tête. J'agrippe mes cheveux et monopolise toute mon énergie pour inspirer un peu d'air, un tout petit peu d'air, juste ce qu'il faut pour ne pas mourir. Je ne veux pas mourir. Mais je suffoque, la poitrine oppressée. Comme une poupée de chiffon, je m'écrase sur le matelas. Mes yeux se fixent sur la porte de la chambre, sur la poignée qui bouge, l'ombre qui entre. Néanmoins, il est trop tard pour me sauver. Je plonge dans un noir absolu, un noir infini.

Je me réveille en sursaut et porte la main à ma gorge, avant de m'assurer que je ne suis pas couverte de sang.

– Tout va bien, ma libellule ? cherche à savoir maman.

Je jette un rapide coup d'œil tout autour de nous.

Maman est là. Donovan. Avion. Floride. OK. Ce n'était qu'un cauchemar.

– Très bien, maman. Je ne m'étais pas rendu compte que je m'étais assoupie.

J'attrape mon carnet à dessin et mon crayon en tournant les pages au hasard pour me donner de la contenance. Ma réponse a l'air de la contenter. Heureusement, car je ne sais pas ce que j'aurais bien pu lui raconter. Certainement pas la vérité, en tout cas. Elle a suffisamment souffert. Je ne veux pas qu'elle s'inquiète encore plus pour moi. Et puis elle pourrait faire tous les efforts du monde, elle ne comprendrait pas.

Maman ne saura jamais ce que ça fait de se réveiller après deux mois dans le coma. Le réveil physique est lent ; pourtant, psychologiquement, c'est d'une grande violence. Quand l'esprit reprend vie avant le corps, que la conscience s'éveille comme lors d'une seconde naissance, c'est perturbant, presque effrayant. Mais le demi-sommeil permet de ne pas s'affoler. Puis les yeux s'ouvrent, on revient complètement à la réalité et l'on comprend que plus rien ne sera jamais comme avant. On ne sait plus où l'on se trouve, pourquoi l'on s'y trouve, comment on s'est retrouvé là. Nos quatre membres ne réagissent plus aux ordres du cerveau comme ils le devraient. Rien ne ressemble à tout ce dont on se souvient. Même nos proches ont changé. Rien ne va. Et l'on a beau hurler, supplier, espérer, le cauchemar est bien réel. On ne se réveillera pas une seconde fois. Alors, on se retrouve face à un choix : soit on devient fou, on souffre en entraînant tout le monde dans sa chute ; soit on encaisse, on avance, en souffrant seul. J'ai opté pour la dernière solution. Parce que mon amour pour ma mère doit être la seule chose constante qu'il reste de ma vie d'avant.

On me dit d'oublier, on veut que j'oublie, mais c'est justement là l'ironie de la situation. Il m'est impossible d'oublier que je me suis réveillée partiellement amnésique, c'est comme marqué au fer rouge dans ma mémoire. Par contre, ce dont j'aimerais me souvenir a totalement disparu. Les deux dernières années de ma vie avant mon coma ont été effacées. C'est comme si, pendant mon inconscience de deux mois, mon cerveau avait commencé, peu à peu, à supprimer mes souvenirs telle une machine. « Heureusement », il ne me manque « que » deux ans de ma vie.

Ça aurait pu être pire.

– As-tu eu des nouvelles de ton père dernièrement ? m'interroge maman brusquement.

– Pas depuis sa dernière carte postale, avant l'été, soupiré-je.

Ma mère pince les lèvres ; son agacement est perceptible à vingt kilomètres à la ronde. Mon futur beau-père se penche sur son siège en tendant le bras dans l'allée afin de prendre la main de maman. Il lui marque son soutien. Ce geste simple me touche. Il est présent pour elle. Je le fixe et réussis à capter son attention. D'un lourd clignement des yeux, je le remercie pour son intervention silencieuse.

Depuis leur divorce, le sujet de mon père est délicat pour maman. Elle lui reprochait de ne pas être présent pour moi tandis qu'à l'inverse, papa disait ne pas avoir de place tant ma mère était envahissante et exclusive envers moi. Je n'ai jamais cherché à choisir, à faire le procès de quiconque. Je n'ai jamais fait de reproches à l'un en la présence de l'autre. Mais, au fond, j'en ai toujours voulu à papa de ne pas s'être battu pour moi. Il est parti en Europe. Sans se retourner. Tout simplement. J'en ai beaucoup souffert au début de la séparation. Et puis il a bien fallu apprendre à vivre sans lui, même s'il me manquait. Avec les années, la distance nous a éloignés, papa et moi, toujours un peu plus. Et vu le peu de contact que nous avons eu après mon accident, il n'a pas été difficile de comprendre que ça ne s'était pas arrangé durant mes années oubliées.

– Qu'est-ce que tu dessines ? demande ma mère pour changer de sujet.

– Oh ! euh… les nuages, rétorqué-je spontanément.

L'air peiné de ma mère, lorsqu'elle se penche pour examiner mon bloc, m'indique clairement que quelque chose ne va pas. Je regarde mon carnet à mon tour. Ce ne sont pas des nuages. À tourner les pages n'importe comment, je me suis arrêtée sur un croquis de mes amies. Claire, Joy et Bethany, mes trois amies d'enfance, telles qu'elles sont restées dans mes souvenirs, telles qu'elles étaient quand on avait 15 ans.

– Elles ont bien changé, bredouillé-je maladroitement.

Leur visite, quelques jours après mon réveil à l'hôpital, me revient, et la violence de cette prise de conscience avec. Mes médecins et maman m'avaient expliqué la situation et j'avais bien compris. Pourtant, il était évident que, sur le moment, je n'en avais pas pleinement conscience. Tout est devenu concret à leur arrivée. Elles avaient tellement changé que j'ai mis quelques instants à les reconnaître. Elles étaient là, à me regarder, tout sourire. Alors, je me suis mise à rire. Ce n'était pas possible, c'était forcément une blague.

Depuis quand Claire avait-elle les cheveux roses ? Pourquoi Bethany avait-elle troqué son look gothique contre un look sportswear ? Et Joy était maquillée ! Elle qui refusait toujours de mettre ne serait-ce que du baume à lèvres ! C'était le monde à l'envers ! J'aurais été au courant si elles avaient envisagé de procéder à de si grands changements d'apparence. C'est sorti tout seul de ma bouche : je leur ai demandé ce qui leur était passé par la tête. Et, tout à coup, un silence a envahi la chambre. Un silence si lourd, si pesant, qu'il nous confirmait à toutes la réalité de la situation.

Ma mémoire était restée coincée dans le passé tandis que mes amies avaient évolué sans moi. C'était là, juste devant moi. Ce n'étaient plus des paroles, des suppositions. Pas de jargon médical, pas de filtres. Juste du concret. Une réalité. Deux ans avaient disparu. Comme évaporés. Et c'était juste devant mes yeux. Je le savais, je l'avais compris, mais avant ce choc, je n'imaginais pas ce que cela représentait vraiment. On n'est jamais préparé à faire un bond dans le temps comme ça.

Le malaise était perceptible et, instinctivement, j'ai essayé de compléter les trous en posant des questions. Mais elles n'osaient pas trop me parler, elles marchaient sur des œufs. C'est là que j'ai totalement pété les plombs. Comment étais-je censée me rappeler ce que j'avais vécu si personne ne m'aidait ?

– Et elles changeront encore. Comme toi. Vous devenez adultes, c'est tout naturel, intervient ma mère en me ramenant à la réalité.

– Elles doivent entrer à l'université cette année… Je devrais peut-être les contacter… murmuré-je, pensive.

Elles me manquent…

Je sais que ce sont les anciennes « elles » qui me manquent véritablement. Mes amies ont continué leur existence sans moi, elles ont passé leurs diplômes et s'apprêtent à devenir étudiantes alors que, moi, je vais vivre ma dernière année de lycée.

– Peut-être que, si l'on reparle un peu du lycée, ajouté-je, il y aura un élément déclencheur qui…

– Tu sais bien ce que les médecins ont dit, me coupe maman. Tu ne dois pas forcer ta mémoire en tentant de reconstruire tes souvenirs. S'ils doivent revenir, tout se fera naturellement. D'accord ?

– Hum… D'accord, concédé-je.

Il faut que je tourne la page. Et ma nouvelle vie est l'occasion parfaite pour ça.

Pendant ma convalescence, maman a quitté notre appartement de New York pour s'installer en Floride, chez Donovan. Nouvelle ville, nouveau lycée, nouvelle maison et nouvelle famille. Là-bas, personne ne me connaît, et c'est tout à fait normal. Je repars sur des bases neuves et saines dès la rentrée, la semaine prochaine. Loin de New York, loin du Vermont, loin du passé.

3

Nouvelle maison, nouvelle vie

Nell

Plantée devant la maison, je fais un tour sur moi-même pour mieux admirer les lieux. Donovan et maman sortent ma valise et mon sac à dos du coffre de la voiture. La maison de Donovan est magnifique ; il faudrait vraiment être difficile pour ne pas l'aimer. À droite, un double garage fait face à une allée en briques tandis qu'à gauche, une pelouse tondue au millimètre, avec quelques parterres de fleurs, doit combler ma mère. Des haies en gros palmiers bas et touffus nous séparent du voisinage. Encore une fois, j'ai l'impression d'être dans une série télé tant tout est parfait, et cela ne m'aide pas à me sentir impliquée.

En magnat de l'immobilier, Donovan est le mieux placé pour faire ce genre d'acquisition. Et il en a les moyens. Je n'ai jamais osé entrer dans les détails de sa fortune parce que j'estime que cela ne me regarde pas, mais je sais que Donovan a de l'argent. Suffisamment, en tout cas, pour avoir payé mes frais d'hôpital, de rééducation et notre déménagement. Sans compter notre voyage en avion en classe affaires.

Je me retourne brusquement, effrayée par le bruit du moteur de la voiture de Donovan. Derrière le volant, l'amoureux de ma mère ouvre sa fenêtre.

– À demain, les filles, nous salue-t-il d'un geste de la main. Profitez bien de vos retrouvailles, mais ne vous couchez pas trop tard.

– Oui… à… à demain, bégayé-je, perdue.

Maman se penche par-dessus la portière pour donner un baiser à Donovan. Je détourne le regard. J'approuve cette union, mais c'est vraiment bizarre de voir ma mère embrasser un homme. La dernière fois, c'était mon père, et ça remonte à si loin qu'en toute honnêteté je ne m'en souviens pas.

Une bouffée de chaleur me monte au visage et ma gorge se noue.

Pourquoi je ne me souviens pas de ça ?

Je fronce les sourcils, retiens ma respiration et creuse dans ma mémoire.

Papa.

Maman.

J'ai 9 ans.

Soudain, j'expire profondément. Une vague de soulagement m'inonde de la tête aux pieds. J'ai toujours des souvenirs de cette époque. Ma mémoire ne me fait pas défaut. C'est normal que je n'aie pas d'images en tête de mes parents s'embrassant. L'amour entre eux avait disparu bien avant leur divorce. La dernière fois qu'ils ont échangé un baiser, je devais être trop jeune pour me le rappeler.

Après quelques chuchotements, maman revient vers moi pendant que Donovan quitte l'allée.

– Il s'en va ? m'étonné-je.

– Oui. Ce soir, c'est juste toi et moi ! Les garçons passent la nuit à l'hôtel. La tradition veut que les futurs mariés ne dorment pas ensemble et ne se voient pas avant la cérémonie, non ? chante ma mère, toute gaie.

Sans plus attendre, maman agrippe la poignée de ma valise avant que je ne puisse le faire.

– Bienvenue, mon bébé ! se réjouit-elle en ouvrant la porte.

Ma mère tend les bras pour m'accueillir comme il se doit. Je passe le seuil de la porte et découvre l'intérieur des lieux. Rien que l'entrée est gigantesque. Tout est blanc, des murs au plafond, en passant par le carrelage. Seul le mobilier apporte quelques touches de couleurs neutres, qui varient entre le noir, le gris et le bois. La décoration est assez épurée et moderne. J'aime énormément.

– La maison de Donovan est sublime, avoué-je en toute franchise.

– Notre maison, Nell. Tu es ici chez toi, maintenant.

Je ne réponds pas. Je ne vois pas quoi répondre, à vrai dire. C'est un fait, je suis domiciliée ici et, vraisemblablement, pour un petit bout de temps. Je ne doute pas qu'un jour, j'y sois comme chez moi. Mais, pour l'heure, tout cela est bien trop abstrait pour moi.

Je pose mon sac à dos à côté de ma valise, que ma mère a déposée au bas d'un escalier. Puis je la suis jusqu'à la cuisine, qui se trouve juste en face.

– Je meurs de soif, pas toi ? Tu veux manger quelque chose ? me propose maman.

Je la regarde ouvrir le placard au-dessus de l'évier pour en sortir deux verres. Elle semble très à l'aise dans cette cuisine. Aussi à l'aise que chez nous. Enfin, notre ancien chez-nous.

– Non, je n'ai pas faim, le repas dans l'avion m'a suffi. Par contre, je veux bien un verre d'eau, s'il te plaît.

Je m'installe sur un tabouret autour de l'îlot de cuisine en granit noir. Maman remplit nos verres. Je n'ai pas vraiment soif, mais je ne me voyais pas refuser. Je tire sur les manches de mon gilet par réflexe. J'ai l'impression d'être une invitée, je n'arrive même pas à me sentir totalement à l'aise avec ma propre mère.

– Écoute, commence-t-elle en se tournant vers moi. J'ai conscience que la situation n'est pas commune. Que tout ça doit être un peu… compliqué. Et que ça fait beaucoup de changements en peu de temps.

– Maman, je suis très heureuse pour toi, je t'assure…

– Alors, j'espère que Donovan trouvera autant grâce à tes yeux qu'aux miens. Je ne suis pas en meilleure position de mon côté. Tu sais, avec sa profession, Donovan côtoie énormément de personnes. Sa réussite, il la doit beaucoup à ses relations avec ses partenaires. Leurs avis comptent, l'image que renvoie Donovan aussi. Et j'imagine que bien des gens pensent que je lui ai mis le grappin dessus pour l'argent. C'est d'ailleurs pour ça que j'ai absolument voulu continuer à travailler.

– Mais tu m'as dit que Donovan n'était pas d'accord ! protesté-je. Il avait raison quand il t'a dit qu'avec tes deux jobs cumulés pendant tant d'années, tu avais bien assez travaillé pour toute une vie.

– Mais qu'est-ce que j'aurais fait, enfermée ici toute la journée, hormis ressasser ce qui t'était arrivé ? argumente-t-elle. Nous avons fini par établir un compromis. Donovan m'a trouvé un poste administratif dans son entreprise. Ce n'est pas grand-chose, mais c'est bien payé pour le travail effectué et cela me permet de ne jamais lui demander d'argent. Je tiens à être transparente vis-à-vis de chacun de nos enfants sur ce point. Je ne t'en ai pas parlé plus tôt pour ne pas t'inquiéter. Tu devais te concentrer uniquement sur ta convalescence. Mais sache que nous ne serons plus dans le besoin à présent. Donc, n'hésite pas à me demander quoi que ce soit, si tu as besoin d'argent ou de matériel – je ne sais pas, moi, tout ce que tu n'as jamais eu avant. Il n'est plus question de s'accommoder d'une paire de chaussures trouées ou de papier à dessin premier prix. D'accord ?

Ma mère me prend la main et me sourit, les yeux brillants. J'acquiesce d'un signe de tête. Je n'ai jamais envisagé les choses sous cet angle. C'est ma maman, et il ne me serait pas venu à l'esprit qu'elle accepte ce mariage par intérêt.

J'espère que les enfants de Donovan ne pensent pas l'inverse !

– Maman, est-ce que tout va bien avec la famille de Donovan ? demandé-je, inquiète.

– Je te mentirais si je te disais que tout est parfait. C'est… compliqué. Mais sache que ça l'était déjà bien avant que je n'entre dans l'équation. Chacun a besoin de trouver sa place. Mais demain, j'ai le bonheur d'épouser l'homme que j'aime. Ma fille adorée sera avec moi. Donovan aura ses fils. Et nous formerons, tous les cinq, la famille dont nous avons tous grand besoin.

La réalité me frappe en plein visage. Ce n'est facile pour personne. Tout cela est nouveau pour chacun de nous et il est de notre devoir de regarder vers l'avenir pour réussir à former la famille souhaitée par nos parents. Je suis déterminée à faire de mon mieux pour que cette famille recomposée soit unie.

J'offre un grand sourire à ma mère et tends mes bras pour lui proposer un câlin. Elle ne se fait pas prier. Au creux de l'oreille, elle me chuchote un merci avant de me rappeler combien elle m'aime. Ce ne sont pas des paroles que je prononce à la légère, mais aujourd'hui, maintenant, j'ai besoin de les lui dire tout autant qu'elle a besoin de les entendre.

– Je t'aime, maman.

Maman m'embrasse dans les cheveux et m'enlace un peu plus fort avant que nous nous détachions naturellement. Afin de nous remettre de notre séquence émotion, ma mère me propose de me faire visiter la maison. J'exagère un petit peu mon enthousiasme afin d'effacer tout doute éventuel que pourrait avoir maman. Nous quittons la grande cuisine pour nous rendre dans un vaste espace combinant une salle à manger et un salon. La table doit être prévue pour au moins une dizaine de personnes. Quant au salon, il comprend deux énormes canapés arrondis qui forment un demi-cercle face à un écran géant. Dans un coin, un véritable bar – qui, lui, est à taille humaine – prévu pour quatre personnes d'après les tabourets qui le composent.

– C'est… grand… bafouillé-je, étonnée.

– Ça change de notre petit appartement, ça, c'est certain, rit maman.

Je peine à croire que nous serons seulement cinq personnes à vivre ici tant tout est démesuré. Brutalement, une idée, qui ne m'avait jamais traversé l'esprit jusqu'à présent, me frappe. Et s'ils avaient prévu de faire d'autres enfants – des enfants en commun, des enfants issus de leur union ?

Et si maman était déjà…

– Tu n'es pas enceinte, maman ?

– Comment ? s'étouffe presque ma mère. Pas du tout, enfin, Nell ! Qu'est-ce qui te fait dire ça ?

– Je… c'est juste que… tout est si grand que… enfin… l'espace d'un instant, je me suis demandé combien de personnes vivraient là. C'est idiot, je sais…

Instinctivement, je pose ma main sur ma nuque et commence à me masser. C'est un geste nerveux. Mon embarras me monte aux joues. Je prends mon courage à deux mains pour regarder maman. Mes yeux vont et viennent entre le carrelage au sol et les prunelles foncées de ma mère.

– Donovan et moi n'avons pas pour projet d'avoir des enfants ensemble, reprend-elle finalement. Chacun de nous a eu des enfants de son côté, et c'est très bien comme ça. Vous êtes tous des adultes, ou presque, et nous souhaitons nous concentrer sur notre couple et la réussite de cette famille recomposée. C'est vraiment important pour nous.

– Je ne sais pas ce qu'il m'a pris de te demander ça, avoué-je, encore embarrassée.

– Ce n'est rien, ma libellule. Au moins, le sujet a été abordé. C'est normal que tu aies des questions. Je préfère que tu nous les poses, à moi ou à ton beau-père, plutôt que de rester sur des interrogations. Et puis… – elle hésite une seconde – si ça peut te rassurer, Donovan a subi une vasectomie il y a quelques années déjà.

Ma mère me révèle cette dernière information en chuchotant, la main près de sa bouche. Pourtant, personne ne peut nous entendre, puisque nous sommes seules ce soir. Son regard amusé m'aide à comprendre rapidement qu'elle doit aimer taquiner son amoureux avec ce sujet. Je glousse en lui emboîtant le pas en direction d'un couloir. Elle ouvre une première porte, aussi blanche que le reste de la maison. Il s'agit du bureau de Donovan. Nous n'entrons pas, mais, d'un rapide coup d'œil, je vois que la pièce est composée d'un imposant bureau et de beaucoup d'étagères remplies de livres et de dossiers. De l'autre côté du couloir, une suite parentale avec un lit à baldaquin au moins *king size*. Deux autres pièces sont ouvertes sur la chambre, dont une salle de bains avec douche et baignoire, à moins que ce ne soit un Jacuzzi. Nous passons directement à l'autre pièce adjacente à la chambre : un double dressing.

– Waouh, c'est dingue, m'extasié-je. Tu as fait du shopping !

Maman ne fait jamais les boutiques. Elle déteste ça. Pour elle, acheter des vêtements est un gaspillage d'argent.

– On peut dire ça comme ça ! confirme ma mère. Lorsque j'ai emménagé ici, mes affaires ne prenaient pas un quart du dressing. Et ça me convenait très bien ainsi. Mais Donovan m'a couverte de cadeaux. Tu vois ce que ça donne…

– Il ne fait pas les choses à moitié, acquiescé-je. Mais qu'est-ce que je vois, là ?

Après un regard malicieux envoyé à maman, je m'avance un peu plus près de l'une des penderies. Une housse beige est accrochée à l'écart du reste.

– Tu veux la voir ? me propose-t-elle.

– Carrément !

Maman accroche le cintre à l'un des portemanteaux prévus à cet effet, puis elle descend la fermeture Éclair de la housse. Peu à peu, la robe de mariée se dévoile, blanche, longue et fluide. Je m'émerveille devant la fine dentelle qui recouvre les bretelles et la poitrine. La taille est subtilement cintrée pour marquer la légèreté de la jupe en organza. Jusqu'à maintenant, je n'avais vu que des photos du catalogue, puis des essayages. Mais les clichés ne rendaient vraiment justice ni à la robe ni à ma mère.

– Tu vas être si belle, maman, soufflé-je d'admiration.

– Tu es certaine que ce n'est pas trop ? Parfois, je me dis que j'aurais peut-être dû opter pour un tailleur de couleur claire…

– Cette robe est parfaite ! Elle est faite pour toi, maman. C'est distingué tout en restant simple. Elle a juste ce qu'il faut d'élégance sans être *too much* ! Tu seras vraiment classe. J'ai hâte de te voir dedans !

– Tu es un amour, ma fille, dit ma mère, attendrie. Bon, je range cette petite merveille et l'on finit la visite. Il est déjà tard et il ne faudrait pas que nous ayons des cernes demain.

Ensemble, nous allons dans la chambre du fils aîné de Donovan, au bout du couloir. Je ne connais pas énormément de choses des enfants de mon futur beau-père, à part qu'ils sont demi-frères, mais maman m'a déjà parlé d'eux et montré des photos qu'elle avait prises à la volée.

Hunter est né du premier mariage de Donovan. Il alterne entre les études et l'entreprise de son père. Si j'ai bien compris, il se prépare à prendre la relève de Donovan.

– Viens, entre, m'invite maman alors que je reste sur le seuil de la porte.

Une chambre, c'est un espace privé, quand même. J'avance d'un pas. C'est suffisant pour avoir une idée de la pièce. Comme tout ici, la chambre est grande. Elle est meublée d'un lit, d'un bureau et d'un coin détente. Je note immédiatement que ce gars-là aime jouer aux jeux vidéo. Il y a tout un tas de consoles à proximité de la télé, et je ne compte pas les manettes posées sur la table basse, devant le canapé. Sur les murs, des photos presque grandeur nature de mannequins féminins, suffisamment dénudées pour savoir qu'il est clairement hétéro.

Ma main à couper qu'il fait passer ça pour de l'art.

– Il a quel âge, déjà, ce Hunter ? m'informé-je, sans parvenir à masquer mon ton réprobateur.

– Hunter a 22 ans. Et fais attention à ton langage, parce que « ce Hunter » sera ton frère à partir de demain, souligne-t-elle.

Mon frère… Je n'ai jamais vu ce mec de ma vie…

Je réprime ma grimace de dégoût. Je me fais peut-être des idées, mais vivre avec un garçon comme lui ne risque pas d'être un plaisir au quotidien. Finalement, à voir sa chambre, je suspecte tout de suite ce type d'être un macho immature. Face à ce genre d'individu, mieux vaut être préparé !

– C'est encore flou, cette notion de fratrie, mais ne t'inquiète pas : une fois dans le bain, je vais rapidement m'adapter.

Secrètement, je croise les doigts pour que la cohabitation se passe sans encombre. Je ferai tout mon possible pour combler maman, mais ça sera beaucoup plus facile si tout le monde y met du sien. J'espère que les fils Carter seront dans le même état d'esprit.

Nous passons rapidement dans la salle de bains du rez-de-chaussée, qui ne sert finalement qu'à Hunter. Nous nous approchons ensuite des grandes baies vitrées du salon. Après une grande terrasse en pierre, le jardin est envahi de gigantesques tentes blanches et tout un tas de matériel en prévision de la réception de demain.

– Pour le moment, il y a tout ce bazar, mais tu verrais le jardin lorsqu'il est dégagé, c'est d'une beauté ! me promet ma mère.

– Tu vas pouvoir jardiner, remarqué-je instantanément.

– C'est déjà moi qui m'occupe des fleurs, se réjouit-elle.

Un détail innocent qui me rappelle que je suis la seule à emménager. Maman est déjà chez elle, ici. Et, encore une fois, c'est moi qui suis bloquée dans le passé, dans notre appartement de New York. Petit mais cosy, ce n'en était pas moins mon chez-moi. Je n'ai même pas pu dire au revoir à ma chambre, à nos voisins, ni à Bernie, le meilleur vendeur de glaces du quartier. Est-ce que sa boutique existe encore ? Le vieux Bernie avait déjà dépassé l'âge de la retraite dans mes derniers souvenirs. Et entre mon amnésie et mon année d'absence à l'hôpital et au centre de rééducation, il a pu s'en passer, des choses. Je m'apprête à poser la question à maman, mais je me rétracte. Je dois oublier le passé, nous ne vivons plus à New York maintenant. Alors, à quoi bon ?

– Et tu n'as pas tout vu, m'annonce ma mère.

Arrachée à ma nostalgie passagère, je secoue un peu la tête pour me remettre les idées en ordre. Ma mère ouvre l'une des baies vitrées et sort. Je resserre instinctivement les pans de mon gilet contre ma poitrine lorsque je pose un pied sur la terrasse, que nous contournons. Le pignon muré de la maison dissimule une grande piscine ovale d'un bleu paradisiaque.

– Waouh ! Ça, c'est vraiment génial ! m'enthousiasmé-je.

Maman prend un air satisfait, qu'elle ne tente même pas de cacher. Elle me connaît parfaitement !

– C'était la petite surprise ! Je savais que ça te ferait plaisir d'apprendre qu'il y a une piscine à disposition pour les grosses chaleurs, déclare ma mère.

– J'avais peur de devenir dingue avec les températures d'ici, avoué-je. Mais avec ça, je me sens prête à affronter le soleil !

Après la découverte de la piscine, tous mes regrets se sont envolés. Bien sûr, les espaces diffèrent de ce que l'on a connu jusqu'ici, mais qui se plaindrait d'un jardin pareil avec une piscine ? On n'avait même pas de balconnet à New York.

Il n'y a aucun doute, je ne peux que me faire à ce genre de confort !

Je suis maman jusqu'à mes maigres bagages, que nous récupérons dans l'entrée avant de prendre l'escalier. Au premier étage, nous déposons la valise et le sac à dos sur le palier.

– Ici, nous sommes à l'étage des enfants, comme s'amuse à le dire Hunter pour taquiner son petit frère.

– Kyle n'est pas plus vieux que moi ? m'étonné-je.

– Si, 19 ans, applaudit ma mère. C'est super, ta mémoire fonctionne de mieux en mieux !

Je lève les yeux au ciel pour marquer ma désapprobation.

– Maman, arrête, ma mémoire fonctionne parfaitement bien. Mon amnésie est rétrograde, il est impossible que j'oublie tout ce qui se déroule dans le présent. En plus, elle est résiduelle, donc elle ne concerne que les deux dernières années avant mon réveil. J'ai passé tous les tests, j'ai gardé mes facultés intellectuelles, j'ai la maturité d'une fille de 18 ans, et j'ai même conservé mon apprentissage scolaire. Ce n'est pas parce que je ne me souviens pas d'avoir été en cours ou d'avoir fêté mes derniers anniversaires que je ne l'ai pas vécu. Quelque part, c'est resté imprimé en moi. Tu sais déjà tout ça, c'est scientifique. Alors, allons de l'avant.

Mon discours pour la convaincre fait écho à toutes les fois où les médecins nous l'ont expliqué. Certainement plusieurs dizaines de fois, dès que maman ou moi avions un doute, un coup de panique. C'est tellement imprimé que je le lui récite mot pour mot, l'air aussi convaincu que le personnel médical. Pourtant, je vis avec cette peur constante d'oublier. Un petit doute qui persiste au fond de moi. La peur de revivre ça. Mais je dois m'en convaincre, comme je dois en convaincre ma mère.

– Je ne voulais pas t'énerver, s'excuse maman. Je comprends que je touche une corde sensible, ma libellule.

– Je ne m'énerve pas, rectifié-je sans attendre. C'est simplement que je n'ai pas envie d'arriver dans la famille et d'être traitée comme un bébé.

– C'est normal. Mais tu ne m'empêcheras jamais de me faire du souci pour toi, tranche-t-elle calmement. C'est le rôle d'une mère.

Maman me donne un léger coup d'épaule. L'un de ceux qu'on s'offre quand on veut repartir du bon pied. Comme on l'a toujours fait lorsque l'on a un différend : un petit coup d'épaule, un sourire, un clin d'œil, et l'on tourne la page. Cette réaction instinctive me gonfle le cœur. C'est exactement ce dont j'ai besoin à cet instant. Un geste rassurant, familier.

– Bon, on finit la visite ? propose ma mère.

– Bien sûr, c'est mon étage ! dis-je d'un ton réjoui, apaisée.

– Et celui de Kyle, ne l'oublie pas ! précise-t-elle. Ici, tu as les toilettes de l'étage. Cette porte, juste à côté, c'est la salle de bains, que tu devras partager avec lui. Ça ne t'embête pas ? s'inquiète maman.

– Ça dépend : il laisse traîner ses chaussettes sales ? plaisanté-je.

– On va savoir ça tout de suite, annonce ma mère, amusée.

Elle ouvre la porte de la salle de bains et je constate qu'elle est aussi grande que les autres. Composée de deux vasques et d'un grand miroir, cette pièce me permettra de varier entre les douches et les bains. Pas de chaussettes sales à l'horizon, juste une brosse à dents et un tube de dentifrice posés sur le rebord de l'un des lavabos.

Ma mère me regarde, les sourcils relevés, dans l'attente du verdict.

– Vendu ! confirmé-je.

L'une comme l'autre, nous nous mettons à rire parce que, même avec une paire de chaussettes sales, il est impossible de résister à cette salle de bains. Mais c'est plutôt amusant de faire semblant d'être exigeante.

– La porte du bout mène au grenier, me signale ma mère. Et, enfin, ta chambre et celle de Kyle. Tu veux commencer par laquelle ?

– Montre-moi celle de Kyle, parce qu'une fois que je vais voir mon lit, il y a des chances que je ne sorte plus de la chambre avant demain, lui révélé-je.

– Moi aussi, avoue maman en ouvrant l'une des deux portes restantes. Il vaut mieux que je ne tarde pas à me coucher parce que, là, le stress commence à monter. En plus, le traiteur va…

En découvrant la pièce, je décroche totalement du son de la voix de ma mère.

Mais qu'est-ce que…

Cette chambre n'a absolument aucune décoration, c'est totalement impersonnel. Je me tourne rapidement vers ma mère, qui continue de discuter comme si tout était normal. Il n'y a donc pas d'erreur. J'ai bien cru, l'espace d'un moment, que cette chambre était la mienne. Malgré mes principes sur la discrétion, j'examine la pièce et finis par y trouver une sorte de cahier sur le bureau ainsi qu'un livre posé sur une table de nuit. C'est assez perturbant, on dirait que cette chambre n'est pas utilisée.

– Eh, ma libellule, tu m'écoutes ? Tu fais une drôle de tête, tu te sens bien ? s'inquiète immédiatement maman.

– Non… enfin, oui, bredouillé-je. Tout va bien. C'est juste que j'ai été surprise, les chambres des garçons sont extrêmement différentes.

Le visage alarmé de ma mère laisse place à un air grave. Elle frotte ses mains l'une contre l'autre, certainement pour essayer de gagner quelques secondes.

– Comme tu le sais, Kyle aussi a vécu de terribles épreuves. Encore aujourd'hui, c'est difficile. C'est un gentil garçon, mais il s'est… un peu perdu. Et lui aussi cherche sa place dans la famille.

Finalement, lui et moi, on est un peu dans la même galère : on vient d'arriver dans cette maison, on est paumés dans cette recomposition familiale soudaine. Il a dû apprendre à vivre avec son demi-frère, et maintenant il écope d'une demi-sœur… Il pourra probablement encore mieux me comprendre que je ne l'imaginais. On ne se connaît pas, et pourtant, je me sens déjà tellement proche de lui. On a vécu la même chose, il était là le jour du drame. Ce jour où tout a basculé. J'espère d'ailleurs qu'on créera assez de liens pour qu'il m'en dise un peu plus sur l'accident, même si je ne suis pas sûre qu'il en parlera facilement. Car, là où, moi, j'ai seulement perdu la mémoire, lui a perdu sa mère. Je n'ose imaginer ce qu'il doit ressentir.

– Prête pour voir ton antre ? reprend maman.

Elle s'empresse de sortir de la chambre de Kyle. On dirait qu'elle espère y enfermer toutes ces choses qu'elle trouve compliquées et que je n'ai pas le droit de savoir. Alors que ma mère attrape la poignée et tire la porte vers nous, je ne peux lâcher du regard cette chambre aussi vide que mystérieuse qui s'efface peu à peu.

– En avant, concédé-je.

Maman ouvre la porte de la pièce qui m'est réservée. Celle qui deviendra ma chambre, mon espace à partir du moment où j'en aurai franchi le seuil.

– Te voilà chez toi, ma libellule.

Sans un mot, j'entre en prenant une grande inspiration.

C'est parti !

Rapidement, je pose mes affaires avant d'avancer de quelques pas. Cette chambre est un peu plus petite que les autres et, étrangement, ça me plaît. Tous les murs sont blancs sauf celui où il y a une fenêtre.

Parme.

Je sens le regard de ma mère sur mon visage. Elle sait.

– J'ai cru que c'était une bonne idée, et puis… C'est à toi de choisir ce que tu veux réaliser. Alors, on n'a pas fait peindre les autres murs, avoue timidement maman.

Je marche sur le tapis moelleux qui recouvre le parquet pour m'approcher du mur coloré. Sans réfléchir, je pose la paume de ma main dessus. C'est frais.

L'espace d'un instant, mon esprit fait un bond de onze ans en arrière. Mes parents sont encore mariés. Je rentre de l'école. Et, après des mois à le supplier, mon père m'a fait la surprise de repeindre toute ma chambre en parme. Je n'ai jamais plus demandé à changer la couleur des murs après ça.

Je range précieusement le souvenir d'une enfance joyeuse, d'une famille unie, de ma chambre new-yorkaise, et je me tourne vers ma mère pour lui sourire.

– C'est très bien comme ça, approuvé-je.

Mes yeux se posent sur le grand lit, au centre de la pièce, et je reconnais immédiatement mon couvre-lit. Maman me l'a offert lorsque j'avais une douzaine d'années. Je l'adore tellement ! Je me précipite vers le lit pour caresser le tissu.

– J'ai récupéré deux ou trois bricoles dans ton ancienne chambre avant que les déménageurs n'emballent tout.

Je fais lentement le tour de la pièce. Sur un bureau est posée une petite lampe ancienne que l'on a achetée dans une boutique de seconde main. Quelques pas plus loin, une étagère quasiment vide avec une boule à neige. Je la secoue un peu, et la tour Eiffel se retrouve enneigée. C'était le dernier cadeau de mon père. La première et dernière fois qu'il est venu me voir après son départ pour l'Europe. Je crois que j'ai espéré qu'il fasse le déplacement dans le Vermont. Je repose le globe et continue mon exploration vers un espace plus aéré. Devant la fenêtre, il y a un large fauteuil scandinave en velours gris face à un rocking-chair. Les deux sièges entourent un chevalet vide, à côté duquel se trouve une desserte.

Un coin idéal pour dessiner.

– Tu pourras dessiner beaucoup plus confortablement à cet endroit, la lumière est idéale en journée, tu verras. Et toutes tes affaires sont au grenier, m'explique maman. Tu peux y aller quand tu veux, tout est étiqueté.

Je me tourne vers ma mère, qui s'est assise sur le lit sans que je m'en rende compte.

– Merci beaucoup, lui soufflé-je avec tendresse.

Elle comprend que je parle de la délicatesse avec laquelle elle a préparé la chambre pour mon arrivée. Quelques objets importants pour moi, juste ce qu'il faut pour que je me sente bien, sans m'imposer quoi que ce soit. Finalement, cette chambre semble moins impersonnelle que celle d'à côté.

Je rejoins maman sur le lit tout en retirant mon gilet.

– C'est bon de t'avoir ici, chuchote-t-elle.

Maman glisse sa main dans la mienne et m'embrasse la tempe.

– C'est bon d'être avec toi, maman.

Je pose la tête sur l'épaule de ma mère. Mon regard rencontre le petit cadre posé sur la table de nuit. Je prends le temps d'examiner le cliché. Papa, maman et moi. Mon père a l'air si jeune… J'étais encore une petite fille. Nous étions une famille. C'était il y a bien longtemps.

– Merci, mon Dieu, de m'avoir rendu mon bébé, susurre maman.

Ses paroles sont tout juste perceptibles. C'est une confession, entre elle et moi, ou entre elle et le ciel, je ne sais pas.

– Je suis soulagée de te voir enfin dans l'environnement qui te rend si heureuse. Tu le mérites, maman.

– *On* le mérite, rectifie-t-elle.

Elle serre ma main un peu plus fort pour marquer sa conviction. Je me détache du cliché en un clignement de paupières. Mon corps se détend totalement. Mes yeux se fixent sur nos mains unies. Puis mon regard monte peu à peu le long de nos avant-bras avant de suivre les lignes noires de mon tatouage. Ce doit être le dernier sujet que nous n'avons encore jamais abordé, ma mère et moi. C'est peut-être enfin le moment pour moi d'en apprendre un peu plus le concernant.

– Dis, maman, depuis combien de temps j'ai ce tatouage ?

Malgré sa tentative pour le cacher, je la sens se raidir. Ma question dérange. J'ignore pourquoi. Après tout, elle a forcément donné son accord, puisque j'étais mineure.

– Tu sais parfaitement que je ne peux rien te dire. Ta mémoire doit revenir d'elle-même, ma libellule.

Évidemment…

Nos mains se détachent, nos bras se décollent. Je redresse la tête, ma mère se lève. Nous nous éloignons l'une de l'autre sans un mot, sans rancœur, sans tristesse. Mais peut-être un peu trop soudainement pour que cela ne m'inquiète pas. Pourquoi ce tatouage serait-il source de distance entre nous deux ?

4

Mariage « parfait »

Nell

Une serveuse en chemisette blanche et jupe noire s'arrête à ma hauteur. Son sourire m'invite à prendre l'une des coupes de champagne qu'elle transporte sur son plateau argenté. D'un geste de la main, je décline sa proposition silencieuse. La jeune femme poursuit son expédition au milieu de la foule tandis que je fais un tour sur moi-même.

Tous ces gens… Ils sont si nombreux. Je cherche un visage familier parmi tous ces regards inconnus, en vain. Il m'est impossible, cette fois-ci, de les occulter, contrairement à tout à l'heure, lorsque j'ai accompagné maman jusqu'à l'autel.

Toute la matinée, nous nous sommes préparées ensemble. Elle, la mariée, et moi, la demoiselle d'honneur. Maman a enfilé sa longue robe blanche juste après que j'ai eu fini de nouer le ruban autour de la taille de ma robe vert d'eau. Je me suis laissé maquiller et coiffer par la professionnelle qui s'est occupée également de ma mère. Minutieusement, j'ai suivi l'emploi du temps soigneusement élaboré par maman et validé par Donovan. Ma mère et moi avons certainement été les deux seules personnes à ne pas être sorties de cette maison avant que le grand moment arrive. Quand le petit groupe de jazz embauché pour l'occasion a fait résonner une marche nuptiale depuis le jardin, maman et moi avons échangé un regard ému, rempli d'amour. Après avoir ravalé ses larmes d'émotion, maman a agrippé mon bras et nous sommes sorties avec nos bouquets à la main par l'une des baies vitrées aménagées, pour rejoindre Donovan. C'est précisément à cet instant que je les ai vus, tous ces gens. Divisés en deux groupes, séparés par un chemin de pétales de fleurs, ces inconnus se sont retournés vers nous d'un seul mouvement. Tous ces yeux braqués dans notre direction. Il y en avait bien trop pour moi, alors j'ai posé les miens sur maman. Et, jusqu'à ce que cette serveuse arrive, je ne l'ai pas quittée une seule seconde du regard.

À présent, la musique bien plus jazzy bourdonne dans mes oreilles. Lentement, je recule, manquant d'air.

C'est trop ! J'étouffe !

Il y a trop longtemps que je ne me suis pas retrouvée parmi la foule. Il y a trop longtemps que j'ai perdu l'habitude de me mélanger à un groupe. Une angoisse qui me comprime la poitrine m'envahit. Le grand calme me manque. J'en ai besoin, maintenant. C'est vital.

Je recule peu à peu. Maman et Donovan partagent leur bonheur à travers leurs grands sourires et leurs échanges de regards amoureux. Pris par leurs convives, qui les félicitent encore tour à tour, ils ne remarqueront pas mes quelques minutes d'absence.

Aussi rapidement que ces nouveaux escarpins me le permettent, je traverse la terrasse, cette limite à ne pas dépasser par les invités. Puis je rejoins l'intérieur de la maison. Dès mon premier pas, je n'ai qu'un unique but : trouver un verre d'eau. À bout de souffle, je fonce en direction du bar du salon. Je bois cul sec avant de claquer mon verre sur le comptoir. J'inspire et expire profondément plusieurs fois de suite, en fermant les yeux pour me libérer de la tension de toute cette agitation.

Mon calme revenu, je regagne le salon pour m'accorder quelques minutes supplémentaires de solitude. Malheureusement, il semblerait que je ne sois pas la seule à avoir eu cette idée. Un jeune homme est confortablement installé sur l'un des canapés en cuir, les pieds posés sur la table basse.

Bah voyons, fais comme chez toi !

L'espace d'une seconde, peut-être par réflexe de mon éducation, je m'apprête à faire la morale sur le manque de savoir-vivre de ce convive irrespectueux.

Quel sans-gêne !

J'approche à pas de loup jusqu'à ce que son profil, aux trois quarts caché par ses cheveux bruns, m'apparaisse.

Kyle...

Je le reconnais immédiatement et sans aucune hésitation. Il est exactement comme sur les photos. Les clichés que maman m'a montrés des fils de Donovan au cours d'une visite au centre de rééducation, pris à la volée. Kyle était dans la même position que maintenant, de dos, le visage en partie caché. Je sais que c'est lui. Cette impression qu'il donne de fuir, de se protéger peut-être, je la ressens de la même façon. Je n'ai aucun doute sur son identité.

C'est Kyle Carter...

Ravalant mon discours sur la façon de se tenir chez les autres, je contourne le canapé. Ce garçon est bien plus chez lui, ici, que je ne le suis moi-même. Doucement, je me sens rougir d'embarras. Je m'arrête à sa hauteur, incapable d'aller plus loin.

Quand, enfin, il s'aperçoit de ma présence, il me fixe à son tour. Le temps d'un battement de cils, je crois voir ses yeux s'écarquiller, comme s'il était surpris de me découvrir là. Kyle ne me dévisage pas de la tête aux pieds. Au contraire, nos regards se croisent, et je ne suis plus capable de le lâcher des yeux, presque hypnotisée par son regard torturé. J'imagine que lui aussi me reconnaît grâce aux photos que ma mère lui a probablement montrées. Et j'aurais aimé que son trouble ne soit dû qu'à cela. Mais, au fond de moi, je sais parfaitement ce que je représente pour lui. Me voir en chair et en os doit faire remonter toute la souffrance qu'il ressent depuis le drame.

Ses yeux ambre me désarçonnent complètement. Je détourne enfin le regard en direction de ses cheveux rejetés en arrière, puis mes yeux glissent le long de son nez droit. Je remarque sa mâchoire carrée qui se crispe.

Mon silence l'agace sûrement.

– Tu dois être Kyle, c'est bien ça ? Je suis Nell, la fille de Tara.

J'accompagne ma présentation d'un sourire amical. Même si je sais que c'est lui, c'est une façon simple de lancer la conversation. À son tour, il détourne les yeux et secoue légèrement la tête en laissant échapper un rire jaune. Une sorte de mépris émane de lui. Un ressentiment auquel je n'étais pas prête à faire face. Une réaction qui fait mal, je dois bien l'admettre.

– Et je devrais en avoir quelque chose à foutre parce que… ? raille-t-il.

Kyle me regarde de nouveau, certainement dans l'attente de voir mon visage se décomposer.

L'enfoiré !

Et c'est vrai qu'à l'intérieur, je me décompose complètement, mais je me garde bien de le lui montrer. S'il y a une chose que je suis certaine de ne pas avoir oubliée, c'est que, même si j'ai souvent été trop gentille, je refuse catégoriquement d'être prise pour une imbécile. Oui, il a souffert, mais ce n'est pas une raison pour nous rendre la vie infernale. C'est déjà assez dur comme ça. Donc, si c'est ainsi qu'il veut que ça se passe, OK ! Mais qu'il ne compte pas sur moi pour jouer les punching-balls.

– Parce qu'à partir d'aujourd'hui, je suis ta demi-sœur ! riposté-je avec assurance.

Kyle ne semble pas surpris par mon manque de tact. Je m'en veux un petit peu de lui répondre sur ce ton, mais il est hors de question d'être le souffre-douleur des frères Carter. Je n'entrerai pas dans ce petit jeu. Et ce n'est pas eux qui gâcheront le rêve de ma mère !

Sa grimace de dégoût dépasse les bornes. Je dois immédiatement mettre les choses au clair si je ne veux pas perdre le contrôle de la situation.

– Peu importe ce que je crois, ou même ce que tu en penses. Le fait est que nous allons cohabiter, tous ensemble ! *Cohabiter*, ça veut dire « vivre ensemble », pas « se pourrir la vie ensemble ». Donc, si tu pouvais ravaler ta grimace de dégoût, ça serait plus facile pour tout le monde, balancé-je d'une traite.

Je croise les bras sur ma poitrine pour donner du poids à mes paroles. Mais aussi pour me protéger de la riposte qui pourrait s'abattre sur moi.

– Ah ! Vous êtes là ! intervient Hunter.

Aucun doute sur son identité, à lui aussi, même si ses cheveux blonds semblent plus courts que sur la photo de maman. Il a dû aller chez le coiffeur à l'occasion du mariage. Hunter s'approche de nous en quelques grandes enjambées.

– Les mariés m'ont envoyé vous chercher pour les photos, alors bougez vos culs, OK ? se plaint-il, pressé.

Décidément, les présentations chez les frères Carter, c'est comme la politesse : en option !

– Sans moi ! tranche Kyle.

Il se lève du canapé et le contourne. Bouche bée, je fais un petit pas en arrière afin de le laisser passer. Je reste en retrait. Ce n'est pas à moi d'intervenir, surtout après notre échange tendu. Et puis, même si je rêve que maman soit heureuse, je peux aussi comprendre qu'il n'ait pas envie de faire des photos de famille si rapidement après la mort de sa mère.

– Les mariés nous veulent tous les cinq pour une photo de famille. Qu'est-ce que tu n'as pas compris là-dedans ? persifle Hunter.

Les mains glissées dans les poches de son pantalon de costume, Kyle s'arrête au milieu du salon sans se retourner.

– On n'est pas une famille ! crache le brun.

Immédiatement, Hunter fonce sur son demi-frère et l'attrape par le col de la chemise, menaçant.

– Écoute-moi bien, le petit bâtard ! gronde Hunter. Je n'en ai vraiment rien à foutre de tes états d'âme. Le paternel veut ces putains de photos, alors il aura ces putains de photos ! Ça ne me plaît pas plus qu'à vous de le faire, comme ça ne me plaît pas de me coltiner vos tronches chez moi, dans *ma* baraque ! Mais on n'a pas le choix, alors autant s'en débarrasser au plus vite !

Quelle ordure !

Je reste interdite face à la violence des paroles que vient d'avoir Hunter vis-à-vis de son demi-frère. De l'aperçu qu'il m'a donné, Kyle ne semble pas être des plus faciles à vivre, et je conçois que Hunter ne se laisse pas faire. Moi, la première, j'ai réagi de cette façon, mais il pourrait quand même avoir un minimum de respect pour son petit frère, après tout ce qu'il a traversé. Et puis on est tous majeurs, on peut discuter entre adultes si l'on a des différends.

Kyle se dégage de la prise de son demi-frère. Les deux jeunes hommes se dévisagent avec mépris. Sans un mot et toujours les mains dans les poches, Kyle change sa trajectoire en direction de la baie vitrée. Hunter pose ses iris d'un bleu glacial sur moi, prêt à en découdre encore une fois, si besoin. J'emboîte le pas à Kyle afin de montrer ma coopération à Hunter, qui ferme la marche pour s'assurer que nous nous rendons bien auprès de nos parents.

Donovan nous accueille sur la terrasse pour nous guider jusqu'à un coin photo, installé un peu à l'écart, au fond du jardin. Maman nous attend patiemment devant un vieux lilas. Elle n'a rien perdu de son grand sourire. Nous suivons, chacun à notre tour, les instructions du photographe et enchaînons différentes poses et diverses combinaisons. Je tente d'offrir mon plus beau sourire à l'objectif pour ne pas gâcher le souvenir du plus magnifique jour de la vie de ma mère. Cependant, il n'est pas complètement sincère et je m'en veux pour ça. Mon bonheur pour ce mariage vient d'être méchamment entaché par le comportement des fils de Donovan. C'est une véritable douche froide. Je ne pensais pas que les choses seraient forcément faciles, mais j'étais loin d'imaginer une telle animosité.

Après quelques minutes de mitraillage, les flashs s'arrêtent enfin. Maman se précipite auprès du photographe, trop impatiente d'avoir un aperçu du résultat.

– Viens voir, ma libellule ! me supplie-t-elle.

– J'arrive…

Avant de rejoindre ma mère, je ne peux m'empêcher de jeter un coup d'œil en direction des deux frères. Donovan pose respectivement une main sur leurs épaules pour les remercier. Hunter sourit à son père tandis que Kyle se dérobe, impassible.

Aussitôt, Donovan fait un tour d'horizon pour s'assurer que personne n'a été témoin de l'attitude de son fils envers lui. Je m'élance immédiatement vers ma mère et le photographe afin d'échapper au regard de celui qui est officiellement devenu mon beau-père. Devant les clichés qui défilent sur l'écran de l'appareil numérique, je m'extasie avec maman en prenant soin de ne commenter que les nouveaux mariés.

– Regarde celle-ci, m'interpelle maman. Elle est magnifique !

– C'est vrai…

Cette photo est magnifiquement… fausse.

– Elle n'est pas belle, notre nouvelle famille ? On va être bien, là ! se réjouit ma mère.

Notre nouvelle famille…

J'examine le petit écran, et il n'y a pas l'ombre d'un doute sur l'amour que se portent maman et Donovan. Ils sont heureux et amoureux. Quant aux deux frères, ils sont aussi différents l'un de l'autre que leurs chambres peuvent l'être. Hunter se tient droit, dans son costume gris clair, juste à côté de son père.

Les cheveux parfaitement peignés, il a tout du gendre idéal. Kyle est près de lui, les mains toujours dans les poches. Son costume noir est un peu froissé. Ce style légèrement négligé est en accord avec ses quelques mèches trop longues qui lui tombent sur le visage.

Pas un seul instant, on ne peut envisager ce qui se cache derrière nos cinq visages souriants. Nous représentons la famille parfaite, en apparence. Ce qui est bien loin de l'hypocrisie familiale que je viens de découvrir.

Un blond. Un brun.

Un fils modèle. Un fils rebelle.

Et moi, une amnésique.

5

Repartir de zéro

Nell

Il y a une semaine à peine, j'abandonnais le Vermont pour assister au remariage de ma mère. Et aujourd'hui, j'ai un beau-père, deux demi-frères, et c'est déjà la rentrée.

Je soupire en croquant dans mon toast. Je donnerais n'importe quoi pour rejoindre mon lit et repousser la rentrée de quelques jours.

Kyle est sorti hier soir, comme tous les soirs d'ailleurs. Et ça ne me pose aucun problème, hormis quand il me réveille, comme cette nuit. Il est rentré complètement bourré, vers trois heures du matin, en charmante compagnie. Sauf que ce crétin s'est accidentellement trompé de chambre. Non seulement ils m'ont foutu la trouille de ma vie, mais en plus je n'ai pas réussi à me rendormir à cause des gloussements de la fille.

Je me pince l'arête du nez avant d'avaler la dernière bouchée de mon petit déjeuner. Hunter me rejoint dans la cuisine pour se servir un café. On ne se dit pas bonjour, c'est comme ça depuis le lendemain du mariage. Sans nous concerter, nous avons pris l'habitude de nous en tenir au minimum, c'est préférable. Ni amis ni ennemis, nous nous accommodons de la présence de l'autre.

Debout, accoudé au plan de travail devant la machine à expresso, Hunter consulte son smartphone entre deux gorgées. J'imagine que ce businessman en devenir lit les nouvelles d'un journal financier ou un truc de ce genre-là. Avec ses grands airs et son assurance, il pourrait lire n'importe quelles conneries qu'on ne verrait pas la différence, je crois. Sa fierté a tendance à me taper sur les nerfs.

– Ne traîne pas trop, ma libellule, on part dans trente minutes, me prévient ma mère.

Elle passe devant la cuisine sans s'arrêter. J'ignore où maman se trouve, mais je lui réponds en descendant de mon tabouret.

– Je peux y aller en bus… tenté-je sans grand espoir.

– Hors de question, tu es encore trop fragile, je refuse que tu montes là-dedans, gronde ma mère.

Je jette quelques miettes dans la poubelle avant de sortir. Maman et moi tombons nez à nez sur le seuil de la cuisine. Le regard de ma mère est fermé, inutile d'avoir cette conversation une énième fois.

– Très bien ! Dépose-moi ! capitulé-je. Je monte finir de me préparer. Est-ce que je dois réveiller Kyle ?

J'entends Hunter glousser derrière moi, à l'autre bout de la cuisine. Je tente de l'ignorer malgré l'œillade que lui accorde ma mère.

– Non, c'est gentil de ta part, ma libellule, mais Kyle gère son emploi du temps à sa façon. Allez, dépêche-toi, je file me maquiller.

Maman disparaît en direction de sa chambre. Je ne peux pas lui en vouloir de prendre la fuite. Elle ne doit pas souhaiter interférer dans la vie de ses beaux-fils. Je comprends qu'elle préfère éviter tout conflit inutile.

Qu'est-ce qui m'a pris de proposer ça, aussi ?

– Il n'y aurait que moi, je le forcerais à se lever avec un bon coup de pied dans le cul, désapprouve Hunter.

Je lève les yeux au ciel, même si Hunter ne peut pas me voir. Son intervention n'a absolument aucun intérêt. Je m'élance dans l'escalier, je n'ai pas de temps à perdre.

L'aîné des frères Carter ne loupe pas une occasion de descendre Kyle. Le moins que l'on puisse dire, c'est que ces deux-là se détestent vraiment. Kyle passe son temps à essayer de tous nous éviter au maximum. Hunter en profite pour balancer ses phrases assassines à propos de Kyle. Mais lorsqu'ils sont tous les deux obligés d'être dans la même pièce, ils s'ignorent totalement ou se provoquent. Kyle ne parle peut-être pas beaucoup, mais il a au moins le mérite de ne pas faire l'hypocrite devant les parents, contrairement à Hunter.

Dans la voiture de ma mère, je pose ma tête contre la vitre de la portière tout en pensant encore à la situation. J'admets que ce n'est pas aussi parfait que le tableau que m'a dressé maman. Mais ce n'est pas aussi insupportable que je l'avais imaginé le jour du mariage. Je m'attendais à beaucoup plus d'affrontements entre les fils Carter, ou entre eux et moi. Pour l'instant, ça reste plutôt gérable, en espérant que ça dure ou s'améliore. Je suis toujours en retrait et j'observe encore les habitudes de chacun. Cette sensation d'être spectatrice de cette vie de famille ne me quitte pas, tout comme cette culpabilité vis-à-vis de ma mère qui l'accompagne. Je patiente dans l'espoir qu'avec le temps tout rentrera dans l'ordre naturellement.

– Tu as l'air fatiguée. C'est peut-être un peu tôt pour reprendre les cours… s'angoisse ma mère.

– Mais non, maman, ne t'inquiète pas. J'ai mal dormi, certainement à cause du stress, mais on en a déjà parlé. C'est vraiment plus simple pour moi de démarrer dans un nouveau lycée en début d'année, comme tout le monde.

J'ignore si Kyle a l'autorisation de sortir aussi tard, de rentrer complètement ivre ou même de ramener n'importe quelle traînée à la maison. Nos chambres se trouvant à l'étage et parfaitement à l'opposé de celle des parents, je suis certaine qu'ils n'entendent rien. Je pourrais le dénoncer, mais…

À quoi bon ?

Je ne peux pas faire ça à maman. Donovan pourrait être furieux. Kyle m'en voudrait, l'ambiance serait encore plus tendue, donc encore plus difficile à gérer. Et le bonheur de ma mère serait entaché. Je n'ai plus qu'à prier pour que la reprise de ses cours à l'université l'assagisse un peu.

***

Devant l'établissement, je m'arrête un instant pour prendre une grande inspiration, avant de monter les quelques marches qui mènent au lycée. Je me laisse emporter par la vague et passe les portes.

Ça y est, j'y suis. Le plus dur est fait !

J'arpente les couloirs en me répétant mon nouveau mantra : tout va bien se passer. De ce dont je me souviens, je n'ai jamais stressé pour les rentrées scolaires. J'étais bonne élève et toujours entourée de mes meilleures amies. Ici ou ailleurs, aujourd'hui, j'aurais été seule, quoi qu'il arrive. Joy, Claire et Bethany sont à l'université maintenant. Je n'ai plus que moi-même sur qui compter, quoi qu'il advienne, et c'est une nouveauté angoissante.

Tout le monde s'est attroupé autour des listes. Je parviens avec difficulté à me frayer un petit passage sur la droite. L'inconvénient d'avoir un nom de famille en milieu de liste. Mes yeux balaient rapidement les premiers noms jusqu'à arriver au mien.

LEWIS Nell A121

Sans perdre une seconde, je fuis la foule du hall à la recherche de ma salle de cours. Grâce aux panneaux, je comprends très facilement quelle direction je dois prendre. Le bâtiment A se trouve à gauche de l'entrée. Par chance, dans ce lycée, tout est bien indiqué par un système de couleurs.

Au moins un point positif qui m'empêche de passer pour une touriste...

Au fur et à mesure que j'avance, la logique me vient plutôt naturellement.

Bâtiment A, premier étage, salle 21.

Visiblement, ce bâtiment est réservé aux élèves de dernière année, en tout cas pour aujourd'hui. Un groupe de filles discute devant la salle de cours. J'entre sans trop faire attention à ceux qui sont déjà installés et fonce sur une place disponible près d'une fenêtre.

Je pose mon sac à dos et m'assieds, plutôt fière de moi. Je suis assez bien placée, ni trop devant ni trop au fond. Dans le reflet de la vitre, je vois des garçons échanger des poignées de main ou des checks qui n'en finissent pas. Les filles se prennent dans les bras. Je tends l'oreille, et ça me confirme ce que je devinais déjà : tous se connaissent et sont contents de se retrouver après les vacances. J'aimerais tellement être à leur place, retrouver, moi aussi, mes amies après l'été. Revenir à une époque où tout était si simple.

Une femme d'une quarantaine d'années arrive et ferme la porte derrière elle. Elle se présente comme notre professeure principale et écrit son nom sur le tableau blanc.

Mme DEVON

Elle sera également notre professeure d'histoire. Bien que je ne sois pas passionnée par la matière, cette prof a l'air vraiment sympa. Lors de l'appel, elle adresse un petit mot personnel à chacun des élèves. Certains l'ont déjà eue comme prof, d'autres ont un frère ou une sœur qui l'ont eue, et les autres l'ont déjà rencontrée à l'occasion de sorties scolaires ou d'activités pédagogiques.

– Nell Lewis, annonce Mme Devon.

Son visage inspecte la classe de gauche à droite. Évidemment, je suis complètement à droite. J'ai beau lever le bras immédiatement, tous les regards se tournent vers moi.

– Présente, m'annoncé-je.

Les yeux de la prof se plissent légèrement, je vois qu'elle fouille dans sa mémoire.

– Vous êtes nouvelle dans notre établissement, si je ne m'abuse ?

J'acquiesce d'un signe de tête et d'un sourire timide. Je n'ai pas vraiment envie de me faire remarquer plus longtemps.

– Bienvenue parmi nous, mademoiselle Lewis ! N'hésitez pas à venir me voir si vous avez besoin de quoi que ce soit. Je suis certaine que vos nouveaux camarades sauront, eux aussi, vous aider à vous intégrer.

Mme Devon se penche un instant sur sa feuille, probablement pour me noter présente. J'entends déjà les chuchotements qui résonnent dans la salle de classe.

C'est bon, elle vient de me mettre un panneau lumineux « NOUVELLE » au-dessus de la tête.

– Merci, madame Devon, bredouillé-je pour en finir au plus vite.

La prof reprend sa liste d'élèves tandis que je me tourne à nouveau vers la fenêtre pour éviter les regards des curieux. Je me comporte comme ma mère. Je fuis les situations dérangeantes. C'est peut-être un truc de famille, un truc de « Lewis ».

Même si, désormais, ma mère est une Carter…

Plus tard, dans la matinée, une fille s'avance vers moi juste avant le cours de maths. Elle remet ses cheveux auburn derrière ses oreilles, hésitante.

– Ça te dérange si je m'installe là ?

– Non, vas-y, y a pas de problème, lui assuré-je.

Elle s'installe à la place libre à côté de moi. Je me replonge dans la contemplation de mon emploi du temps. Je le connais déjà par cœur, étant donné que c'est ce que je fais depuis la première heure. Mais je ne veux pas que les autres croient que je suis désespérée de me faire des amis.

– Moi, c'est Veronica, commence-t-elle, une fois à son aise.

– Nell !

J'aime sa façon de m'aborder, très avenante. J'ai bien l'impression d'être tombée sur une fille vraiment sympa.

– Je suis désolée. D'habitude, je suis toujours à côté de mon petit ami, Steve. C'est le grand blond avec la veste verte au fond de la salle, m'annonce Veronica.

Je me penche légèrement afin de voir à quoi ressemble le fameux Steve dont il est question.

– Non ! chuchote-t-elle en tirant sur la manche de mon tee-shirt. Ne le regarde pas, il va savoir qu'on parle de lui. On vient de s'engueuler…

Je reporte immédiatement mon attention sur ma potentielle nouvelle amie.

– Ça va aller ?

Elle n'a pas l'air particulièrement triste, mais je ne sais pas trop quoi lui répondre d'autre.

– Ouais, j'ai l'habitude. Les mecs sont vraiment tous des gros cons, de toute manière ! déplore-t-elle. Alors, comme ça, t'es nouvelle ? Tu viens d'où ?

– La prof d'histoire ne m'a pas loupée ! avoué-je, embarrassée. Je suis de New York.

– N'en veux pas à Mme Devon, c'est une prof géniale, tu verras. Tu sais, ici, tout le monde se suit depuis le jardin d'enfants, alors on remarque vite quand y a un truc nouveau dans le paysage.

Sympa pour le « truc »…

Malgré sa formulation maladroite, je devine que Veronica n'a pas voulu être vexante, donc je ne lui en tiens pas rigueur. Je n'ai pas le temps de répondre que notre nouveau professeur entre dans la salle. M. Decker nous distribue des tests sous les protestations des élèves. Finalement, chacun se concentre sur sa feuille, moi la première. Évidemment, j'ai quelques hésitations parfois, mais dans l'ensemble, je crois m'en sortir pas trop mal. De son côté, je sens Veronica démissionnaire, comme beaucoup d'autres élèves.

C'est perturbant, pour moi, de répondre à tous ces exercices, de comprendre, de connaître des choses alors que je n'ai aucun souvenir de les avoir apprises ou d'avoir assisté à un tel cours. C'est comme si j'avais un savoir qui était apparu miraculeusement dans mon cerveau. C'est tellement dingue que je ne saurais même pas expliquer ce que je ressens exactement.

À quelques minutes de la fin, le prof nous signale que c'est bientôt terminé et que ceux qui le souhaitent peuvent déposer leur feuille sur son bureau et sortir. Comme la majorité, je me lève et quitte la salle après avoir rendu mon test.

***

– Hey, Nell, attends !

Au milieu du couloir, Veronica m'interpelle. Lorsque je m'arrête, elle s'avance vers moi avec son groupe de copines, des filles de notre classe.

– On va déjeuner sur l'herbe, ça te dit de venir avec nous ? me propose une blonde.

Oh que oui ! Mille fois oui ! Si elle savait à quel point ça me dit !

Moi qui m'attendais à passer mon premier repas en tête à tête avec mon plateau, je suis soulagée d'avoir de la compagnie. Un élan de reconnaissance m'envahit et j'accepte volontiers leur invitation. Je les suis jusqu'au distributeur, où j'opte pour une salade et une barre chocolatée.

On s'installe sous un arbre pendant que Veronica me présente chacune de ses copines. J'essaie de me souvenir de tous les prénoms, mais ce n'est pas gagné.

– T'as cartonné au test de maths, d'après Veronica ! commence une grande brune, Juliet, il me semble. T'es une sorte d'intello ou un truc comme ça ?

Je n'en ai aucune idée, je viens de passer une année en rééducation et je ne me rappelle pas mes deux dernières années de lycée avant ça.

Ça, c'est que je devrais lui répondre pour être franche. Mais je ne peux pas. Je n'ai peut-être plus de souvenirs de mes années de lycée, mais je suis suffisamment allée à l'école avant ça pour savoir comment ça fonctionne. Les préjugés, les effets de groupes, les rumeurs, tout ce qui peut rendre la vie infernale. Je refuse d'être l'amnésique de service. On me collera une étiquette à un moment ou à un autre, mais pas celle-ci !

– J'ai fait de mon mieux, maintenant faut voir le résultat. J'ai toujours eu des profs de maths assez exigeants, faut croire que ça me poursuit même ici, plaisanté-je.

Le groupe ricane. Elles sont satisfaites de ma réponse et je n'en demande pas plus. Rapidement, j'entame ma salade afin de me faire oublier. La discussion dérive sur des sujets tout ce qu'il y a de plus communs. Je les écoute échanger sur des groupes de musique, des films, des people dont je n'ai jamais entendu parler. De temps en temps, j'acquiesce pour donner l'illusion de participer à la conversation. Mais c'est du bluff. Je suis un imposteur. J'use de stratagèmes pour ne pas vraiment parler de moi ni d'un sujet banal.

Dans le centre, je me suis concentrée sur la guérison, la volonté de m'en sortir. Sur la kinésithérapie, l'ergothérapie, l'orthophonie, et les séances de psy pour me reconstruire une identité. Pendant neuf mois, je n'ai rien suivi de ce qui se passait dans le monde extérieur.

Du coup, niveau culture générale, j'ai trois ans de retard.

– Oh, Nell, faut trop que je te montre mon tatouage, s'enthousiasme Mindy.

La brunette retire sa veste et soulève la manche de son tee-shirt à fleurs, laissant apparaître un signe de l'infini de trois ou quatre centimètres sur son épaule.

– Je l'ai fait juste après mon anniversaire, renchérit-elle. Parce que ma mère était carrément contre. C'est vrai qu'il est tout petit à côté du tien, mais…

– Quoi ? T'en as un aussi ? s'étonne Juliet à côté de moi. Montre !

– T'es vraiment aveugle pour l'avoir raté, il est énorme ! se moque Veronica.

– Ça va, il est à l'intérieur de son bras, j'avais pas fait gaffe, se justifie Juliet.

La jeune femme m'attrape le poignet et me retourne le bras pour m'inspecter, comme si nous étions déjà proches. Je la regarde faire la moue, tourner doucement sa tête sur le côté.

– Tu l'as fait y a combien de temps ? s'intéresse Mindy.

– Deux ans environ, avancé-je sans hésiter.

Ce n'est pas vraiment un mensonge, j'ai dit « environ ».

– Il représente quoi ? demande Juliet en me rendant mon bras.

À mon tour, je laisse mes yeux glisser sur ma peau encrée. Cet amas de fleurs n'a pas la forme d'un simple bouquet. Je sais que cela a une signification particulière. Je n'aurais jamais fait un tatouage sans raison. Et maman ne m'aurait jamais laissé faire. Ce drôle de bouquet de fleurs qui s'allonge du creux de mon coude jusqu'à mon poignet représente forcément quelque chose pour moi. Il le doit !

– Tu n'es pas obligée de nous le dire, tranche Mindy, face à mon silence. Au fait, il paraît que Justin se retrouve dans la classe de l'autre geek de Penny.

Soulagée, je les laisse poursuivre sur un autre sujet. Après le déjeuner, je rejoins mon casier et fais un saut aux toilettes. Une fois dans la cabine, je crois reconnaître les voix des personnes qui entrent. On dirait Mindy et Juliet. Je me dépêche dans l'espoir de les retrouver.

– Non, mais t'as vu comment elle fait sa fière avec son tatouage, la nouvelle ? dit Juliet.

Elle parle de moi, là !

– Franchement, son côté meuf mystérieuse, ça m'a saoulée, critique Mindy. C'est bon, elle vient de New York, et après ?

– Je sais pas ! Elle doit chercher à se donner un style, suppose Juliet.

– Il faudrait plutôt qu'elle s'achète une personnalité au lieu de nous suivre sans parler.

Quoi ?

Heureusement que je suis assise. Mes jambes sont engourdies par le choc.

C'est vraiment ce qu'elles pensent de moi ?

Pendant tout le déjeuner, j'ai fait de mon mieux pour avoir l'air cool, faire illusion, paraître normale, passe-partout. Et j'ai complètement échoué !

Soudain, la porte battante des toilettes claque. J'attends quelques minutes avant de sortir de ma cabine. Je prends le temps de me laver les mains avec soin. Ensuite, je me rafraîchis le visage en me fixant dans le miroir.

Elles ont raison.

Je mens, j'esquive, je fuis.

Je ne suis pas moi. Je ne sais plus très bien qui je suis, mais je ne peux pas tenir une année scolaire comme ça.

À la sonnerie, je me précipite jusqu'à mon cours de dessin.

***

De retour à la maison, je m'isole dans ma chambre. Je balance mon sac par terre, allume la radio et m'installe pour dessiner, confortablement assise dans le rocking-chair. De toute la journée, il n'y a que mon cours d'art qui ne m'a pas semblé long et pénible.

Je déteste me sentir en décalage avec tous les autres. Mais je déteste encore plus faire semblant. Pourtant, ça ne m'a pas empêchée de raconter à ma mère à quel point ma rentrée s'était bien passée pendant tout le trajet du retour.

Sans vraiment y penser, je me retrouve à dessiner une silhouette sur mon bloc. C'est certainement dû à l'influence du cours qu'on a eu. Tout le semestre va porter sur la représentation figurative ou véritable du corps humain.

J'apporte la touche finale à mon croquis quand la porte de ma chambre s'ouvre à toute volée.

Kyle !

– Putain, t'es sourde ? gronde-t-il. Y a ta mère qui gueule en bas depuis cinq minutes.

– On t'a jamais appris à frapper à la porte avant d'entrer ? m'offusqué-je.

– Pourquoi, tu te sens déjà chez toi, ici ? me blâme Kyle.

– Sûrement plus que toi, vu ta chambre de *serial killer* ! rétorqué-je instinctivement.

Je n'aurais pas dû dire ça. Je me doute qu'il donnerait tout pour revenir en arrière, avant l'accident, et ne pas avoir à habiter là. J'imagine que, s'il n'a pas accroché une affiche ou une photo depuis presque un an qu'il est ici, c'est par colère ou tristesse.

– Je vois bien que tu es obsédée par ma chambre, rétorque-t-il avant que j'aie pu m'excuser, et que ça te rend distraite, mais si tu pouvais te concentrer suffisamment pour répondre à ta mère, ça nous arrangerait tous !

Adossé dans l'embrasure de la porte, il croise ses bras musclés et attend. Mes scrupules s'envolent et j'aimerais lui balancer une réplique bien sentie pour le remettre à sa place, mais je ne sais pas quoi lui répondre. Peut-être que je manque de repartie, à moins que ce soit à cause de ses mèches qui lui tombent dans les yeux et que j'ai envie de remettre en place.

Mais qu'est-ce qu'il me prend, c'est n'importe quoi !

Et pour enfoncer le clou, maman s'égosille au même moment pour m'appeler.

– Nell ! Descends, j'ai besoin d'aide pour le dîner.

– Allez, le parasite, m'ordonne Kyle.

Il ne sourit pas, mais je sens sa satisfaction d'avoir le dernier mot. Je ne prends même pas la peine de lui répondre. Il m'agace trop pour ça.

Je m'offre une grande inspiration avant de me lever. Je claque mon bloc à dessin et mon crayon sur mon bureau. Furieuse, je fonce vers Kyle, bien décidée à sortir en l'ignorant. Au dernier moment, je m'arrête à sa hauteur :

– Et, à propos, je t'interdis d'entrer à nouveau dans ma chambre, et en particulier en pleine nuit, c'est bien compris ?

Ma menace n'a pas du tout l'effet escompté. Kyle se penche pour mettre son visage à mon niveau.

– Sinon quoi ? demande-t-il calmement.

Son regard est planté dans le mien. Seuls quelques centimètres nous séparent, et je m'aperçois que c'est la première fois, depuis mon emménagement, que je le vois d'aussi près. Et, malgré toute la colère qu'il a réveillée en moi, je me surprends à l'examiner avec minutie.

Ses iris, que je croyais marron, sont en réalité deux lucioles d'un jaune fauve parsemées de vert et de brun clair presque ambré. Ses prunelles me fixent sans que ses paupières clignent. Son regard est si intense que ma poitrine se serre. Mon rythme cardiaque accélère au fur et à mesure que la rancœur transparaît dans ses yeux de loup.

– Tu pourrais le regretter, avancé-je, à court d'idées et bouleversée par la haine que je lis dans ses yeux.

– Je le regrette déjà ! souffle Kyle avant de disparaître dans son antre.

6

Être soi-même

Nell

Comme chaque jour, depuis plus d'un mois, maman me raccompagne après les cours. Donovan a fait en sorte que les horaires de ma mère soient adaptés à mon emploi du temps. Devant le garage qu'elle partage avec Kyle, maman actionne sa petite télécommande. Lorsqu'il s'ouvre, je ne peux m'empêcher de vérifier si la moto de Kyle est là.

Au moins, quand la moto n'est pas là – et c'est le cas le plus souvent –, j'ai l'assurance de ne pas croiser sa sale tête toujours de mauvaise humeur.

Aujourd'hui, je suis surprise de la voir. Mais plus rien ne devrait m'étonner de la part de Kyle.

On dirait qu'il déteste tout le monde. Il est provocateur, insolent, moqueur, sarcastique… et puis, tout à coup, c'est comme si plus rien ne comptait, comme si plus rien n'avait d'importance, que la vie ne valait rien. Tout ce qu'on peut lui dire lui glisse dessus. Je suis persuadée qu'il souffre, mais aussi qu'il refuse de le montrer.

Pourtant, depuis que je lui ai interdit d'entrer dans ma chambre, il n'a pas recommencé. Cela ne l'empêche pas de sortir, de rentrer complètement bourré et parfois accompagné. Il fait moins de bruit, mais suffisamment pour que je l'entende, malheureusement.

Il est en train de foutre sa vie en l'air !

Maman et moi entrons dans la maison lorsque j'ai un étourdissement. Je m'accroche à la première chose qui me tombe sous la main – son bras.

– Nell ! Qu'est-ce qu'il se passe ? s'affole-t-elle.

– Rien, ce n'est rien ! la rassuré-je en retrouvant mes esprits.

J'ai l'habitude des étourdissements, mais pas maman. Les médecins du centre l'en ont déjà informée. De mon côté, je ne lui en ai jamais trop parlé. D'autant que c'est de moins en moins fréquent. Après une année à rééduquer mon corps, à forcer, j'ai des affaiblissements, rien de bien dramatique, mais c'est agaçant à vivre au quotidien.

– Tu as fait un malaise, ce n'est pas rien ! J'appelle tout de suite le docteur…

– Non, maman, la coupé-je. C'est ma faute, je n'ai pas fini mon déjeuner, ce midi, et j'ai le ventre qui gargouille depuis deux bonnes heures.

Je referme la porte de la maison derrière nous, feignant d'ignorer ma mère, qui me jauge.

– D'accord, capitule-t-elle. Ce doit être de l'hypoglycémie ou une baisse de tension comme les médecins nous ont prévenues. Mais tu vas immédiatement avaler quelque chose.

– Oui, maman, concédé-je, moqueuse.

J'entre dans la cuisine tandis que ma mère range son manteau et son sac à main. Donovan et Hunter sont en grande conversation. Je crois qu'ils parlent du boulot, et pourtant leur complicité est palpable. Maman nous rejoint, suivie par Kyle, qui attrape une pomme et croque dedans. Il s'apprête à repartir quand ma mère revient à la charge.

– Ma libellule, fais comme Kyle, mange un fruit, c'est plein de vitamines, ça va te faire du bien.

Je rêve ou elle vient de me demander de prendre exemple sur… Kyle ?!

Maman traverse la cuisine pour rejoindre son mari, ignorant que son beau-fils se moque de moi en haussant ses sourcils épais.

– Mais oui, Nell, écoute ta maman, fais comme moi, me nargue Kyle, amusé.

Je me mords la lèvre inférieure pour éviter de l'envoyer bouler comme j'aimerais le faire si les parents n'étaient pas là. Sans prendre le temps de réfléchir, je m'approche de lui en le fixant bien dans les yeux et lui arrache sa pomme des mains. Je croque dedans et, à cet instant précis, je vois une lueur passer dans le regard de Kyle. Quelque chose de différent qui me perturbe, qui me trouble. Une vague de chaleur s'empare alors de tout mon corps, le rouge me monte aux joues et je suis honteuse de mon geste.

Mais qu'est-ce qui m'a pris de faire ça ?

Ce mec m'énerve, mais à un point… J'aimerais pouvoir l'ignorer tout simplement, mais c'est au-dessus de mes forces. J'ai ce besoin de lui prouver que je ne m'écraserai jamais devant lui, que sa souffrance ne lui donne pas le droit de me marcher dessus. Mais, finalement, quoi que je fasse, il gagne !

Je me ressaisis en détournant le regard.

Heureusement, personne ne semble avoir vu mon geste ni mon trouble. Maman passe un bras dans le dos de Donovan et se blottit contre lui. Ce dernier lui dépose un premier baiser délicat sur les lèvres. Voir ma mère aussi heureuse mérite bien quelques efforts ! Quand maman rend son baiser à Donovan, Hunter intervient, la mine dégoûtée.

– Stop ! Vous savez qu'il n'y a rien de plus dégueulasse

que de voir ses parents embrasser quelqu'un ?

– Pourtant, tu devrais avoir l'habitude avec toutes les nanas que Donovan a collectionnées, balance Kyle telle une bombe.

Je m'arrête de mâcher mon morceau de pomme et, instinctivement, je me tourne tour à tour vers Kyle, puis mon beau-père et maman. Un lourd silence pèse dans la cuisine, durant lequel Donovan prend une grande inspiration avant de répondre. Il doit essayer de se contenir, mais, contre toute attente, c'est ma mère qui prend la parole.

– Peut-être que tu ne respectes pas ton père, Kyle. Mais je te demande, au moins, de me respecter, moi, s'il te plaît.

Son ton est désapprobateur, mais pas sec. Je sais combien cela doit être blessant pour elle. Néanmoins, maman a su rester juste, ne pas se laisser envahir par la colère. Je l'observe avec fierté.

– Désolé, bougonne Kyle.

Estomaquée, je fixe son dos jusqu'à ce qu'il disparaisse de la cuisine. Je me tourne vers Hunter, qui semble aussi choqué que moi de voir son demi-frère s'excuser. Je me force enfin à finir de manger mon bout de pomme. Pendant ce temps-là, maman et Donovan quittent la pièce à leur tour en se félicitant l'un l'autre d'avoir su garder leur sang-froid. Quelques instants après, Hunter prend lui aussi la direction de la porte.

– Comme si cette mascarade allait durer… marmonne-t-il en sortant.

Je ne sais pas ce qui me dégoûte le plus : que Hunter joue le fils parfait alors qu'il ne croit pas un instant en l'avenir du mariage de nos parents, ou qu'il n'en a strictement rien à faire que je l'ai entendu ou non.

Pour adoucir un peu l'ambiance plombée par mes deux « demi-frères », je rejoins les parents dans le salon. Kyle et Hunter ont disparu de la circulation et ça m'arrange.

– Oh, Nell ! J'y pense, j'ai quelque chose pour toi, annonce mon beau-père. Ne bouge pas, j'arrive.

Il s'absente tout juste le temps nécessaire pour que je m'installe confortablement sur le canapé le plus proche de ma mère.

– Tiens ! J'ai pensé que ça te serait sûrement utile, à ton âge, bredouille Donovan.

J'accepte avec un grand sourire et défais l'emballage cadeau sans attendre. La boîte en carton ne laisse pas la place au suspense, puisqu'elle est ornée d'un téléphone portable en photo. Je l'ouvre et sors l'appareil.

Waouh ! Il est superbe !

Je n'ai pas besoin de m'en souvenir pour savoir que

je n'ai jamais eu un aussi beau téléphone avant aujourd'hui. Jamais maman et moi n'aurions eu les moyens de dépenser autant d'argent là-dedans.

C'est vraiment adorable de sa part, mais… je ne suis pas certaine de pouvoir accepter un cadeau d'une telle valeur.

Ça a dû lui coûter une fortune !

– J'ai choisi le dernier modèle commercialisé, m'annonce-t-il fièrement.

– C'est vraiment très gentil Donovan, mais c'est beaucoup trop, je ne peux pas accepter un tel cadeau, m'excusé-je.

– Mais voyons, Nell, nous sommes une famille, on ne va pas tenir les comptes, insiste-t-il. En plus, la vendeuse l'a déjà configuré.

D'un signe discret de la tête, maman me pousse à accepter ce cadeau.

– Merci beaucoup, il est super et j'adore la couleur !

– Ça me fait plaisir, Nell. Tu regarderas : normalement, j'ai entré nos numéros de téléphone, à ta mère et moi, et ceux des garçons. Et il y a des applications de base, mais tu peux le configurer à ta guise.

Avec beaucoup moins d'enthousiasme, je le remercie une dernière fois. Concentrée sur l'écran de mon tout nouveau téléphone portable, je comprends que je n'en ai aucune utilité. Tous les membres de la « famille » sont enregistrés, mais il ne faut pas être devin pour savoir que, hormis ma mère, je n'appellerai pas les autres. Et qu'étant donné que maman me dépose et me récupère au lycée quotidiennement, je n'ai pas vraiment d'occasions de l'appeler.

En dehors d'eux quatre, je n'ai rien ni personne. Maman et Donovan croient que j'ai des copines au lycée. Et je ne peux pas leur en vouloir, c'est ma faute, c'est ce que je laisse entendre. Et quand ils tirent des conclusions, je ne rectifie pas.

Au milieu du salon, en compagnie de ma mère et de mon beau-père, je me sens horriblement seule. Pour ne pas laisser transparaître ce trouble, je navigue sur le téléphone. Mon index frôle l'icône de la messagerie électronique et j'ai une pensée pour mon père. Il me manque. Malgré la distance entre nous, les années qui passent depuis le divorce, son absence après mon accident, il me manque. J'ignore si nous avons eu une grosse dispute ces dernières années ou si l'on a juste laissé couler le temps, mais quelques cartes postales ne me suffisent pas. Les événements de cette année m'ont fait voir la vie sous un autre angle. Les rancœurs, les disputes, les ego… tout ça peut être mis de côté, être oublié. Mais ce n'est que mon point de vue. Et j'ai peur d'un refus. Mais comment savoir sans essayer ?

Je me lance dans la synchronisation de ma boîte mail avec mon nouvel appareil. Peut-être que j'ai changé d'adresse électronique au cours des dernières années ? Peu importe, je valide celle qui existe encore dans mes souvenirs. Je sais que l'adresse de mon père y est enregistrée. Il suffirait d'un petit message court, juste pour m'assurer qu'il consulte toujours ses mails.

La page peine à s'afficher et, quand enfin elle le fait, je m'aperçois que ma boîte mail est saturée. Vu l'ampleur des messages non lus, j'abandonne l'idée de contacter mon père ce soir et entame un tri.

Avec un peu de chance, je vais tomber sur un mail qui ravivera ma mémoire...

Deux minutes plus tard, je me rends à l'évidence, la tâche est trop énorme. Il me faudrait des jours entiers pour vérifier chaque mail reçu, et, de ce que j'ai pu voir jusqu'ici, ce ne sont que des spams, ça n'a aucun intérêt. Je coche l'option qui permet de sélectionner tous les messages et appuie sans remords sur le bouton « supprimer ».

***

Tout va bien. Tout va bien...

Trois heures après mon réveil, j'entends encore sa voix

rauque me rassurer, me dire de me rendormir… Et je manque de percuter un élève en allant à mon cours de maths. Merde, pourquoi est-ce que ça me perturbe autant ? Ce n'était qu'un rêve !

Même si ça avait l'air tellement réel…

Tout a commencé comme d'habitude, pourtant : le cauchemar du réveil dans une chambre inconnue, la panique, mes mains en sang… Alors, pourquoi est-ce que Kyle est tout à coup venu s'incruster dans mon rêve ?

Déjà que je dois le supporter pendant la journée, il ne va pas, en plus, venir me hanter la nuit !

À moins d'un mètre de la salle de cours, ma tête commence à tourner.

Oh non, pas maintenant, pas ici…

Soudain, mes jambes s'engourdissent, puis me lâchent. Deux larges mains m'agrippent les épaules pour m'empêcher de m'écrouler sur le sol. Je reprends tout de suite mes esprits quand l'homme qui me retient s'inquiète de mon état.

– Vous vous sentez bien, mademoiselle Lewis ?

M. Decker…

– Oui, monsieur, lui assuré-je. Merci beaucoup. Je suis désolée, je ne vous ai pas fait mal ?

– C'est vous qui avez failli vous blesser ! Fletcher, au lieu de nous regarder bêtement comme ça, accompagnez votre camarade à l'infirmerie, ordonne le prof de maths.

Le petit groupe d'élèves qui s'étaient arrêtés pour voir mes exploits se dissipe par peur des représailles de notre bien aimé M. Decker.

– C'est inutile, monsieur, je vous assure, contesté-je. *Je ne vais pas rater un cours juste pour un coup de fatigue…*

Mon prof entre dans la salle de classe, nous fait signe de déguerpir d'un geste de la main et referme la porte derrière lui. Je me tourne vers le grand sportif qui a la mission de m'accompagner. Sans m'accorder un regard, il avance dans le couloir. Je fais en sorte de le suivre en restant un pas derrière lui. Au bout du corridor, il frappe à la porte de l'infirmerie et entre. Fletcher me dépose comme si j'étais un colis postal.

Heureusement que je ne suis pas mourante…

L'infirmière me fait asseoir sur sa table d'auscultation avant de tendre à Fletcher le papier tant attendu pour se débarrasser de moi et retourner en cours.

– Bonjour, je suis l'infirmière du lycée, tu peux m'appeler Cherry.

Je la salue à mon tour. Et tandis qu'elle me demande mon nom, mon prénom et ma classe pour remplir sa fiche administrative, je l'observe. J'aime beaucoup ses cheveux bruns et bouclés coupés au carré. Son visage doux et souriant est rassurant. Elle semble bienveillante.

– Alors, comme ça, tu as fait un malaise dans le couloir ? m'interroge-t-elle pour confirmer les informations données brièvement par mon accompagnateur.

– Ce n'était pas vraiment un malaise, ce n'était pas grand-chose, c'est normal, je…

– On m'a transmis ton dossier, Nell, me coupe la brune. Je sais ce qu'il en est, mais ce n'est pas une raison pour ne pas rester vigilants, bien au contraire. Allonge-toi, s'il te plaît.

Je m'exécute sagement pendant que Cherry dépose son bloc-notes sur son bureau. Elle s'empare de son tensiomètre en revenant vers moi. Trop habituée à ce contrôle de base, je lui tends le bras. Je déteste la sensation du brassard qui gonfle pour enserrer mon biceps. Et je souffle de soulagement en même temps que l'appareil se dégonfle.

– Tu es en hypotension, Nell, annonce l'infirmière. Ce n'est rien d'alarmant, mais je ne peux pas te laisser sortir comme ça. Je vais t'installer dans un lit, dans la pièce d'à côté, et dès que ta tension remonte, tu pourras rentrer chez toi. Je vais contacter ta mère.

– Vous êtes vraiment obligée ? Si ce n'est pas alarmant, ce n'est peut-être pas nécessaire de la prévenir, non ? la supplié-je.

Cherry ne me répond pas, du moins pas tout de suite. Elle plisse les yeux et analyse la situation.

– Tu as des soucis à la maison ? reprend-elle. Pourquoi ne souhaites-tu pas en informer ta mère ?

Sa gentillesse me convainc de lui avouer la vérité.

– Depuis… l'accident… mon retour… enfin, tout ça, hésité-je timidement, disons que… ma mère est devenue surprotectrice et… j'étouffe un peu. Je ne veux pas lui faire de peine ni l'inquiéter, vous comprenez ?

Je me mords la lèvre dans l'attente de la réaction de l'infirmière.

– Je vois, acquiesce-t-elle. Je suis dans l'obligation d'en informer ta mère, Nell. Cela dit, je vais faire attention aux termes que j'emploierai afin de ne pas l'inquiéter inutilement, ça te va ?

– Oui…

Ce n'est pas vraiment comme si j'avais le choix, c'est la seule option possible. Néanmoins, j'apprécie son effort pour me comprendre.

Cherry m'accompagne doucement jusqu'à la pièce adjacente à son bureau. Elle me fait signe de ne pas faire de bruit et m'indique le premier lit à droite.

– Je reviens tout à l'heure, repose-toi, chuchote l'infirmière.

Peu après, le son de sa voix me signale qu'elle doit téléphoner à maman. Je ne comprends pas ce qu'elle dit, mais je crois que ça se passe plutôt bien, puisque l'appel est bref.

Elle assure, cette infirmière…

Au bout de quelques minutes de silence, quelqu'un tire le rideau qui me sépare des autres lits. J'écarquille les yeux de surprise. Une jeune fille aux cheveux courts me fait face sur le lit voisin. Elle pose son index sur sa bouche. Elle tend l'oreille, probablement pour s'assurer que nous sommes seules ou que Cherry n'arrive pas.

– Salut. Moi, c'est Penny, se présente-t-elle.

Elle chuchote pour ne pas être entendue. Penny est plutôt amusante avec le V de la victoire qu'elle forme avec son index et son majeur.

– Je m'appelle Nell, je suis en terminale.

– Moi aussi. Ça te dérange si on discute un petit peu ? Je m'ennuie à mourir ici, soupire-t-elle exagérément.

– T'es là pourquoi, toi ?

– Baisse de tension, et toi ?

– La même chose…

– On a tous nos coups durs…

Elle me gratifie d'un clin d'œil qui me met le doute sur la véritable nature de sa présence ici. Mais peu importe, ça ne me regarde pas. Après réflexion, elle m'avoue ne pas se souvenir de m'avoir déjà vue dans le coin. Je lui confie être nouvelle, et Penny se donne la mission de me dévoiler tous les dessous du lycée. Je l'écoute d'une oreille attentive me raconter l'histoire de l'établissement, des enseignants et des élèves. Pour une fois que j'ai quelqu'un avec qui discuter et qui ne me demande pas d'être différente de ce que je suis, je n'en perds pas une miette !

Je ne peux pas nier que cette fille est un peu étrange avec son look nerd et son attitude avenante et enjouée. Un véritable paradoxe à elle seule. Perturbant mais distrayant. Et je dois bien avouer que ça me fait un bien fou de la voir agiter ses bras pendant ses explications enthousiastes.

– Vu comme ça papote, les filles, je pense que vous êtes suffisamment en forme pour sortir d'ici, ricane Cherry.

Grillées !

Penny hausse les épaules en dissimulant un sourire en coin, que je lui rends volontiers. Je m'assieds sur le bord du lit et laisse l'infirmière prendre ma tension.

– C'est mieux, Nell, me révèle-t-elle. Je t'aurais bien laissée rentrer chez toi, mais je ne parviens pas à joindre ta mère. Je lui ai laissé un message, mais tu vas devoir rester avec moi jusqu'à ce qu'elle arrive.

– Je peux prendre le bus, vous savez, essayé-je, sans grand espoir.

– Je ne peux pas te laisser rentrer seule, je suis désolée… À moins qu'il y ait quelqu'un d'autre que je puisse prévenir ?

Je ne vais pas déranger Donovan au travail juste pour ça. Il y aurait bien Kyle, qui n'a que ça à faire, mais il est hors de question de lui être redevable !

De toute façon, il refuserait de se déplacer pour moi, cet imbécile !

Cherry contourne mon lit pour rejoindre Penny, qui me regarde avec une moue embarrassée. Je hausse les épaules pour lui signifier que ce n'est pas grave.

– Toi, tu peux retourner en cours ! assure l'infirmière à Penny.

– Le dernier de la journée vient juste de se terminer, dévoile la jeune fille après un coup d'œil vers l'horloge.

– Alors, tu peux rentrer chez toi, confirme Cherry.

Penny saute de son lit et enfile ses espèces de boots en cuir noir pendant que l'infirmière ramasse son matériel.

– Cherry… l'interpelle-t-elle. Je me disais… Enfin, comme j'ai fini les cours et que j'ai une voiture, je pourrais raccompagner Nell chez elle, non ? Enfin, si tu veux, ajoute-t-elle en me regardant.

Attendre deux heures à l'infirmerie ou partir avec la première personne vraiment sympa que je rencontre ici ? Mon choix est vite fait !

***

– Tu vois où c'est ? Ça ne te fait pas un trop grand

détour ? m'assuré-je alors que je lui donne mon adresse et qu'elle fait démarrer sa voiture.

– Ne t'inquiète pas pour ça, me rassure-t-elle. C'est à dix minutes à peine de chez moi, il me suffira de prendre la sortie numéro neuf.

Sortie numéro neuf... Aucune idée d'où ça se trouve.

– Tu ne sais pas de quoi je parle, c'est ça ? demande Penny face à mon silence.

– Pas du tout, avoué-je. Je suis arrivée juste avant la rentrée et je sors assez peu, je suis désolée.

Penny accélère pour doubler un camion de livraison qui n'arrête pas de freiner.

– Tu n'as pas à t'excuser ! conteste la brune. Tu verras, tes amis te monteront les meilleurs endroits de la ville et, d'ici peu de temps, tu te demanderas comment tu pouvais être perdue.

– À vrai dire, je n'ai pas encore d'amis ici, confessé-je.

Penny abandonne la route des yeux un instant et me regarde, surprise.

– J'ai été plutôt bien accueillie par les élèves de ma classe, me justifié-je. Un groupe de filles m'a même invitée à déjeuner avec elles dès le premier jour, mais... ça n'a pas collé. Je sais que ça va te paraître un peu bizarre, mais j'ai préféré rester seule et être moi-même.

– Et moi, je devrais trouver ça bizarre ? s'esclaffe Penny. Dans ce bahut, quand on est un peu en décalage, on est forcément exclu. Est-ce que tu m'as bien regardée ?

De sa main droite, Penny se désigne de la tête aux pieds. Comme seule réponse, j'explose de rire pour l'accompagner.

Nous voilà avec un point commun !

7

Toujours plus de questions

Nell

Enfin une journée qui se termine sur une note de joie. J'ignore encore si je reverrai Penny, mais ça m'a fait du bien de discuter avec quelqu'un qui ne me pose pas de questions auxquelles je n'ai pas les réponses, quelqu'un qui ne me demande pas d'être une personne que je ne suis pas, quelqu'un avec qui je n'ai pas besoin de me forcer.

À peine entrée, je file dans le salon voir si maman n'est pas revenue en catastrophe, complètement affolée après l'appel de l'infirmière. Je m'immobilise devant le spectacle. Ce n'est pas ma mère, ça, c'est certain ! Kyle est assis sur un canapé avec une rouquine à califourchon sur lui. La rousse passe ses mains dans les cheveux de Kyle.

Il fait ça dans le salon ?!

Alors qu'elle s'apprête à se jeter sur lui, la bouche grande ouverte, la fille se fige.

– C'est qui, elle ? gronde-t-elle en me désignant du menton.

Kyle jette un coup d'œil rapide par-dessus le dossier du canapé. Je serre les dents pour me contrôler au moment où nos regards vont se croiser. Mon cœur se pince. Mais il ne daigne même pas me regarder dans les yeux avant de se remettre en position.

– On s'en tape, c'est rien, oublie-la ! souffle-t-il.

Kyle pose sa paume sur la nuque de la rousse et l'attire vers lui jusqu'à ce que leurs bouches se rencontrent de nouveau. Je ne peux m'empêcher de suivre les lèvres de Kyle du regard. Ses baisers assurés ont l'air d'une douceur enivrante. Cette façon si sensuelle qu'il a de descendre le long de la mâchoire jusqu'à atteindre la clavicule de la fille, en la mordillant de temps en temps, me fait frissonner. Une étrange chaleur s'empare de moi quand Kyle s'arrête soudainement.

– Ça va, tu profites bien du spectacle ? lâche-t-il, ironique.

Je me détourne, rouge de honte, et monte les marches de l'escalier aussi vite que possible. Je m'enferme dans ma chambre, loin de ces deux énergumènes. Je m'adosse à la porte, le cœur battant et le souffle court.

Qu'est-ce qu'il m'a pris de rester plantée comme ça ?

Pourquoi, l'espace d'un instant, j'ai presque eu envie de…

Non ! Non ! Non !

C'est le choc, c'est tout !

La journée a été longue et éprouvante. Je ne m'attendais pas à tomber sur ces imbéciles, et encore moins devant une scène indécente. J'ai fait un blocage.

Je m'avance jusqu'à mon lit et me laisse tomber dessus. Je branche mes écouteurs sur mon téléphone et les visse dans mes oreilles.

C'est le choc, juste le choc…

***

Je décide de me lancer dans un nouveau croquis pour m'occuper l'esprit. Cela fait plus d'une heure que je me torture avec ce qui s'est passé dans le salon, et ma tête risque d'exploser. Je retire mes écouteurs et entends du bruit sur le palier.

Qu'est-ce qu'il se passe encore ?!

Je sors de ma chambre en trombe et manque de trébucher sur… Hunter ? Avant que j'aie le temps de réaliser ce qui se passe, Kyle se jette sur lui, l'empoigne par le col et le repousse avec violence au sol. La tête de Hunter heurte brutalement le parquet et je retiens un cri d'effroi. J'ai à peine le temps de lever les yeux sur Kyle qu'il est à son tour projeté en arrière. Le souffle coupé, comme si je venais moi-même d'encaisser un coup, la tête presque vide, je reste un instant immobile, incapable du moindre geste, incapable de parler, de crier, de leur dire d'arrêter… Les corps s'agitent, les poings tombent, les mains serrent, et je reste figée face à ce spectacle glaçant. C'est seulement lorsque j'aperçois le poing levé de Kyle, prêt à s'abattre sur le visage haineux de son frère, que je sors de ma torpeur.

Il va finir par le tuer… !

Je me jette sur Kyle au moment où Hunter, avec un cri de rage, se redresse. L'instant d'après, je me sens tomber en arrière, le poids de leurs deux corps contre le mien, juste avant que mon dos percute le mur en m'arrachant un gémissement de douleur.

Hunter et Kyle s'arrêtent net, étalés sur moi. Visiblement, le coup ne m'a pas remis les idées en place puisque mes yeux sont irrésistiblement attirés par les lèvres de Kyle. Si roses, pleines, appétissantes, elles réveillent en moi une irrépressible envie d'y goûter. Son visage est si près du mien que je pourrais l'embrasser. J'ai douloureusement conscience de son corps collé contre le mien. Décontenancée, je cherche instinctivement le regard de Kyle. Je crois lire de l'inquiétude dans ses iris d'ambre. Je ne peux détourner les yeux. Du bout de l'index, Kyle repousse une mèche de cheveux qui me barre le visage. Son doigt ne fait que me frôler la peau. Pourtant, la chaleur qu'il laisse sur son passage me brûle encore quelques secondes. Ma respiration s'accélère, même si je n'ai pas mal. La mâchoire de Kyle se serre tandis qu'un frisson me parcourt l'échine.

Le poids de Hunter qui s'appuie sur nous pour se laisser tomber par terre nous oblige à reprendre nos esprits et à nous détacher l'un de l'autre.

– Tout va bien ? murmure Kyle.

– C'est bon, ça va, merci. Vous êtes vraiment trop cons.

Kyle se relève en silence et descend l'escalier en trombe.

Je me remets debout et retourne dans ma chambre en claquant la porte si fort que les murs tremblent. Je suis folle de rage contre Hunter et contre Kyle. Surtout contre Kyle !

Je ne suis pas dingue, je l'ai vu me regarder, je l'ai vu s'inquiéter sincèrement pour moi. Alors, pourquoi est-il si infect au quotidien ? S'il était un minimum cohérent avec lui-même, il se serait foutu de moi, tombée par terre et écrasée sous les deux frères Carter. Mais non, il s'est adouci. Pourquoi ? Mystère.

Il est impossible de le comprendre, impossible de savoir ce qu'il pense, ce qu'il veut et pourquoi. C'est une énigme que j'ai pourtant envie de résoudre.

J'aimerais aussi, vraiment, pouvoir l'interroger sur sa présence lors de mon *accident*, mais je ne veux pas griller mes chances. Il faudrait que je trouve grâce à ses yeux pour être sûre qu'il me réponde sans se renfermer… Car j'ai besoin de ce qu'il sait.

Je fais les cent pas dans ma chambre en ignorant le bruit que fait Hunter dans le couloir. Comment la situation a pu dégénérer si vite ? Ma mère va…

Merde, maman !

Je rouvre la porte de ma chambre.

– Il ne faut pas parler de ça aux parents ! Ils ne doivent pas savoir, OK ? ordonné-je à Hunter alors qu'il s'apprête à descendre au rez-de-chaussée.

Nous sommes déjà bien loin de la famille idéale qu'espèrent nos parents, alors s'ils apprennent qu'une bagarre a éclaté, cela brisera le cœur de ma mère.

– Je n'en ai pas l'intention, tranche-t-il.

Je suis soulagée que Hunter soit de mon avis sans que j'aie besoin de batailler avec lui.

– Merci ! bredouillé-je, étonnée.

– Je ne le fais pas pour toi ou pour qui que ce soit d'autre, crache Hunter. Le jour où je balancerai ce petit bâtard, ça ne sera pas pour si peu, mais pour me débarrasser définitivement de lui !

Encore une fois, la violence des paroles de Hunter me laisse sans voix.

Quand je regagne ma chambre, j'entends la moto de Kyle s'éloigner dans l'allée.

Je ne parviens pas à imaginer comment ils en sont venus à se détester aussi fort. Je ne suis même pas sûre de l'apprendre un jour.

Et par-dessus tout, je n'arrive pas à comprendre comment Donovan peut fermer les yeux ainsi sur la vie de son fils. Cette situation me dépasse complètement.

Le dîner se passe calmement. Sans Kyle. Je parle très peu, trop absorbée par ces interrogations qui tournent en boucle dans ma tête. Je laisse Hunter reprendre son rôle de fils formidable et animer le repas. Tracassée par mon passage à l'infirmerie, maman m'encourage à rejoindre ma chambre quand je prétexte que je suis fatiguée. Plus tard, dans la soirée, je m'endors, toujours sans aucune réponse à mes questions tortueuses.

Au cours de la nuit, je suis réveillée par quelque chose qui heurte mon lit. J'allume sans attendre ma lampe de chevet et découvre Kyle près de moi.

– Kyle, dégage, tu t'es encore planté de chambre, déploré-je, ensommeillée.

– Non, pas du tout, conteste-t-il.

Éblouie par la lumière, je plisse les yeux et constate que ceux de Kyle sont vitreux. Il tangue un peu tant il est ivre. Je le laisse faire quand il s'assied au bord de mon lit. Bien que je soupire, j'avoue préférer le voir tomber sur mon matelas que sur le sol : j'aurai moins de mal à le relever.

Kyle s'approche suffisamment de moi pour que je distingue les éclats d'ambre dans son regard livide.

– Comment tu vas, Nell ?

Son haleine sent le whisky. Je n'ai aucune idée de la façon dont je connais l'odeur de cet alcool, et pourtant je l'identifie immédiatement. Sa main frôle mon visage, puis caresse ma pommette avant de coincer une mèche de cheveux qui s'est échappée de ma tresse. La tristesse qui émane de Kyle me fait comprendre qu'il doit encore regretter de m'avoir bousculée dans la bagarre tout à l'heure.

– Tout va bien, le rassuré-je. N'en parlons plus, il ne s'est rien passé, OK ?

– Comment fais-tu pour oublier des choses importantes comme ça ? Pour moi, c'est pas OK ! se révolte Kyle. Je ne souhaitais pas en arriver là, mais tout s'est déroulé si vite… Comment tu peux vouloir faire comme si rien ne s'était passé ?

J'agrippe sa main, toujours derrière mon oreille, par réflexe, afin de l'empêcher de monter le ton. Au premier contact de nos doigts, son visage s'adoucit, ses muscles tendus se relâchent.

– Je ne peux pas oublier, moi, tu comprends ? Tu peux, si tu le souhaites, mais moi, je n'y arrive pas.

– Ce n'est pas grave, tout ira mieux demain… lancé-je, complètement perdue et pas bien sûre de ce dont il veut vraiment parler.

– Laisse-moi te regarder, d'accord ?

D'un hochement de tête, j'accepte de le laisser faire. Non pas pour le calmer, le consoler ou par peur. Mais parce que j'en ai envie. J'en ai également envie quand il pose ses paumes froides sur mes joues et qu'il prend mon visage en coupe. J'en ai envie lorsqu'il s'approche toujours un peu plus jusqu'à ce que nos nez se frôlent. J'ai envie de ce silence dans la nuit à déceler une étincelle dans ses iris. J'ai envie d'éprouver ce que je ressens en ce moment même pendant que nos souffles se mélangent. J'ai envie de goûter ses lèvres charnues, de découvrir la saveur du whisky tandis qu'il abandonne mon regard pour ma bouche.

Ses yeux de loup reviennent vers moi, et Kyle m'adresse un regard meurtri, beaucoup trop pour une simple bousculade. Il s'avance encore un peu plus. Alors, je ferme les yeux. Mais la réalité de la vie reprend ses droits sur les fantasmes de ma nuit. Kyle dépose un tendre baiser sur mon front, avant de m'enlacer et de quitter ma chambre. Et là, je serre fort mes paupières, parce que tout ce dont j'ai envie, c'est de pleurer tant j'ai mal. Un mec comme lui ne s'intéressera jamais à une fille comme moi, trop sage, pas assez sexy, et surtout complètement tarée. Une amnésique en larmes au milieu de la nuit parce qu'elle désire plus que tout que son demi-frère l'embrasse, lui offre un vrai baiser, son premier…

***

J'ai passé tout mon samedi à traîner dans la maison dans l'espoir de croiser Kyle. Son accès de tendresse m'intrigue. Je suis persuadée qu'hier soir, il faisait allusion à quelque chose que j'ai oublié. Est-ce juste l'alcool qui a décuplé son empathie pour l'amnésique que je suis ou faisait-il référence à *quelque chose* en particulier ?

Mais il s'est terré dans sa chambre toute la journée. À croire qu'il fait en sorte de m'éviter.

Je finis de dresser la table du dîner quand je reconnais la façon de Kyle de descendre l'escalier de notre étage.

– Kyle, l'interpelle Donovan. Tu peux venir, s'il te plaît ?

J'entends bougonner le garçon aux yeux de loup avant même qu'il entre dans la pièce de vie. Quand il passe près de moi, je le dévisage pour voir sa réaction. Après ce qu'il s'est passé la nuit dernière, peut-être va-t-il être plus sympa, maintenant. Mais Kyle poursuit son chemin sans se soucier de moi. Je ne suis rien pour lui, je n'existe pas et ce comportement a le don de m'agacer au plus haut point.

– Quoi ? soupire-t-il.

Kyle se plante devant son père, le casque de sa moto à la main.

– Où tu vas ? Tu sors ? s'étonne Donovan.

– Qu'est-ce que ça peut bien te foutre ? crache Kyle, prêt à rebrousser chemin.

– J'aimerais savoir ce que tu vas faire dehors qui est si important.

Mon beau-père parle avec un calme olympien tandis que son fils lève les yeux au ciel. Je continue de disposer les couverts quand maman me rejoint avec des serviettes de table.

– Ça implique un lit et très peu de tissu. Je poursuis ou c'est bon, tu visualises ? le provoque Kyle.

Je serre mon poing de colère et pince mes lèvres.

– Dans ce cas, je préfère que tu restes ici ! rétorque Donovan, impassible.

– Ah non, mais ne t'inquiète pas ! Moi, au moins, je fais en sorte de ne pas faire un gosse à chaque nana que je baise ! surenchérit-il.

Ma mère ne réagit pas ou fait semblant de ne pas réagir. Mais moi, je fais volte-face de stupeur.

Il va trop loin !

Les deux hommes se jaugent, se défiant du regard. Mon beau-père tente de se contenir alors que son fils n'attend qu'un signe pour exploser. Il n'y a que de la colère sur le visage de Kyle – et, à bien y regarder, il n'y a que de la tristesse dans celui de Donovan.

Ce n'est pas un affrontement, mais bel et bien un père désemparé qui ne veut pas perdre son fils. Le mari de ma mère n'est ni indifférent ni ignorant de la situation que vit Kyle. Il est juste perdu dans cette relation tumultueuse qui les détruit, perdu face à la violence de ce que la vie a réservé à son fils.

Maman s'est finalement immobilisée, comme moi, afin de ne pas faire de bruit, dans l'attente du déroulement des événements. C'est Donovan qui finit par briser le silence qui pèse dans la pièce.

– Peux-tu aller chercher ton frère afin que nous puissions passer à table, tous les cinq, en famille ?

Kyle ne bouge pas et ne répond pas. Il me donne l'impression d'être une bombe à retardement.

– Kyle, s'il te plaît ! intervient maman.

– Mais pourquoi vous tenez tant que ça à ce qu'il reste ? explosé-je soudain. Il est infect ! Autant qu'il parte retrouver cette fille, on sera tranquilles ! Bon débarras !

Deux paires d'yeux se posent sur moi. Il semblerait que personne ne s'attendait à ce que je m'en mêle. Et pourtant, quand les yeux fauves me voient enfin, ils me transpercent.

– Très bien ! Je reste ici ce soir, Donovan, conclut Kyle.

Il ne s'adresse même pas à son père lorsqu'il prononce ces mots. C'est moi qu'il nargue.

C'est juste pour me faire chier !

– Parfait ! s'enthousiasme ma mère.

Elle retourne s'affairer en cuisine comme si rien ne s'était passé, comme si nous étions la famille parfaite dont elle a toujours rêvé.

Hunter et Kyle nous rejoignent à table dans un silence de mort. Je suis déjà assise et me retrouve coincée entre Kyle et mon beau-père. L'ambiance est tendue comme chaque fois que nous sommes cinq à table. Maman commence à distribuer les différents plats et chacun se sert.

– Donovan, le bol !

Devant moi, Kyle tend le bol de sauce à son père, la main tremblant légèrement. Je crois que je ne me ferai jamais à sa façon de l'appeler par son prénom plutôt que « papa ». Mon beau-père attrape le bol instinctivement.

– Merci, mais tu aurais pu en proposer à Nell, tout de même, réplique-t-il.

– Elle n'aime pas ça, c'est trop épicé !

Je m'arrête une seconde, la fourchette plantée dans une malheureuse pomme de terre.

– C'est vrai que je me suis un peu laissée aller avec les épices, c'est assez relevé, confirme maman. C'est une attention vraiment délicate de ta part, Kyle.

Ma mère est absolument étonnée – mais certainement pas autant que moi – de constater que Kyle fait attention à ma personne pour de genre de petits détails.

– C'est tellement toi d'être délicat et attentionné, surenchérit Hunter.

Le blond peut duper son père et ma mère, mais Kyle et moi savons très bien qu'il n'y a rien d'innocent dans son attitude.

– Nell n'a que des goûts de merde ! Faut vraiment être une chieuse pour ne pas aimer les épices, déplore soudainement Kyle.

Mais il a quel âge pour faire ce genre de commentaire ?

Je me mords les lèvres pour ne pas répondre. Je ne serai pas aussi bête qu'eux. Ma mère claque de la langue deux ou trois fois pour calmer les deux abrutis de fils de son mari. Pendant ce temps, je bouillonne de l'intérieur. Le repas a déjà repris son cours quand je me décide enfin à engloutir ma pomme de terre. Je tente de passer mes nerfs sur la mastication, mais ça ne sert à rien. Je vais exploser. Sur un coup de tête, je prends le bol posé au milieu de la table et en verse sur ma viande.

Tout le monde a les yeux rivés sur moi quand j'attaque un bout de poulet. C'est horrible, ça pique, ça brûle, ma langue est en feu, tout comme mes gencives et l'intérieur de mes joues. J'essaie de me maîtriser, juste pour leur prouver à tous que je peux le faire, juste pour prouver à Kyle que je ne suis pas un souffre-douleur. Mais, quand je mâche, ce traître de volatile laisse échapper plus de sauce piquante encore et je sens mon visage se décomposer.

Sans attendre, Kyle me tend la corbeille de pain d'un air dépité. Je me presse d'avaler tout rond ma viande et d'engloutir le pain pour me soulager.

Forcément, ils éclatent de rire, amusés par mon pauvre sort. Sans s'unir pour autant, les frères Carter ne percent pas une occasion pour se moquer de moi dans des imitations plus que grotesques. Si je n'avais pas l'impression d'avoir une tonne de piment dans la bouche, je les enverrais bouler. Puis je remarque qu'à ma droite, Donovan nous observe en souriant. J'aperçois l'espoir naître en lui. Un espoir que cette famille n'est pas encore complètement perdue.

– Je voudrais profiter de cette ambiance chaleureuse pour dire quelque chose, annonce mon beau-père.

Donovan se lève et revient avec une enveloppe, qu'il tend à maman.

– Qu'est-ce que c'est ? demande-t-elle.

– Je n'avais pas eu l'occasion de t'offrir un cadeau de mariage plus tôt, mais… maintenant que chacun semble avoir pris ses marques dans la famille, cela me paraît le moment idéal.

Curieuse et excitée, ma mère ne se fait pas attendre pour ouvrir l'enveloppe et nous faire part de son contenu.

– Des billets d'avion pour Hawaï ! s'étonne-t-elle.

Malgré l'émotion qui l'envahit, maman refuse. Mais son mari n'a pas dit son dernier mot.

– Tara, ce n'est qu'une petite semaine, et Hawaï n'est pas bien loin. On peut bien s'accorder une lune de miel, non ? Tu es la première à avoir insisté pour que l'on respecte toutes les traditions !

– Je serais incapable de partir sereinement en laissant Nell, finit par avouer ma mère.

– Mais enfin, maman, tu as toujours voulu aller à Hawaï ! Tout ira bien pour moi, je peux passer quelques jours sans toi. Qu'est-ce que tu veux qu'il m'arrive ? Je suis majeure, maman, je peux prendre soin de moi, tu sais. En plus, je serai en cours la plupart du temps.

– Et les garçons seront là, eux aussi, ajoute Donovan. S'il y a quoi que ce soit, Nell pourra compter sur eux ! N'est-ce pas, les garçons ? La semaine précédant Thanksgiving, on peut compter sur vous ?

– J'avais prévu d'aller quelques jours chez maman, dévoile Hunter.

Je me demande s'il vient d'inventer cette excuse ou bien si c'est juste pour se défiler. Près de moi, sous la table, je remarque la main de Kyle qui se contracte. Il serre le poing si fort que ses phalanges blanchissent, contrastant avec son jean noir. Je n'ose imaginer ce qu'il peut endurer en entendant cela. Il doit penser à sa propre mère, qu'il ne pourra pas voir pendant les fêtes. Donovan a été maladroit en proposant à maman une lune de miel devant son fils, et Hunter a été cruel en rappelant que lui avait encore un autre foyer.

– Thanksgiving, hoquette maman. Je n'avais pas fait attention aux dates ! Donovan, on ne peut pas s'absenter pour les fêtes !

Je reporte mon attention de mon voisin à ma mère – son visage apaisé, ses cernes effacés. Elle n'est plus la même. Elle ne ressemble plus en rien à ma mère du passé, à cette femme épuisée de travailler pour m'élever seule. Maman est heureuse aujourd'hui, et cela, grâce à celui qui est agenouillé près de sa chaise.

Elle doit accepter !

– Maman, à ce propos… Je n'ai pas particulièrement envie de le fêter, cette année, alors… insisté-je encore.

– Mais… ma libellule…

– On profitera d'autant plus des fêtes de Noël, ajouté-je avec vivacité. Et le plus beau cadeau que tu pourrais me faire, c'est de réaliser ton rêve d'aller à Hawaï ! Je m'en voudrais tellement si tu devais te priver par ma faute…

Maman prend une seconde pour peser le pour et le contre de mes arguments. Elle nous jauge tour à tour, Donovan et moi.

– Dans ce cas… hésite-t-elle. C'est entendu !

Donovan l'embrasse furtivement, puis la prend dans ses bras. Silencieusement, il articule un « merci » à mon attention. Je lui réponds par un sourire maladroit et retourne à mon assiette pour cacher ma gêne.

Après le dîner, j'aide ma mère et mon beau-père à débarrasser la table et à ranger la cuisine. On ne peut jamais compter sur les frères Carter pour les corvées. Hunter trouve toujours une excuse en rapport avec le travail, même si je mettrais ma main à couper qu'il est tranquillement sur le canapé de sa chambre, un casque sur les oreilles, une manette dans la main, à affronter quelqu'un, quelque part dans le monde, sur le dernier jeu vidéo le plus débile du moment. Quant à Kyle, il n'a pas besoin de ça. Il lui suffit de se lever et de partir n'importe quand pour que personne ne lui réclame quoi que ce soit. Dès l'instant où Kyle a quitté la table, jusqu'à ce que j'entende la porte de la maison claquer, je n'ai pas pu m'empêcher d'espérer un geste, un regard de sa part. En vain.

Je déteste Kyle. Il représente plein de choses que je n'aime pas, mais sa liberté et son côté sûr de lui mais blessé me rendent dingue. Le voir avec des filles qui ont l'air de prendre un plaisir indécent avec lui, aussi.

Je suis officiellement une midinette... Il serait peut-être temps que je me trouve un copain, moi.

Et maintenant, allongée sur mon lit, je me torture à l'imaginer rejoindre la rouquine vulgaire. Je lutte de toutes mes forces pour ne pas y penser, mais les images s'imposent à moi, comme des flashs. Ses yeux fauves, sa main qui remet en place ses mèches rebelles, sa mâchoire carrée, sa bouche qui accueille celle de cette...

– Ahhhhhhh, hurlé-je de rage.

J'enfonce ma tête dans mes oreillers pour ne pas alarmer toute la maisonnée.

Putain, je déraille complètement ! Il faut que ça s'arrête !

Je me remets sur le dos et cogne mon poing sur mon front en rythme. Je dois impérativement arrêter de débloquer comme ça.

– Nell ! Je peux entrer ?

La voix de Donovan est étouffée derrière la porte de ma chambre. Je l'invite à entrer dans l'espoir que personne ne m'ait entendue crier tout à l'heure. Mon esprit carbure pour trouver une excuse valable.

– Je voudrais m'assurer que ça ne te pose pas de problème, ce petit séjour que j'ai prévu avec ta mère. Parce que tu peux me le dire, tu sais. J'ai réalisé, à la fin du dîner, que je t'avais mise devant le fait accompli et que j'aurais dû te consulter avant. Ce n'était pas bien malin de ma part, je l'admets, s'excuse mon beau-père.

La porte est restée entrouverte, mais puisque mon voisin de palier n'est pas là, personne ne peut nous entendre. Cela me permet de parler au mari de ma mère avec sincérité.

– Ne vous inquiétez pas, Donovan. Vous avez très bien fait… C'est un plaisir de voir maman heureuse à ce point.

– Depuis que j'ai rencontré Tara, ma vie a complètement changé. Je revis et je me laisse emporter par le moment présent, me confie-t-il. Je sais que ce ne sont que des paroles en l'air pour toi, tu es encore bien jeune pour comprendre, mais c'est l'amour de ma vie…

Je comprends parfaitement, au contraire…

J'ignore comment, j'ignore pourquoi, mais je comprends exactement ce qu'il ressent.

Pourtant, je n'ai jamais eu de petit ami, ni même de coup de cœur pour un garçon. Mais j'ai cette sensation inexplicable au fond de moi, une étincelle qui vient de loin et qui remonte dans mon cœur. Et cela n'a rien à voir avec cette attirance malsaine que j'éprouve parfois pour mon demi-frère.

C'est probablement parce que, chaque jour depuis que je suis arrivée dans cette maison, je suis témoin de l'amour passionné et profond que se portent maman et Donovan l'un pour l'autre. Cet homme exauce mon souhait le plus cher : c'est le prince charmant dont je rêvais pour ma mère.

– Donovan, je me rends compte de tout le bien que vous apportez à ma mère. Elle est si heureuse, si épanouie depuis qu'elle vous a rencontré. Je ne vous remercierai jamais assez d'avoir pris soin d'elle quand j'étais dans le coma. Tout comme je ne vous remercierai jamais assez pour la place que vous m'avez obtenue dans le Vermont et pour la prise en charge des frais médicaux. Vous n'imaginez pas combien je vous suis reconnaissante.

– Sache que je n'ai jamais fait ça pour recevoir une quelconque gratitude…

– Merci, du fond du cœur, Donovan, le coupé-je.

J'ai tout juste le temps de remarquer ses yeux humides que mon beau-père se penche pour me serrer dans ses bras.

– Nell, tu dois savoir que tu pourras toujours compter sur moi. Je te considère comme ma propre fille, souffle Donovan, la gorge serrée.

Je lui rends son accolade quand j'aperçois maman dans l'entrebâillement de la porte. Une main sur la bouche, elle pleure sur le palier, envahie par l'émotion devant la scène qu'elle vient de surprendre. Je lui souris avant de la voir disparaître.

– Tu devrais commencer à me tutoyer, tu ne crois pas ? suggère mon beau-père en s'éloignant. On est une famille : toi, Kyle, Hunter, Tara et moi…

Une famille…

Donovan referme la porte derrière lui et je me laisse tomber en arrière sur le matelas.

Une semaine sans les parents…

Une semaine seule avec ses yeux de loup…

Je suis dans la merde jusqu'au cou !

8

Confessions du passé

Nell

À la pause déjeuner, je m'installe seule à la première table disponible. Je préfère largement manger tranquillement au self plutôt que jouer la mascarade avec Veronica et sa bande. Personne ne fait attention à moi, que ce soit ici, dans les couloirs ou en cours. Je viens de survivre quasiment deux mois sans me faire remarquer, et ça me va plutôt bien comme ça. J'attrape une frite du bout des doigts et commence à la grignoter.

– Hey, t'attends du monde ou c'est disponible ?

– Penny ! lancé-je d'un ton réjoui. Non, vas-y, installe-toi !

J'admire son look et sa façon de l'assumer. J'aime la liberté qui émane de cette fille et c'est un plaisir de la retrouver.

Penny pose son plateau près du mien, puis fait un signe de tête à quelqu'un. Un garçon vient nous rejoindre. Il s'installe en face de la brune. Je les examine l'un et l'autre. La fille aux cheveux courts et le garçon aux cheveux longs. Penny porte une chemise au moins deux tailles au-dessus de la sienne et son ami a un tee-shirt plutôt près du corps. On pourrait croire qu'ils ont tout fait pour être de parfaits opposés.

– Nell, voici Charly. C'est mon boulet de voisin que je traîne depuis l'élémentaire, se moque Penny.

Charly lève les yeux au ciel en souriant.

– Fais pas gaffe, elle est toujours comme ça... m'informe-t-il.

– « Comme ça » comment ? fait semblant de s'offusquer Penny.

– Imbuvable ! poursuit Charly.

Elle froisse sa serviette en papier dans sa main, puis la lance au visage du garçon. Il ne l'évite même pas et commence à manger sans y prêter attention. Il est tellement zen que c'en est contagieux.

– Vous êtes le jour et la nuit, c'est dingue, constaté-je.

– On est ce qu'on est, c'est pour ça qu'on ne plaît pas à tout le monde, conclut Penny.

Charly hausse les épaules sans lever le nez de son assiette tandis que son amie commence à me piquer des frites. Je tente de retenir un sourire. C'est certain qu'à première vue, on se demande ce que ces deux-là ont en commun. Mais, finalement, ce qui a dû les rapprocher, c'est ça. Ils se contentent d'être eux, sans en demander plus à l'autre, sans avoir à se justifier d'être ce qu'ils sont...

– Charly, j'ai l'impression de t'avoir déjà vu. On n'aurait pas un cours en commun, par hasard ? l'interrogé-je.

– Si ! confirme-t-il. Cours d'art en option.

– Ah ! c'est ça ! Je suis désolée, je ne suis pas très physionomiste.

J'ai surtout eu peur que ma mémoire me joue des tours.

Penny reprend rapidement le contrôle de la conversation. Son débit de paroles est impressionnant. Elle me fait rire aux éclats à tel point que cela me provoque des crampes abdominales. Je n'ai pas ri autant depuis mon arrivée en Floride. En fait, non, je n'ai pas ri autant depuis ma sortie du coma.

Je profite de l'instant, je prends plaisir à faire une pause avec ce duo aussi drôle que sympa. Et c'est vraiment plus agréable que d'être seule. Avec eux, je suis enfin à l'aise : pas besoin de connaître toutes les dernières tendances, de me justifier par rapport à mon tatouage ou à mes silences. Peu importe si je semble bizarre, puisque eux aussi le sont, d'une certaine façon.

***

Cherry gonfle son tensiomètre, qui me compresse le bras. L'une comme l'autre, nous savons que cette énième visite à l'infirmerie est due à mes éternelles baisses de tension. En sortant du cours de Mme Devon, j'ai entendu quelqu'un marmonner que je ferais mieux de vivre dans un hôpital si j'ai la santé fragile. S'ils savaient que j'en sors…

J'ai horreur qu'on dise que j'ai une « santé fragile », ça me gonfle. Je préfère nettement me dire que mon corps a subi beaucoup cette année, alors il lui arrive d'avoir du mal à reprendre son énergie. C'est bien plus proche de la réalité et bien moins dramatique.

– Bon, tu connais le chemin, lance l'infirmière en retirant le brassard.

Je saute de la table d'auscultation et Cherry m'accompagne jusqu'à ce que je pourrais qualifier de « mon » lit attitré.

– Tiens, mais qui va là ? s'amuse Penny.

– Comme on se retrouve, dis-je en riant, ravie de la voir.

– Tu vas pouvoir y aller si tu te sens mieux, Penny, l'informe Cherry.

– Cherry, Cherry, s'écrie une voix qui fait irruption dans l'infirmerie.

L'infirmière sort de la pièce de repos en fermant la porte derrière elle. Aussitôt, elle revient vers nous.

– Les filles, je suis appelée d'urgence au gymnase, l'une de nos volleyeuses s'est blessée. Le coach est au bord de la crise. Penny, est-ce que je peux compter sur toi pour rester avec Nell ?

– Pas de souci, allez-y, confirme ma nouvelle amie.

– S'il y a le moindre problème, tu préviens l'intendance, de l'autre côté du couloir, d'accord ? s'assure Cherry.

– Je gère, tranche Penny. Filez !

Une fois que nous sommes seules dans l'infirmerie, Penny se rallonge sur le lit à côté du mien.

– Alors, t'as décidé d'installer tes quartiers ici ? se moque-t-elle.

– Je te retourne la question. D'ailleurs, la première fois qu'on s'est rencontrées, ce n'était pas le même jour, la même heure ? remarqué-je.

– Ça se pourrait…

Penny semble soudainement attristée. Je culpabilise, j'ai probablement dit quelque chose que je n'aurais pas dû. Je cherche rapidement comment rebondir après ma gaffe, mais elle casse le silence la première.

– Je sèche le cours de piscine, m'avoue-t-elle.

Je sens qu'elle est un peu gênée, mais je décide de ne pas lui poser de questions. Je ne sais que trop bien que cela n'apporte pas forcément du bon.

– Ce n'est pas grave, la rassuré-je. Je ne te balancerai pas, tu sais…

Penny tourne son visage vers moi et m'adresse un triste sourire.

– J'ai failli me noyer dans une piscine quand j'avais 9 ans. Et, depuis, je n'ai jamais trouvé le courage pour y remettre les pieds.

– Tu as développé une phobie, je comprends. Peut-être que tes parents ou ton médecin pourraient…

– Non ! me coupe-t-elle brusquement. Il est hors de question d'en parler à qui que ce soit. Mes parents ne doivent en aucun cas l'apprendre. C'est mon frère qui devait me surveiller ce jour-là et on s'est promis de garder le secret… Depuis, je trouve des parades pour éviter les cours de natation. Je crois bien que Cherry se doute de quelque chose, mais c'est ma dernière année, alors je m'accroche. Tu ne lui diras rien, d'accord ? Je peux compter sur toi ?

– Évidemment, confirmé-je.

Sa confidence me touche en plein cœur. J'apprécie le fait qu'elle me fasse assez confiance pour me dévoiler le secret qui la ronge. Et je ressens le besoin de lui rendre la pareille. Alors, je lui révèle aussi une partie de ce qui me dévore.

– Je suis souvent ici parce que j'ai des vertiges, commencé-je.

Penny ramène ses genoux sous son menton et, de ses bras, elle entoure ses jambes. Elle n'intervient pas, respectueuse de ma confidence à venir.

– J'ai eu un grave accident, continué-je. C'était l'an dernier, au début de l'été. Je vivais à New York avec ma mère. J'étais dans un bus, apparemment…

Je déglutis avec difficulté. C'est la première fois que j'en parle à une autre personne, en dehors de l'hôpital ou du centre de rééducation. C'est assez paradoxal, car les mots peinent à sortir. Pourtant, je ressens une énorme vague de soulagement.

Penny ne réagit pas, elle ne parle pas. On dirait qu'elle prend le temps d'assimiler les informations.

– Pour tout te dire, je n'en ai aucun souvenir, divulgué-je. Je me suis réveillée à l'hôpital après deux mois dans le coma causé par un traumatisme crânien. Je ne me souvenais ni de l'accident, ni d'un bus, ni même des deux dernières années qui s'étaient écoulées. Après, j'ai intégré un centre de rééducation, dans le Vermont, et j'y suis restée neuf mois.

– Dur… laisse échapper Penny. Enfin, je veux dire… c'est dingue, ce que tu me racontes !

– Alors, imagine quand tu le vis, ironisé-je. Quand j'étais dans le coma, ma mère s'est retrouvée toute seule. Le père de l'une des autres victimes l'a soutenue dans cette épreuve. Son ex-femme et leur fils se trouvaient eux aussi dans ce bus. Le garçon a été blessé, mais sa mère n'a pas survécu.

Je m'arrête dans ma narration et me pince les lèvres. L'émotion me gagne et je tente de la contrôler.

C'est la première fois que j'en parle à quelqu'un en dehors du corps médical, et je tiens à aller jusqu'au bout. Je me force à déglutir malgré la boule qui s'est formée dans ma gorge. Puis je prends une inspiration avant de poursuivre.

– Juste avant la rentrée, ma mère a épousé cet homme. Et le garçon, Kyle, est en quelque sorte devenu mon frère. C'est pour ça qu'on n'est pas retournées à New York, ma mère et moi.

À la fin de cette dernière phrase, je serre les dents pour mieux contenir mon menton, qui commence à trembler. Je ne veux pas pleurer, je ne veux pas passer pour une victime. Alors, j'encaisse, quitte à garder le silence encore quelques minutes.

– Je suis désolée que tu aies dû endurer tout ça. T'en fais pas, avec moi, ta vie privée sera bien gardée.

Penny tend un bras vers moi, alors je fais de même, et elle me prend la main comme pour sceller un pacte.

9

Tentation encrée

Nell

J'ouvre un œil sur mon réveil. Je me suis rendormie après qu'il a sonné, mais, si je me dépêche, je peux encore être dans les temps pour aller au lycée. Cette semaine, je ne peux compter que sur moi-même. Maman et Donovan se sont rendus très tôt à l'aéroport ce matin, destination Hawaï. Hunter a déserté depuis hier soir pour aller chez sa mère… ou ailleurs, peu importe. Quant à Kyle, c'est silence radio. Je suppose qu'il est rentré complètement bourré pendant la nuit et qu'il ne sortira pas de son antre avant le milieu de l'après-midi.

Quand j'entre dans la cuisine pour embarquer une pomme, je tombe, contre toute attente, nez à nez avec Kyle. Étonnée, je m'immobilise devant la corbeille de fruits.

Qu'est-ce qu'il fait là, à cette heure ? Il est tombé du lit ou quoi ?

Je me demande si je l'ai déjà vu si tôt le matin dans la cuisine. Ou bien si je l'ai tout simplement déjà vu debout de bonne heure.

– J'ai failli attendre, soupire-t-il.

Il pose sa tasse de café sur le poste de travail en granit. Je prends ma pomme et la fourre dans mon sac à dos.

– Attendre quoi ? demandé-je.

J'avais l'intention de dire bonjour et de passer mon chemin. Je n'ai pas vraiment de temps à perdre ce matin. Alors, s'il pouvait éviter d'être vague, ça nous ferait gagner du temps, à tous les deux.

– Toi, gronde-t-il. Ta mère n'est pas là pour t'emmener en cours, donc c'est à moi qu'on refile le parasite !

Faut vraiment que je dise à maman d'arrêter de m'appeler sa « libellule », parce qu'il me gonfle avec son « parasite »...

– Je ne t'ai jamais rien demandé, moi ! riposté-je.

Kyle s'avance de quelques pas dans ma direction. J'essaie de détourner le regard, mais c'est plus fort que moi. Je détaille ses biceps, à demi cachés par les manches de son tee-shirt. Mon regard glisse sur ses avant-bras. Je meurs d'envie de respirer l'odeur de sa peau bronzée par le soleil de Floride.

– On ne m'a pas donné le choix, figure-toi !

Kyle me ramène dans la réalité, m'arrache à ma contemplation.

– Eh bien, figure-toi qu'on ne m'a rien imposé, à moi, alors c'est bon, tu peux aller te recoucher, je prendrai le bus. Je n'attends absolument rien de toi. Alors, si je te dérange tant que ça, on peut parfaitement s'ignorer toute la semaine, ça m'ira très bien ainsi. Je n'ai pas besoin d'une baby-sitter ! le mouché-je en tournant les talons.

Je quitte la maison, fière d'avoir réussi à lui tenir tête. Pour une fois, c'est lui qui est resté planté comme un imbécile et c'est moi qui suis partie en ayant le dernier mot !

Mais je n'ai pas le temps de rejoindre le trottoir que Kyle m'agrippe le poignet.

Je rêve ! Mais il n'abandonne jamais !

Il ne me fait pas mal. Sa prise est suffisante pour me maintenir sans me blesser. Je ne lutte pas et me laisse traîner jusqu'à sa moto, stationnée dans le garage, resté grand ouvert. Kyle enfourche sa bécane et me tend l'un des deux casques qu'il a dans les mains. Ses yeux fauves, ancrés dans les miens, m'hypnotisent presque. Je ne comprends pas ce qui m'arrive. Comme je ne bouge pas, Kyle y voit une hésitation de ma part.

– Laisse-moi emmener ma *sœur* au lycée ! articule-t-il distinctement. C'est mieux comme ça ?

– Tu vois, quand tu veux ! dis-je en reprenant mes esprits.

Malgré ce que je laisse transparaître, je ne suis pas satisfaite. Je n'aime pas du tout sa façon de parler de moi comme sa sœur. Sans plus y réfléchir, j'enfile le casque qu'il me tend toujours tandis qu'il démarre son engin. Je m'installe juste derrière lui quand il m'invite à monter. Enfin à l'aise sur la selle, je cherche à quoi m'accrocher.

– Agrippe-toi à moi, qu'on puisse y aller, râle-t-il.

Kyle m'attrape les bras, les passe autour de sa taille et ses mains chaudes recouvrent les miennes. Les paumes sur ton torse, je peux sentir chacun de ses muscles sous ton tee-shirt. Pressée contre lui, ma poitrine contre son dos, je savoure chaque minute, chaque virage et chaque accélération, qui me font l'étreindre un peu plus fort.

Sa sœur...

Le terme employé par Kyle, lorsque nous sommes partis de la maison, me revient en pleine figure. De nouveau, ma poitrine se serre. Sans raison, puisque c'est tout ce que je désire depuis le premier jour. C'est tout ce que l'on veut tous dans cette famille. Alors, pourquoi y verrais-je un problème ?

Je relâche mon étreinte dès que l'occasion se présente. La moto est tout juste immobilisée que je bondis sur mes deux pieds, retire mon casque, que je lui rends, et m'enfuis vers le lycée sans me retourner.

Quelque chose ne tourne pas rond chez moi !

Comment un accident a pu me changer au point que je ne me comprenne plus moi-même ?

***

Je n'aurais pas cru possible de dire ça un jour, mais, grâce aux cours, j'ai pu éviter de me torturer l'esprit toute la journée. Bien sûr, Penny et Charly y ont bien contribué durant la pause déjeuner. Je ne sais pas ce qu'il leur arrive, mais ils n'ont pas cessé de se chamailler, et je dois avouer que ça m'a bien amusée.

Après m'être arrêtée à mon casier, je passe les portes du lycée en traînant des pieds. L'idée de rentrer à la maison relance toutes mes interrogations de ce matin. J'aimerais espérer que Kyle ne soit pas là et ne revienne pas de la nuit, mais... je me mentirais à moi-même.

Je descends les quelques marches du lycée avec nonchalance. J'évite un groupe de filles qui gloussent en direction du parking. Curieuse, je lève la tête et aperçois le garçon aux yeux de loup.

– Attention, il regarde dans notre direction, s'empresse de dire l'une des filles.

C'est pas vrai !

– Il est vraiment trop canon, soupire une autre.

– Vous croyez que c'est nous qu'il regarde ? Et si on lui faisait un signe pour voir ! lance une troisième.

T'as pas intérêt à faire ça !

Je reprends ma route en accélérant le pas. Plus je

m'approche de Kyle, plus les commentaires étonnés fusent et plus les regards sur moi se font insistants. La nouvelle, la fille étrange qui traîne avec d'autres exclus comme elle, est attendue devant l'école par un mec scandaleusement sexy à moto.

Je suis fière.

Et j'ai honte.

– Comment t'as su à quelle heure je finissais les cours ?

– J'attends là depuis ce matin, se moque-t-il.

Je me donne un air blasé et pose le casque de moto sur ma tête avant de monter derrière lui.

– Ta mère a accroché ton emploi du temps sur le frigo, finit-il par avouer avant de démarrer.

Et il a pris le temps de le regarder !

Cachée par mon casque, à l'abri des regards, de *son* regard, je m'autorise à sourire.

***

Kyle s'est enfermé dans sa chambre dès notre retour du lycée. J'ai attendu plus longtemps que notre heure habituelle pour dîner, mais il n'est pas descendu. Je suis déçue, et pourtant je ne sais pas ce que j'espérais. Il aurait fini par me lancer une vacherie, de toute manière.

C'est aussi bien comme ça…

J'éteins toutes les lumières du rez-de-chaussée et

regagne ma chambre. Tandis que j'enfile le débardeur de mon pyjashort, je distingue le bruit de la porte de la chambre d'à côté. Est-ce qu'il a attendu que je monte pour descendre ? C'est lui qui m'évite, maintenant ? Alors qu'il est venu me chercher à la sortie des cours !

C'est n'importe quoi ! Il me tape sur les nerfs !

Je finis de me battre avec ma bretelle et allume la télé.

Qu'est-ce qui ne va pas chez lui ?

J'ai beau zapper de chaîne en chaîne, c'est nul, il n'y a rien d'intéressant. Ça m'énerve ! J'éteins l'écran à distance et pose la télécommande sur mon bureau. Je fais le tour de ma chambre et décide de bosser sur mon projet du cours d'art. Au-dessus de ma corbeille à papier, je taille rageusement mon crayon.

Soit il m'ignore, soit il arrête de se comporter comme un con ! Ça n'a pas de sens, ce qu'il fait là ! Surtout que je lui ai proposé de vivre chacun notre vie cette semaine.

J'aime savoir à quoi m'en tenir ! Et puis c'est un minimum de respect à avoir !

Aïe !

Je me suis acharnée sur mon pauvre crayon. À force de le tailler, il a diminué de moitié et je me suis fait mal en me pinçant le doigt dans le taille-crayon. Sous le coup de la colère, je pose tout et descends afin de mettre les choses au clair avec Kyle.

Je suis bien décidée à l'affronter. Dans le salon, je me

plante devant lui. Je croise les bras et fronce les sourcils.

– À quoi tu joues, Kyle ? aboyé-je. Je peux savoir pourquoi tu m'évites maintenant ?

– Je me contente de vivre ma vie. Faut pas te donner une importance que tu n'as pas !

Cette condescendance me met hors de moi. Ce type est un con ! Un gros con, même !

– Alors, qu'est-ce que tu fous encore ici, si tu vis ta vie ? le provoqué-je. Pourquoi t'es pas encore parti te saouler dans un bar ou te taper ta copine rousse, là ? Ou n'importe quelle autre, d'ailleurs !

D'un geste de la main, je balaie ma rancœur et l'étincelle d'envie qui m'anime. Je recroise les bras sur ma poitrine pour lui signaler que je ne lâche pas le morceau. J'attends une réponse.

Ses yeux fauves se plissent. Kyle me dévisage, m'analyse.

– Pourquoi ? demande-t-il, méfiant. Je te dérange ? T'attends quelqu'un ? Je ne suis pas sûr que ta mère accepterait que tu reçoives du monde à cette heure-ci, surtout dans cette tenue.

Je rêve ou il me mate des pieds à la tête, là ?

Je ne décolère pas, mais, dans le doute, je baisse les yeux sur mon pyjama. En constatant que mes bras croisés font effrontément remonter ma poitrine, je les mets sans attendre le long de mon corps. Je tente de rester digne, je refuse de m'aplatir devant Kyle.

– Tu n'as toujours pas répondu ! insisté-je.

– J'avais bien l'intention de sortir, mais finalement, je crois que je vais rester ici. À moins que je ne te dérange ?

Je sais que sa question ne mérite pas de réponse, mais ça sort tout seul.

– Pas du tout, tranché-je.

– Parfait ! Maintenant, tu peux retourner te coucher.

Kyle se détourne, s'installe au bar du salon et se sert un verre de whisky.

– J'irai me coucher quand j'en aurai envie ! J'ai déjà bien assez de ma mère pour me materner. Je sature d'être traitée comme une gamine.

La mâchoire serrée, je prends place sur le tabouret près du sien et me sers un verre aussi. Je le bois cul sec, plus par défi que par envie. Je reconnais immédiatement l'odeur familière de cette nuit-là, quand il est venu me parler dans ma chambre. Le whisky me pique la langue et me brûle l'œsophage. Kyle rit, ça l'amuse. Il prend une gorgée, la déguste, puis l'avale. J'en profite pour me servir un autre verre, que j'avale comme le premier.

– Oh là, ça suffit, t'as assez de trous noirs comme ça ! commente-t-il.

– Très amusant, râlé-je.

Il se marre discrètement devant ma grimace pas tout

à fait maîtrisée. Je sens les effets de l'alcool agir peu à peu.

– Mon père me tuerait s'il apprenait que je t'ai laissée finir son whisky.

Je crois bien que c'est la première fois qu'il me parle de son père sans être en rogne.

– Dis, Kyle, hésité-je un instant. Pourquoi t'es en guerre avec ton père et ton frère ?

– Demi-frère, rectifie-t-il.

Je n'aurais pas dû lui demander ça. On n'est pas amis, lui et moi. Je ne sais pas ce qu'il m'a pris. C'est peut-être l'alcool qui me désinhibe. Kyle ne répond pas. Pas tout de suite. Il joue avec son verre avant de se dévoiler. Enfin… un peu.

– Mon père trompait la mère de Hunter avec ma mère, confie-t-il. Et puis elle s'est retrouvée enceinte. De moi. Du coup, Kathy et Donovan ont divorcé, et il a épousé ma mère. Hunter a toujours considéré que, si je n'étais pas venu au monde, ses parents ne se seraient jamais séparés. On a grandi comme ça, dans la rancœur.

Je m'accoude au comptoir et pose ma tête dans la paume de ma main pour mieux le regarder. L'admirer. Ce garçon aux yeux fauves.

– Mais comme mon père est un éternel coureur de jupons, il a aussi trompé ma mère, et bien d'autres après elle, reprend Kyle. Ils ont divorcé, et ma mère et moi, on s'est installés à New York. Elle ne s'en est jamais totalement remise. Et quand j'ai été en âge de comprendre, j'ai refusé de garder le contact avec mon père. Je lui en voudrai toujours de l'avoir rendue malheureuse. Et aujourd'hui, ma mère est « partie », et je me retrouve à vivre avec eux.

Pendant tout son récit, Kyle reste calme, détendu, l'esprit plongé dans ses souvenirs. Je préfère largement cette facette de lui. Et je commence un peu mieux à comprendre son comportement avec Donovan.

– Ma mère, elle est au courant. Pour les autres femmes. Ce passé tumultueux de ton père. Il lui a tout raconté. Dès le début de leur relation.

Kyle garde les yeux rivés sur son verre. Pourtant, il ne m'ignore pas. Au contraire, il m'écoute attentivement.

– Je ne veux pas jouer l'avocat du diable, mais… ton père a changé. Ce n'est plus le même homme depuis l'accident. Cet événement nous a tous changés, tous autant que nous sommes.

Kyle arrête de jouer avec son verre et le pose. Enfin, il se tourne vers moi.

– Ça n'a rien changé pour moi, précise-t-il.

Kyle se lève pour partir, mais, au dernier moment, il s'immobilise entre son tabouret et le mien. Je crois qu'il n'arrive pas à me quitter des yeux. Et j'en ai envie. La tristesse dans son regard, on dirait presque du désespoir.

Sa peine devient la mienne. Elle m'envahit, s'empare de mon cœur, de mon âme. Ma poitrine se gonfle, puis se bloque. Je contemple chaque pépite d'ambre qui parsème ses iris. J'admire ses lèvres pleines. Maintenant, je connais la saveur du whisky, et pourtant j'ai toujours envie de les goûter. Il suffirait de peu. Juste que je me penche, de quelques centimètres, pour les frôler. J'expire tout l'air que je retenais. Lentement, très lentement. Je relève mon visage pour m'approcher un peu plus de lui. C'est à peine perceptible. Je me mordille la lèvre inférieure. Ma respiration s'accélère… mais je ne peux pas. Je ne peux pas l'embrasser, me jeter sur lui comme ça, même si j'en meurs d'envie. C'est mon demi-frère. Je ne peux pas faire ça à ma mère.

Mais je dois savoir… Je veux savoir !

– Pourquoi tu me détestes, Kyle ? murmuré-je. Moi aussi, je subis cette situation, comme toi. Si tu arrêtais de me voir comme la belle-fille de ton père, de ton ennemi, je suis persuadée qu'on s'entendrait bien.

Kyle m'offre un sourire en coin avant de me répondre, comme si lui aussi avait repris ses esprits.

– Je t'aurais juste baisée, comme les autres.

Puis il s'en va. Je sais qu'il a essayé de me choquer avec ses mots crus, mais sa provocation ne marche pas avec moi. Je le dévore des yeux pendant qu'il traverse la pièce.

– Je ne suis pas comme les autres, lancé-je à son attention.

Kyle ne se retourne pas ni ne s'arrête. Et pourtant, je suis persuadée qu'il a souri.

***

Satisfaite d'être à l'heure ce matin, je débarque dans la cuisine pour prendre mon petit déjeuner. Kyle me tourne le dos, il se sert un café. Je n'étais pas sûre de le trouver là. Ni même qu'il soit debout. Rien n'est jamais acquis avec lui. Peut-être que notre discussion d'hier soir lui a prouvé que je n'étais pas si détestable que ça.

– Bien dormi ? me hasardé-je.

– Oui.

Je décide de le laisser tranquille et sors le jus d'orange du frigo. J'ouvre le placard du haut, où se trouvent les verres, tasses et bols. Je me mets sur la pointe des pieds pour les atteindre. Mais la main de Kyle est plus rapide que la mienne.

Il prend un bol et le glisse au creux de ma paume. Je sens son torse contre moi. Interdite, je ne peux nier mon trouble. C'est physique, peut-être mécanique. Mon corps est réactif. Mes sens s'aiguisent. Un frisson me parcourt l'échine. Je sens la chair de poule sur mon bras étiré. Ma cage thoracique manque d'exploser. Je prends le bol et me retourne.

– Comment tu as su ? m'étonné-je, collée à lui.

– Comment j'ai su quoi ? demande-t-il, confus.

– Que je bois mon jus dans un bol au petit déjeuner ? précisé-je.

– On habite dans la même maison depuis des semaines, je te rappelle, grogne Kyle.

– Tu n'es jamais là !

Ce n'est pas un constat, c'est un reproche. Un reproche que j'aurais certainement dû m'abstenir de lâcher. Son regard fauve s'assombrit, mais ne me lâche pas.

– C'est parce que tu ne me vois pas…

Kyle quitte la cuisine en me lançant de le rejoindre à sa moto dans dix minutes. Il est déjà parti que ses paroles tournent en boucle dans mon esprit. Évidemment que je le vois. Je ne vois que lui. Et même quand je ne le vois pas, je le ressens. Il me trouble, il m'obsède, il me hante. Je sais qu'il y a quelque chose de plus derrière ces simples mots, mais comment le comprendre ? Et pourquoi j'éprouve encore tout ça, pourquoi ça ne disparaît pas ?

***

En arrivant devant la salle d'art, je découvre Charly

et Penny près de la porte. Je me presse pour les retrouver, surprise de voir Penny.

– Si on me cherche, je suis à l'intérieur, marmonne Charly.

– Mais qu'est-ce qui lui prend ? Le cours ne commence pas avant dix minutes ! m'étonné-je.

Penny m'attrape par le bras pour m'attirer un peu à l'écart.

– Je lui ai dit que je voulais te parler, t'inquiète !

– Qu'est-ce qu'il t'arrive ? demandé-je, anxieuse pour mon amie.

– *Toi !* Qu'est-ce qu'il t'arrive ? m'accuse-t-elle.

Je louche sur le doigt qu'elle pointe sur ma poitrine. Je fouille dans ma mémoire, mais rien de particulier ne s'est produit aujourd'hui au lycée.

– Non… je… Je ne vois pas, m'excusé-je.

– Oh, ça va ! Tu ne vas pas me la faire, à moi ! conteste Penny. J'ai bien vu que tu n'étais pas dans ton assiette ce midi. Alors, raconte ! Je peux t'aider ? Qu'est-ce qui ne va pas ?

Merde !

Penny m'a démasquée. Depuis ce matin, je suis complètement absorbée par cette saleté d'attirance que j'ai pour Kyle, et ce n'est pas le trajet à moto qui m'a aidée à y voir plus clair.

– Ma mère et mon beau-père sont partis en voyage de

noces. Du coup, c'est mon… le fils de mon beau-père qui fait le taxi pour moi. Ça le saoule, alors je dois subir sa mauvaise humeur. Donc, j'en ai marre… Enfin, bref, la semaine va être difficile, quoi !

– Si ce n'est que ça, je peux passer te prendre le matin et te ramener l'après-midi. Parles-en à… ton… espèce de frère, là.

Penny semble soulagée. Je m'en veux de lui avoir menti. Enfin, de ne pas lui avoir dit toute la vérité. La sonnerie de début de cours retentit et nous nous éloignons chacune de notre côté.

– Si c'est bon, tu m'envoies un message, t'as mon numéro ! s'écrie mon amie.

***

À la fin du cours d'art, Charly part précipitamment. J'espère vraiment qu'il n'est pas blessé à cause de ma discussion avec Penny tout à l'heure. Je suis un peu mal à l'aise vis-à-vis de lui. Je ne voudrais pas qu'il se sente exclu.

C'est vrai, ils sont amis d'enfance et je n'ai aucune envie de les séparer.

Je me dépêche de ranger mes affaires et lui cours après à travers les couloirs. Je l'interpelle et le rattrape. À sa hauteur, je m'adapte à sa cadence.

– Je voulais te dire, pour tout à l'heure, avec Penny, c'est…

– C'est pas mes oignons et je n'ai aucune envie de savoir, me coupe-t-il. Ne le prends pas mal, Nell, mais vos trucs de nanas, ça ne m'intéresse pas vraiment.

– Alors, tu n'es pas fâché ? m'assuré-je. J'ai cru que… enfin, t'es parti vite et du coup…

– Ah, ça ! C'est parce que je dois rentrer, j'ai promis à la mère de Penny de tondre sa pelouse aujourd'hui, m'explique-t-il. En échange, elle me prépare des lasagnes. Et je peux te garantir que ce sont les meilleures lasagnes de l'univers !

Nous passons les portes du lycée pour nous élancer dans l'escalier, en direction du parking.

– Bon, je suis rassurée. Désolée de t'avoir embêté avec ça. Si tu veux, on peut se mettre en binôme pour le prochain projet de dessin, lui proposé-je.

Charly s'arrête net au milieu de l'escalier, et je l'imite. Il se mord l'intérieur de la joue, comme contrarié.

– Tu vas finir par croire que je t'en veux, Nell, bredouille-t-il. Mais je comptais demander à Penny d'être mon modèle, je suis désolé. Mais je peux être le tien, si ça peut te dépanner !

– C'est vrai ? Ça t'embête pas ?

Soulagée, j'attends la réponse de Charly, mais le pauvre n'a pas le temps de réagir. Kyle fait irruption entre nous deux. Et je ne sais pas pourquoi, mais il est furieux.

– On y va ! m'ordonne-t-il en passant un bras autour de mes épaules.

Mais à quoi il joue, là ?

Je m'éloigne de son emprise afin de retrouver Charly dans mon champ de vision.

– Une minute, s'il te plaît, je dois finir de régler un truc avec Charly.

– On s'en fout, de Charly ! crache-t-il.

– Non, on s'en fout pas ! m'énervé-je. D'une part, Charly est mon ami, et d'autre part, on était en train de s'arranger afin qu'il me serve de modèle pour le cours d'art, alors tu…

– Je serai ton modèle, me coupe Kyle sèchement. Allez, bye bye, Charly !

Il agite ses doigts devant mon ami et me prend la main pour me traîner jusqu'à sa moto. Je me laisse guider tout en me retournant afin de faire signe à Charly de m'excuser.

Sur le trajet, nous nous arrêtons devant un supermarché. Je demande à Kyle pourquoi, mais il ne me répond pas.

– Tu peux me dire ce qu'on vient faire là ? Je pourrais t'aider à chercher ce que tu veux ?

Kyle persiste à m'ignorer en arpentant les rayons.

– Pourquoi tu ne me réponds pas ? Kyle, tu m'écoutes ?

– Je suis venu acheter un tube de crème, ça te va ? s'agace-t-il.

– Une crème pour quoi ? insisté-je.

Kyle s'immobilise et je me cogne contre son dos.

– Une crème pour la cicatrisation de mon nouveau tatouage, crache-t-il. C'est bon ? Ça te va comme ça ou t'as encore des questions à la con à me poser ?

– Prends de l'huile de coco !

Je ne sais pas vraiment pourquoi j'ai dit ça. C'est sorti comme ça. J'imagine que c'est encore une chose que je ne me rappelle pas avoir apprise. Ça serait logique vu que j'ai un tatouage, moi aussi. Kyle m'examine étrangement. Toute la colère dans ses yeux a disparu. C'est un tout autre Kyle.

– Comment tu sais ça ? articule-t-il doucement.

– Aucune idée, avoué-je.

Ma réponse le déçoit, je le vois dans son regard. Le voile sombre reprend sa place. Il repart dans ses recherches. Alors, sans réponse de sa part, je m'autorise à faire mes courses de mon côté. Une fois que nous sommes rentrés, il me joue la même chose que la veille. Je me dépêtre avec les courses à ranger pendant qu'il s'isole dans sa chambre.

Quel caractère à la con !

Je laisse son tube de crème en évidence pour qu'il puisse le récupérer plus tard, puis je monte travailler un peu. Mais, lorsque je reviens dans la cuisine pour dîner, le tube n'a pas bougé. Je prends le carton entre mes mains et joue avec.

Je pourrais le lui apporter, il doit en avoir besoin…

Comme ça, je lui demande s'il mange avec moi ce soir, ça nous évitera les histoires comme hier.

Peut-être que c'est ça, le problème : il m'évite vraiment cette fois-ci parce qu'il s'est rendu compte que j'ai failli l'embrasser.

Ou alors, il ne s'en est même pas rendu compte…

Il faut que je sache ! On ne peut pas faire perdurer le malaise, sinon ça va être l'horreur quand les parents vont revenir.

C'est décidé, je dois lui apporter sa crème !

Je profite de mon élan de courage pour monter à l'étage et frapper à la porte de la chambre de Kyle. Aucune réponse. Étrangement, ça ne me surprend pas. Je frappe une nouvelle fois, un peu plus fort et, pleine d'audace, j'ouvre.

Je prends soin de rester dans l'embrasure de la porte. Kyle est allongé sur son lit, un livre à la main. Je sais déjà comment est sa chambre, puisque je l'ai visitée à mon arrivée. Pourtant, de le voir là, comme ça, installé calmement sur son lit, en train de lire, me perturbe complètement. Mon courage, mon audace, tout s'envole. Je me retrouve seule et désemparée face à lui. Je m'en veux de perdre toute ma détermination juste en le voyant.

– Qu'est-ce que tu veux ? demande-t-il sans lever les yeux de son bouquin.

– Je t'apporte ça, bafouillé-je.

Je secoue le tube de crème comme pour me justifier. J'ai tellement honte de mon comportement, de mon manque de volonté, de ce que je ressens que ma colère se répand. Je repense à son attitude devant le lycée et j'explose.

– Et à l'avenir, j'apprécierais que tu évites de me foutre la honte devant le lycée, d'accord ? hurlé-je. C'est compliqué de s'intégrer, et Charly fait partie des rares amis que je viens de rencontrer. Et toi, tu t'es comporté comme un sale con avec lui ! Donc, si ça te fait autant chier que ça de venir me chercher, j'ai la solution au problème puisque mon amie Penny m'a proposé de me déposer le reste de la semaine !

Je tourne les talons, soulagée d'avoir pu vider mon sac.

– Attends !

Je retiens un sourire et affiche un visage neutre avant de me retourner vers Kyle. Mais, une fois mes yeux dans les siens, je me liquéfie. Mon cœur s'emballe, ma respiration s'accélère. Je me déçois tant je suis prévisible.

Dis quelque chose... Je t'en supplie, dis quelque chose...

– Tu peux me donner mon tube de crème, quand même ? réclame-t-il.

Quelle conne !

Je lâche un grand soupir d'exaspération. Je ne sais pas ce que je me suis imaginé, mais c'est aussi bien comme ça.

J'avance jusqu'au bord du lit de Kyle et j'attends qu'il finisse de marquer sa page pour lui tendre le tube.

– Tu pourras décliner la proposition de ta copine.

Je me mords les lèvres pour éviter de montrer ma joie. Heureusement, il ne me regarde pas, penché en avant afin de poser son livre par terre.

– Il est où, ton tatouage ? me renseigné-je.

Kyle s'assied devant moi, au bord de son lit.

– Dans le dos ! tranche-t-il.

– Si jamais t'as besoin d'aide pour mettre ça…

Je lui tends le tube et laisse ma phrase en suspens. Je prends conscience de ce que je viens de lui proposer et je sais que, s'il acceptait, je serais finie.

– OK. De toute façon, j'ai pas d'autre nana sous la main…

Il a beau rester désagréable, je crois qu'il ne le pense peut-être pas vraiment. Je m'installe près de lui et déballe le tube de crème de son carton. Lorsque je me décale pour m'orienter vers Kyle, il a déjà retiré son tee-shirt. Il se penche légèrement en avant pour me présenter son dos.

Un grand film transparent, maintenu par du sparadrap, recouvre toute la partie supérieure de son dos. J'avance doucement ma main. Je la laisse en suspens à quelques centimètres de sa peau. Je crois que j'ai peur. Peur de le toucher. Enfin, je me lance.

Je retire les bandes collantes avec une lenteur extrême. Je sais que, si je lui fais mal, il ne le dira pas. Mais je prends le temps d'apprécier le contour de ses larges épaules, de ses omoplates, de respirer le parfum boisé de sa peau.

Je suis dingue...

Je retire l'énorme pansement et admire le motif réalisé tout en dévissant le tube de crème. Je m'attarde et observe chaque détail du dessin. Je suis du regard les lignes de chaque arbre noir qui compose cette forêt. Parmi les feuillages, je distingue des yeux de loup, dissimulés. C'est comme si Kyle me fixait. Ma respiration devient lourde.

Il faut que ça cesse !

Je ferme les paupières un instant afin d'essayer de me reprendre. Puis je me concentre sur cette forêt, qui me rappelle celle du Vermont. Je tente d'ignorer le frisson qui le parcourt quand je pose le bout de mes doigts sur son dos, la douceur de sa peau lorsque je m'applique à étaler la crème. Je me bats pour ne pas trop m'attarder parce que je dois m'éloigner – de lui, de cette chambre. Je dois en finir avec cette attirance avant qu'elle ne me consume totalement. Je retire ma main, j'ai l'impression de me brûler. Je me hâte de revisser le bouchon du tube. Kyle se remet droit, son dos m'échappe.

Et soudain, il m'embrasse.

Ses lèvres exercent une infime pression sur les miennes. Elles sont fermes et douces à la fois. Son baiser est chaste, fragile, rapide. Et pourtant, il dure une éternité. Mon cœur s'emballe tant qu'il peut me lâcher à tout moment. Mes pires tourments sont propulsés à des années-lumière. Et puis Kyle se détache de moi.

C'est fini.

Je suis finie.

Kyle s'éloigne juste assez pour que nous puissions nous regarder. J'en oublie le tube de crème, que je lâche, et je pose mes mains sur sa nuque pour lui rendre son baiser.

Le mien est plus fougueux, plus passionné. J'ai soif de lui, au point d'avoir besoin de m'accrocher à lui. Je passe mes doigts dans sa tignasse rebelle. C'est un besoin. C'est viscéral. Quand il me donne un baiser, je veux sa langue. Quand il m'offre sa langue, je veux mordre sa lèvre. Et plus il m'en donne, plus j'en veux. Je m'impatiente. Je perds pied. Je prends feu.

Non ! Je ne peux pas !

Je me recule et je m'enfuis en évitant de le regarder. Je ne veux pas céder, pas encore. Il est ma kryptonite et l'objet de ma folie.

10

L'aveu

Nell

Kyle m'a emmenée et ramenée des cours pour ce dernier jour de lycée avant Thanksgiving. Nous n'avons pas reparlé du baiser. Nous n'avons pas parlé tout court. Et nous ne nous sommes pas regardés du tout. J'ai parfaitement conscience que je dois crever l'abcès, mais j'ai la trouille et repousse le moment autant que possible.

Lorsque je vois Kyle assis sur le canapé, je m'approche. Il zappe sans vraiment s'intéresser à un programme en particulier.

C'est maintenant ou jamais.

– Je me disais que… on pourrait dîner ensemble ce soir. Pour une fois. Pour raconter aux parents qu'on a quand même marqué le coup pour Thanksgiving.

Quelle dégonflée je fais !

– Impossible ! Ce soir, j'ai prévu une fête d'enfer, m'annonce-t-il. D'ailleurs, je crois que les premiers invités ne vont pas tarder.

Des vrombissements de moteurs résonnent depuis l'allée. Kyle éteint la télé et traverse le salon.

– Quoi ? crié-je. Et tu comptais me le dire quand ?

– Voilà, je te l'ai dit, c'est fait !

– Si ma mère l'apprend, elle va péter un câble ! protesté-je en le poursuivant.

– J'en assumerai l'entière responsabilité, balaie-t-il de la main.

– Écoute, si tu cherches à me faire payer ce qui s'est passé… notre… baiser, je…

– Mais j'en ai rien à foutre, me coupe-t-il en ouvrant la porte d'entrée. Un baiser, ça compte pas, faut que t'arrêtes de donner de l'importance à des choses qui n'en ont pas !

Ma respiration se bloque. Et si un attroupement de joyeux fêtards ne s'était pas mis à beugler en entrant dans la maison, je crois qu'on aurait entendu mon cœur se fêler.

Je me mets en mode pilote automatique et regagne ma chambre. J'ai envie de pleurer, mais je ne le ferai pas. Hors de question. J'ai besoin de réconfort, de quelqu'un, de ne pas être seule. Je me précipite sur mon téléphone et envoie un message à Penny.

[Il a décidé de faire
une fête à la maison.
Es-tu dispo pour me
rejoindre ?]

J'attends patiemment sa réponse. Les minutes me semblent durer une éternité. Au rez-de-chaussée, j'entends le son de la musique augmenter. Il y a vraiment l'air d'y avoir du monde en bas.

Mon téléphone me notifie un message.

[Impossible d'échapper
au repas de famille.
Mais tu es la bienvenue…]

Je descends l'escalier à la recherche de Kyle, bien décidée à lui dire que je vais chez Penny ce soir. Je ne participerai pas à sa fête pourrie, il ne fera pas de moi sa complice. À la dernière marche, je constate qu'il sera inutile de chercher plus loin. Kyle est adossé au mur, un gobelet rouge à la main, et une blonde se colle à lui comme un pot de glu. Je serre les mâchoires, détourne le regard et passe à côté d'eux en feignant de ne pas les avoir vus. Je traverse la maison en quête d'un coin isolé qui ne m'obligerait pas à repasser devant eux. J'esquive les couples qui dansent, ceux qui s'embrassent. Je contourne les groupes en pleins jeux de boisson. Je tente ma chance en ouvrant la porte de la salle de bains de Hunter. Elle est vide. J'entre et verrouille derrière moi.

Je pose mes mains de chaque côté du lavabo. Voir Kyle, comme ça, avec une autre fille, juste après que nous nous sommes embrassés, juste après qu'il m'a dit que notre baiser ne comptait pas, c'est la seconde douche froide de la soirée. Je commence à prendre conscience de l'importance de ce baiser pour moi, et ça me rend malade. Les larmes aux yeux, je refuse de me regarder dans le miroir. Si je le fais, je craquerai. Et si je craque, je ne pourrai plus m'arrêter de pleurer. Ce n'est ni l'endroit ni le moment.

J'actionne le robinet d'une main et retiens mes cheveux de l'autre. Je m'asperge le visage à plusieurs reprises jusqu'à ce que la crise passe. Je coupe l'eau, agrippe la première serviette que je trouve et m'éponge délicatement. Enfin, je m'affronte. Dans le miroir, je vois que mon chagrin a laissé place à la colère. Je suis en colère contre lui, contre la vie, contre cette situation dans laquelle je m'embourbe. Déterminée à mettre un point final sur ce coup de cœur intolérable, je me sens prête à changer les choses. Après tout, moi aussi, je peux tout prendre à la légère comme Kyle. C'est peut-être ça, la solution pour ne plus ressentir ces émotions qui me rendent dingue jour après jour. Je vais adopter la « méthode Kyle ».

Je prends mon téléphone dans ma poche.

[Merci beaucoup ! Mais
je préfère avoir tout
le monde à l'œil ce soir.
Bonne soirée !]

Je range l'appareil et sors de cette salle de bains. Je suis bien décidée à m'amuser, moi aussi. J'ai besoin de me changer les idées, j'ai besoin d'oublier. De l'oublier, lui, ce baiser, ces émotions… Comme Kyle l'a si bien dit, ce n'est rien, ça ne compte pas. Je ne vais pas me gâcher l'existence pour ce mec-là. Ce n'est qu'un *crush*. Une passade.

Je longe le salon, qui fait office de piste de danse, et m'arrête du côté du bar. Un gars à peine plus grand que moi s'est improvisé barman. Je le trouve amusant avec sa chemise à fleurs et ses lunettes de soleil posées sur son crâne rasé. Il me parle par-dessus la musique, mais je n'entends pas. Je suppose qu'il me demande ce que je veux, je hausse les épaules, n'importe quoi fera l'affaire.

– Tequila ! hurle-t-il, penché sur le bar.

Il me tend un shot en plastique. Je n'hésite pas une seconde et avale. Ça arrache, mais ça fait du bien. Je lui fais signe de m'en servir un deuxième. Il sourit et remplit mon petit verre. J'avale encore une fois le contenu et abandonne mon verre pour aller m'amuser plus loin.

Je me retourne et la pièce commence à tourner au ralenti. Depuis que je suis seule avec Kyle à la maison, je découvre les effets des différents alcools sur moi. J'y suis sensible, c'est bon à savoir.

Mais lui, je dois l'oublier !

Je me laisse entraîner sur la piste par les danseurs excités. Ils semblent possédés, ils bougent, se tortillent, jouent entre eux, s'enlacent. Coincée au milieu de leurs visages souriants et de leurs rires, je veux en être, je veux connaître ça, leur insouciance…

Je ferme les yeux, écoute le son et finis par onduler, moi aussi, au rythme de la musique. À chaque changement de chanson, le garçon en face de moi change aussi. Et, à chaque fois, je sens les yeux fauves glisser sur moi. Ils me brûlent la nuque, les reins, les hanches. Discrètement, je le cherche, je veux le prendre en flagrant délit. Mais, après l'avoir repéré et dès que je l'observe, c'est une autre qui bénéficie de toute son attention. Plus ils se rapprochent, plus je les épie. Plus ils se touchent, plus j'ai mal. Et plus je souffre, mieux je comprends.

Il faut que j'arrête de prendre mes désirs pour la réalité…

Je ne le supporte plus. Ni lui, ni moi, ni ce que je suis devenue. À cause de lui. Obsessionnelle. Envieuse.

Un brun mal rasé se rapproche de moi. Je l'examine. Il me frôle, je lui souris. D'un geste sec, il m'attire à lui. Je pose une main sur son épaule et je le laisse mener la danse. Il tient un gobelet, qu'il porte à ses lèvres. Je m'avance vers lui et tends ma bouche pour en avoir aussi. L'inconnu me fait boire, amusé. C'est du whisky. Un alcool que je pourrai à présent reconnaître entre mille. À cause de Kyle.

Il ne compte pas. Kyle ne compte pas...

J'en réclame encore. Le brun aime ça et pose sa main libre dans mon dos. Une gorgée pour lui, une autre pour moi. Impatiente d'oublier, de changer les choses, de me changer, moi, je bascule la tête en arrière pour en avoir plus encore. Le breuvage s'écoule au-delà des commissures de mes lèvres, mais je m'en fous si ça m'aide à rayer les yeux fauves de mon esprit.

Kyle n'est rien...

La goutte de whisky coule le long de ma gorge jusqu'à ma clavicule. Le brun plonge dans mon cou et l'arrête en me léchant. Sa langue remonte lentement jusqu'à ma mâchoire. Sa barbe de trois jours me chatouille et j'explose de rire. J'ai les paupières closes, le néant tourne tout autour de moi. Et, quand je rouvre les yeux, ce garçon est toujours là. Il ne s'est pas enfui, je ne suis pas « rien » pour lui.

– On monte ? lui susurré-je à l'oreille.

L'inconnu me prend la main. Je le suis jusqu'au bar, où il pose son gobelet vide. Il se penche et échange quelques mots avec le petit barman. Lorsqu'il se retourne vers moi, il me tend un nouveau shot. Lui aussi en a un.

– Bouge pas, je te montre un truc, s'amuse-t-il.

Je m'empare du verre qu'il me tend toujours et le laisse entremêler nos deux bras. D'un signe de tête, il m'indique le départ, et nous buvons tout en nous regardant. Le brun récupère mon verre et s'en débarrasse avec le sien. Je le guide jusqu'à l'escalier. La montée s'avère bien plus périlleuse que je ne l'aurais imaginée. Je m'accroche fermement à la rampe pour grimper les marches.

Sur le palier, je me colle au mur et m'immobilise. J'ai besoin d'un repère fixe pour que le sol s'arrête de tourner. L'inconnu se presse contre moi, il est un peu lourd, mais je ne dis rien. Sa bouche s'écrase sur la mienne et je n'aime pas la sensation que cela me procure. Son baiser est trop humide, tout comme la peau de son visage en sueur. L'odeur qu'il dégage est écœurante. J'ai presque la nausée.

Cela n'a rien à voir avec les baisers de Kyle.

Même avec un autre, je pense à lui.

Je prends conscience de mon erreur… Essayer d'embrasser un autre garçon ne fait que me prouver que c'est avec Kyle que j'aime ça. Et c'est tout le contraire de ce que je souhaite qui se passe. Ce dégoût que j'éprouve dans les bras d'un autre ne fait que renforcer ce que je ressens pour le garçon aux yeux de loup. Je ne peux pas reculer pour m'éloigner, je suis bloquée par le mur. La langue de l'inconnu force le barrage de mes lèvres pincées pour s'agiter frénétiquement dans ma bouche. J'ai horreur de ça. Je tourne brusquement la tête sur le côté pour lui échapper. Mes mains se plaquent sur son torse, j'essaie de le repousser de toutes mes forces, mais le garçon est insistant. Il me coince sans ménagement en s'appuyant sur moi de tout son poids, puis il enfouit son visage dans mon cou et relève ma jambe, une main sur ma fesse.

– Arrête ! Putain ! Non ! crié-je en me défendant.

Je me débats autant que je le peux pour m'extirper de là. Sa bouche sur mon cou et sa bave sur ma peau m'insupportent. Sa façon de frotter son bassin contre moi me répugne.

Je force, je dis non, je n'abandonne pas. Je me bats. Et même dans un moment pareil, mon esprit me joue des tours. Je crois entendre quelqu'un ordonner au brun d'arrêter ça. Mais il l'ignore autant que mes supplications.

Encore mes désirs que je prends pour une réalité.

Pourtant, l'inconnu est tout à coup tiré en arrière, loin de moi. Je prends une grande inspiration et m'essuie la bouche du revers de la main.

Kyle est là, je ne rêve pas.

Derrière lui, il y a deux autres gars que je ne connais pas. Ils tiennent par les épaules l'inconnu qui m'a embrassée.

– Faites-le dégager, ordonne Kyle calmement.

Ses poings le long de son corps se resserrent.

– Faites dégager tout le monde ! Je ne veux plus personne chez moi ! hurle-t-il.

Les deux amis de Kyle embarquent le brun et, une fois en bas, ils s'exécutent. La musique s'arrête. Les fêtards râlent. Et nous nous retrouvons seuls sur le palier, face à face, assistant à tout ça sans le voir.

Kyle me dévisage, mais je ne veux pas l'affronter. Je ne veux pas le voir. Je respire vite. J'ai eu peur. Je souffre. J'ai honte de ce que je viens de faire. Je suis furieuse aussi. Contre moi. Contre Kyle. Contre tout ça.

– Tu n'avais pas à t'en mêler, craché-je.

Je me détourne, entre dans ma chambre et lui claque la porte au nez.

Je dois oublier.

Je croyais m'en être débarrassé, mais Kyle entre aussi. Dos à la porte, je ne le vois pas. Pourtant, je sais que c'est lui. Je le sens. C'est inexplicable. J'avance un peu, juste de quelques pas pour m'éloigner.

– Je t'ai déjà interdit d'entrer sans ma permission.

Je lui tourne le dos tout en lui criant dessus. Je ne peux pas le regarder, c'est trop dur.

– Qu'est-ce que tu foutais avec ce type ? Tu te rends compte de ce qui aurait pu se passer si je n'étais pas intervenu ? T'es complètement inconsciente ou quoi ?

Kyle aussi est en colère contre moi. Mais pas autant que je le suis moi-même.

– Inconsciente, folle, détraquée, tarée, malsaine, envieuse, voilà ce que je suis, c'est vrai !

Je ne crie plus. Je serre mes poings. Je suis à bout. À bout de nerfs. À bout de forces. À bout de souffle. J'accepte enfin ce qui doit l'être. C'est fini, je ne pourrai pas lui échapper. Jamais. Je pleure. Les larmes coulent toutes seules. Je ne les contrôle plus. Je ne contrôle plus rien. Ni mon corps, ni mon cœur, ni ma voix.

Doucement, je me retourne vers Kyle. Mes yeux se lèvent vers son regard ambré. Je crois voir son visage passer de la rage à l'inquiétude, mais j'ai compris maintenant que c'est mon cerveau qui me joue des tours. Mes rêves ne sont pas ma réalité.

Un pas après l'autre, je me rapproche de Kyle.

– C'est ma faute, avoué-je enfin. Ma tête. Mon corps… Je ne peux plus me passer de toi, Kyle.

Un pas après l'autre, j'accepte l'évidence. Un pas après l'autre, j'avance.

– T'es partout même quand t'es pas là, Kyle. Je te trouve agaçant, blessant, mais je préfère ça à ton absence. Tu dis que je ne te vois pas, alors que je ne fais que ça.

Je pose le plat de ma main sur son torse.

– Notre baiser, ce n'était pas rien pour moi. C'était mon premier. Et c'est à toi que j'ai voulu le donner.

Je tape du poing sur sa poitrine. Plusieurs fois.

– Je suis furieuse contre moi, contre ce que je ressens pour toi. Et je suis furieuse contre toi, aussi. Je t'en veux de ne pas ressentir la même chose que moi autant que je t'en veux d'être mon demi-frère. Je déteste vivre comme ça. Tiraillée entre ce que je veux et ce que je dois… Et ce qui se passe vraiment. J'ai essayé, j'ai résisté, j'ai tenté d'embrasser un autre, mais ça ne fonctionne pas. C'est toi que je veux, il n'y a que toi pour me faire ressentir ça. Me faire oublier ce qu'on est. Et le pire, dans tout ça, c'est que j'adore ça… Comment est-ce que je peux faire ça à ma mère ?

Je fais un pas en arrière pour le regarder vraiment, une dernière fois. J'admire ses prunelles, je ne cherche pas à analyser son expression. Mais je dessine ses iris dans une case de mes souvenirs, comme un secret que je garderai au fond de mon âme à jamais. Un horrible secret d'une Nell que je vais refuser de laisser s'exprimer.

– Tu dois faire quelque chose pour m'aider, Kyle. Tu dois rester loin de moi, maintenant. S'il te plaît, l'imploré-je simplement.

Voilà. Il sait tout. J'ai tout avoué. Et je me sens vide. Et fatiguée.

Kyle ne réagit pas. Depuis que j'ai ouvert la bouche, il n'a rien dit. C'est qu'il n'a rien à en dire. Je dois le répugner. Au moins, il m'a écoutée.

Je me traîne lentement jusqu'à mon lit et je me laisse tomber sur le matelas. Je fais en sorte de tourner le dos à Kyle pour qu'il parte. C'est fini. Il va peut-être me dénoncer. Dire à nos parents que je suis complètement folle, dégueulasse, et que je dois être enfermée.

Je ferme les yeux et me laisse aller à mes sanglots. Mon matelas s'affaisse derrière moi. Je sens la chaleur de Kyle, qui s'installe contre moi, son grand corps, qui copie ma position allongée. Je sens son souffle dans mes cheveux, sa tête posée sur mon oreiller et son menton sur le dessus de mon crâne. Je comprends sa réponse, sa compassion, sa tendresse, à moins que sa pitié ne soit plus forte que son dégoût. À présent, peu importe. Je sèche mes larmes. Puis plus rien.

11

Le modèle

Nell

Je plonge ma main dans le paquet de chips qui me sert de déjeuner. À la fin de chaque bouchée, je me lèche les doigts. Le gras est censé m'aider à aller mieux. Les yeux rivés sur les mannequins qui défilent sur un podium, à la télévision, je ne ressens rien. Je n'ai aucune inspiration et aucun souvenir ne me revient. Rien.

Depuis la soirée foirée, j'ai décidé de redevenir celle que j'étais. Celle que j'étais avant l'accident. Celle qui n'était pas attirée par le fils de son beau-père. Celle dont j'ignore tout et dont maman refuse de me parler. Celle dont je dois me souvenir seule. Je ne sais pas grand-chose de cette Nell-là. Mais, au cours de certaines conversations, j'ai retenu des détails qui ont échappé à ma mère. Inconsciemment, j'ai dressé une liste. Courte, mais de quoi me donner un point de départ. Juste ce qu'il faut pour savoir par quoi commencer, vers quoi me diriger.

La première chose, c'est que j'en veux à papa. C'est un fait déjà établi depuis qu'il a quitté la maison, et qui ne s'est toujours pas arrangé. J'ai bien pensé lui écrire l'autre fois, mais… j'ai peur. S'il me repousse, s'il ne répond pas. Je ne suis pas prête pour ça, pas maintenant. Ma situation familiale actuelle est déjà bien assez compliquée comme ça.

La seconde chose, c'est que je voulais être styliste. Le dessin est ma passion depuis toujours, et il l'est resté. Pourtant, je ne dessine que des paysages, des montagnes, des animaux. La nature, c'est bien loin des croquis de mode. J'ai essayé de me forcer, de copier des exemples trouvés sur Internet, mais ça ne revient pas. Mes dessins ne me procurent aucun plaisir, n'ont aucune âme. Alors, je tente de me reconnecter en regardant des défilés sur écran géant.

Mon téléphone bipe sur le canapé. Je dégage mon carnet à dessin posé dessus.

[Pas de nouvelles !
Tu as survécu
à cette soirée ?]

Penny ! Avec tout ça, je l'ai complètement oubliée…

[Oui ! Désolée, j'ai pas eu le temps hier, je me suis tapé le ménage.]

Je m'en veux terriblement d'avoir zappé ma nouvelle amie. Après la soirée, je me suis endormie tout contre Kyle et, à mon réveil, il avait disparu. Je ne comprends toujours pas ce qui l'a décidé à dormir avec moi, mais je ne peux pas nier que ça m'a fait du bien. Même s'il a dû reprendre ses esprits au petit matin en réalisant que j'étais vraiment répugnante d'être attirée par lui. J'ai passé une grande partie de la journée à ramasser le bordel que les fêtards avaient laissé derrière eux. J'ai bien dû remplir une dizaine de sacs-poubelle. Par chance, il n'y a pas eu de casse. En tout cas, je n'ai rien remarqué. Je n'ai pas vu Kyle de la journée. Il m'évite. Cette fois, c'est clair. Il m'évite parce que je le lui ai demandé. Parce que c'est mieux si nos parents ne voient pas le dégoût dans son regard quand ils rentreront demain de leur voyage.

Qu'est-ce qu'il fait ? Qu'est-ce qu'il pense de moi ?

[Le suspense est insoutenable !
Raconte ! Combien d'os
as-tu brisé ?]

Si elle savait...

[Aucun, j'ai fini par aller
me coucher. C'était trop
pourri. Et toi ?]

[L'éclate. J'étais aux premières
loges pour assister à la
destruction du repas dans
la bouche de ma tante Berte !
Et je t'assure que c'est
encore plus dégueulasse
que de regarder Charly manger…]

[T'es odieuse avec lui !]

[Mais pas du tout ! Au contraire,
j'ai même accepté de l'aider
pour le projet en dessin.]

Merde ! J'avais complètement zappé.

[Tu viens de me sauver la vie…
J'avais complètement oublié
de le faire.]

[Vous seriez paumés sans moi,
sales losers ! Bouge-toi
et va bosser !]

Merci, Penny. Toi, au moins, tu sais me faire rire.

Bon, il faut que je m'active pour le projet. J'ai besoin d'un modèle, mais, à cause de Kyle, je n'ai rien pu prévoir avec Charly. Je ne peux pas demander à Penny, elle sert déjà de modèle à Charly. Maman, Donovan et Hunter ne sont même pas là !

Je préférerais encore me torturer à dessiner Kyle que Hunter…

Kyle…

Après tout, c'est sa faute. C'est lui qui a dit qu'il le ferait. Mais je me demande s'il était sérieux… Et après ce qu'il sait, il ne voudra jamais.

Je me mordille la lèvre inférieure. Je n'ai aucune autre solution que de le lui demander. Je pose mon verre dans l'évier et m'avance vers l'escalier. On ne va pas pouvoir s'éviter éternellement. Et je suis coincée. Si je ne rends rien, comment je vais pouvoir expliquer ma note à ma mère ? Elle ne comprendrait pas pourquoi je n'ai pas demandé à Kyle. Et s'ils le sermonnent de ne pas m'avoir aidée, ça pourrait faire des histoires. Kyle pourrait tout leur dévoiler, s'il n'a pas déjà décidé de le faire… Je n'ai pas le choix !

Devant la porte de sa chambre, je m'encourage mentalement, puis donne trois petits coups.

– Quoi ? ronchonne Kyle de l'autre côté du battant.

Il accepte de me parler…

Mes yeux s'écarquillent et mon cœur recommence à battre après presque deux jours d'encéphalogramme plat.

Il aurait très bien pu me dire de dégager !

– C'est à propos de mon cours de…

– J'entends rien ! Entre ! gronde-t-il.

Il accepte de me voir…

Ma respiration se coupe. Mon cœur rate un battement ou deux avant de battre la chamade.

Comment ce mec peut avoir autant d'effet sur moi ? Et juste de l'autre côté d'une porte ! C'est n'importe quoi !

Je tourne la poignée, ouvre et entre juste d'un pas. J'ai l'impression de faire un bond en arrière. Tout est exactement comme la dernière fois que je suis venue dans sa chambre. Il est allongé sur son matelas. Adossé à la tête de lit, il est en pleine lecture toujours du même bouquin.

– Qu'est-ce que tu veux encore ? reprend-il en se tournant vers moi.

Il accepte de me regarder...

– Mon cours d'art, bredouillé-je. Tu... tu étais sérieux quand tu as dit que tu serais mon modèle ? Je dois le rendre au prochain cours et Charly...

– C'est bon, je vais le faire ! me coupe Kyle.

– C'est vrai ? m'étonné-je.

– Je veux pas me faire couper les vivres par Donovan. Par contre, j'en ai rien à foutre, je bouge pas de là.

– Aucun problème, je vais chercher mon matériel, dis-je, réjouie.

Je m'empresse d'installer mon chevalet et mon plus grand bloc à croquis dans un coin libre, devant la fenêtre, avant qu'il ne change d'avis. Je m'empare de mon crayon favori et je l'observe par-dessus mon attirail. Kyle m'ignore et continue de lire. D'ici, je vois sa chambre sous un tout autre angle que la dernière fois.

Lorsque l'on s'est embrassés...

Tous les petits morceaux de mon cœur s'agrippent les uns aux autres pour ne pas se briser de nouveau. Je me concentre pour ne pas replonger, m'effondrer. Mon regard accroche son bouquin et s'y fixe. Le titre sur la quatrième de couverture est trop petit pour que je puisse le lire de là où je me trouve. Kyle n'en est pas à sa première lecture, la couverture est abîmée, cornée, froissée. Ce livre a vécu. Ce livre l'a sûrement accompagné partout. Ce livre sait tout de lui. Contrairement à moi. J'ignore ce qu'il pense. De tout. De moi. Il est tellement complexe ! Lorsque je lui ai révélé mon attirance pour lui, il n'a rien dit, il ne m'a pas rejetée. Au contraire, il m'a enlacée tendrement et m'a rassurée à sa façon. Et, d'un autre côté, il passe son temps à m'ignorer, à m'éviter, et ce, bien avant que je le lui demande. Il est désagréable quand il m'adresse la parole. Comment peut-on avoir deux facettes en face d'une même personne ?

– Qu'est-ce que t'attends ? J'ai pas la journée ! soupire-t-il.

– Oui, désolée. C'est juste que… c'est compliqué !

C'est compliqué…

L'excuse préférée de ma mère quand elle veut se sortir d'une conversation dérangeante.

– Je vois pas ce qu'il y a de compliqué à dessiner un pauvre être humain, insiste Kyle. T'es en dernière année ou tu reprends tout depuis la maternelle ?

Facile à dire quand on n'y connaît rien, j'aimerais bien le voir à ma place !

– C'est un projet assez particulier, répliqué-je. On doit faire une représentation imagée de notre modèle, pas son portrait. C'est bien plus complexe que ce que tu crois.

Et toc !

– Complexe en quoi ? Désolé, mais je ne visualise pas ! rétorque-t-il.

– Je dois dessiner ce qui émane de toi, ce que je perçois de qui tu es vraiment et…

Ce que je ressens à travers toi…

– Laisse tomber, capitulé-je finalement. Tu ne peux pas comprendre…

Je reporte mon attention sur ma grande feuille blanche, mais un claquement retentit. Kyle vient de fermer son livre. Il l'a balancé par terre et s'est levé. L'espace d'une seconde, j'ai peur qu'il se casse et me laisse en plan au milieu de sa chambre. Mais il fait bien pire. Bien mieux. Il se plante à deux ou trois mètres de mon chevalet et passe son tee-shirt par-dessus sa tête.

– Je ne peux pas me mettre plus à nu, lance-t-il, les bras grands ouverts.

Son expression moqueuse me détend un peu, car il semble moins agacé. Je le détaille, laisse mes yeux se balader sur sa peau. Son torse est encore plus beau que je ne l'imaginais. Sa peau est toujours légèrement hâlée, depuis l'été, et ses pectoraux sont parfaitement dessinés. La dernière fois, j'ai étalé de la crème sur son dos et je me suis perdue dans ses yeux quand il s'est retourné. Puis sur sa bouche. Mes pupilles devancent mes envies et je détaille le contour de ses lèvres si délicieuses. Je resserre la pression que j'exerce sur mon crayon.

Non !

J'ai chaud, l'air est irrespirable ici. Je lutte contre les sensations qui m'assaillent, cette attirance qui me fait chavirer du côté de l'interdit. Ce besoin impossible de lui. Ses yeux brillants, sa présence imposante, son charisme irrésistible.

C'est ça ! Je l'ai !

La mine de mon crayon entre enfin en contact avec le papier. Mes traits sont assurés, je sais ce que je fais, c'est une évidence. Je dresse les contours, griffonne les ombrages, trace les détails. Je me laisse emporter par la passion qui se réveille enfin. Le dessin est quelque chose qui m'aide et me soulage au quotidien. Mais, depuis l'accident, j'avais perdu l'étincelle, cette petite chose indéfinissable qui manquait à ma passion. Une raison d'être.

Le temps file, et plus je me rapproche de la fin, plus j'appréhende. Parce que le plus dur m'attend, parce que, depuis que j'ai su tenir un crayon, j'ai une difficulté, un talon d'Achille. Et puis… parce que, pour le surmonter, j'ai besoin de croiser son regard. Je ne trouve pas le courage de lever les yeux sur Kyle. Ma tâche est alors encore plus délicate. Je me mords la lèvre inférieure et retire la pointe de mon crayon à de nombreuses reprises.

– Je vais t'aider pour le regard, annonce Kyle.

Comment sait-il que c'est ce que je peine à dessiner ?

Je reste interdite alors qu'il contourne le chevalet pour se mettre derrière moi. Je suis perdue, tout va trop vite. Il va découvrir mon dessin, il va être face à ce que je vois en lui, et bien qu'il connaisse mon attirance, je ne suis pas prête pour ça.

– Tu n'as jamais aussi bien dessiné, déclare Kyle.

Qu'est-ce qu'il veut dire ?

– Pardon ? m'étonné-je.

– Non, bafouille-t-il. Je veux dire que je n'arriverai jamais à aussi bien dessiner…

– Merci.

Il aime ma représentation…

Je me réjouis intérieurement. Si Kyle aime, c'est qu'il s'y reconnaît. Je prends une seconde pour poser un œil neuf sur mon travail. Un portrait mi-homme, mi-loup. Rempli de colère, de désespoir, de tristesse, mais aussi de tendresse, de passion, et d'une bonté que je le soupçonne de dissimuler. Toujours debout derrière moi, Kyle se penche par-dessus mon épaule. Je retiens mon souffle. Je ne peux pas me permettre de respirer son odeur. Ce parfum boisé qui m'envoûte à la première bouffée. Kyle frôle le dessus de ma main en me prenant le crayon. Une petite décharge électrique me fait légèrement sursauter. S'il le remarque, il ne le montre pas. Je me décale un peu pour lui laisser la place. Kyle rapproche la mine du dessin, la main tremblante. Il essaie à plusieurs reprises, mais il s'énerve, ce qui amplifie ses tremblements. J'étudie sa manière de tenir le crayon, la position de sa main, l'angle de son bras tendu. Mon regard longe la cicatrice qui débute à l'intérieur de son avant-bras pour se terminer dans sa paume.

– Eh merde ! vocifère-t-il en abandonnant le crayon.

Je ne la vois pas, mais je peux ressentir sa souffrance. Je connais son histoire. Ce maudit accident de bus a failli lui coûter son bras. Maman m'a raconté que le fils de Donovan avait été gravement blessé à cet endroit et à la main. Bien que nos pathologies soient différentes, on se retrouve sur un point : la perte de contrôle. Kyle ne contrôle plus sa main aussi bien qu'il le devrait tandis que, moi, j'ai perdu le contrôle de ma mémoire et de ma vie passée.

Kyle serre et desserre son poing plusieurs fois, il semble être engourdi. J'aimerais pouvoir faire quelque chose, l'aider à se calmer.

– Comment t'as su que c'étaient les yeux ? improvisé-je.

– Quoi ? C'est toujours les yeux, le problème.

– Et tu dessines depuis longtemps ? enchaîné-je pour détourner son attention de sa main.

– C'est quoi, ces questions ? s'agace-t-il.

– Tu as dit que tu ne saurais jamais aussi bien dessiner tout à l'heure, répété-je. Ça veut dire que tu dessines aussi, non ?

– Ouais. Ça fait un bout de temps, admet Kyle. Mais j'ai arrêté depuis…

J'attends un peu, mais il ne finit pas sa phrase. Ce n'est pas qu'il ne le veut pas, mais il ne le peut pas. C'est trop douloureux. Je comprends. Je sais. Moi non plus, je n'y arrivais pas avant de me faire aider par ma psychologue au centre. Mais, contrairement à ce qu'on s'imagine, parler contribue à aller mieux. Et je voudrais soulager Kyle de ce poids, de cette douleur, parce que, quoi qu'il pense, quoi qu'il dise et quoi que je ressente, je suis l'une des seules capables de le comprendre.

– L'accident, terminé-je à sa place.

– Ouais, depuis… ça, reprend-il. J'ai essayé, mais c'est foutu.

– Mais tu dois continuer, l'encouragé-je. Tu dois persévérer, car plus tu t'entraîneras, plus tu auras de chance d'amoindrir tes tremblements. Et peut-être que…

– Arrête, Nell, s'énerve-t-il. Il n'y a rien à sauver, je n'aurai jamais plus la capacité d'atteindre le niveau que j'avais avant. La restauration d'œuvre d'art n'a pas de place pour l'à-peu-près. Et c'était ma seule motivation, ma seule perspective.

Kyle est en colère, mais cette colère est différente. Elle n'est pas dirigée contre moi. Il en veut à la vie de lui infliger tout ça. Il n'a pas perdu que sa mère et le contrôle de sa main, il a aussi perdu ses rêves.

– Il y a peut-être des solutions autres que ce métier. Tu t'es renseigné auprès d…

– Stop ! me coupe-t-il. J'ai déjà assez de M. Larnan, qui me saoule avec ça. Mais il est prof de dessin, pas chirurgien.

M. Larnan ?

Je suis consciente que je prends un risque en lui demandant ça, mais je dois savoir. La peur au ventre, je me lance.

– Tu étais à quel lycée à New York ? osé-je.

– Pourquoi ? Qu'est-ce que ça a à voir avec ma main ?

– M. Larnan, expliqué-je. C'était aussi le nom de mon prof de dessin en première année, au lycée. Alors, je me disais que… peut-être… enfin, qu'on était…

– Il me donnait des cours particuliers et on est restés en contact, c'est tout, conclut Kyle. Et toi, tu comptes en faire ton boulot ?

Kyle désigne mon bloc à dessin du menton. Je ravale ma déception, je ne sais pas ce que j'avais espéré. Qu'il soit dans mon lycée ? Dans mon cours ? Dans ma classe ? Qu'on se soit connus ? C'est ridicule !

Je suis ridicule !

Je secoue légèrement la tête de gauche à droite pour chasser ces idées farfelues de mon esprit.

– Apparemment, je me destinais à être styliste, confié-je. Mais les choses ont changé. Aujourd'hui, je ne sais plus. Je ne ressens plus aucune passion pour le stylisme ou la mode. J'ai essayé parce que je suis persuadée que tout ce que j'ai oublié est encore là, quelque part en moi, et qu'il suffit d'un déclic pour que tout me revienne, mais… rien ! Comment est-ce que je peux savoir ce que je veux si je ne sais même pas qui je suis ?

Kyle me couve des yeux. C'est du moins ce que mon cerveau tente encore une fois de me faire croire. Il doit juste me fixer, tout aussi surpris que moi des aveux que l'on se fait avec naturel. Je ne dois pas céder à ces deux lucioles mystérieuses. Je dois annuler le sortilège.

– Comme tu le vois, je suis un peu paumée, achevé-je pour m'éviter de flancher. Mais j'ai, malgré tout, cette constante volonté d'étudier dans une école d'art. Et tant que je ne saurai pas exactement ce que je veux faire, j'entretiendrai le souhait de ma mère afin de ne pas briser son rêve d'un avenir brillant dans le stylisme.

– Tu la protèges. Tu l'as toujours protégée.

C'est si évident que ça ?

Ma relation avec maman a toujours été forte. Elle a sacrifié sa vie de femme pour moi. Elle s'est tuée à la tâche en accumulant les boulots pénibles afin que j'aie toujours un toit sur la tête et de quoi manger sur la table. En contrepartie, tout ce que je pouvais lui offrir, c'était d'être celle qu'elle voulait que je sois. Une fille sérieuse avec d'excellents résultats scolaires. Une fille avec un avenir professionnel brillant. À présent, maman a la vie de ses rêves avec Donovan, et moi, je… m'interdis de ressentir quoi que ce soit pour Kyle…

Moi aussi, j'aimerais bien pouvoir goûter un peu au bonheur, me laisser aller à mes envies…

C'est impossible parce que ce dont j'ai envie, en ce moment, c'est lui. C'est Kyle. Et que mon attirance n'est pas réciproque. Mais je peux quand même m'accorder quelques minutes de bien-être. Et aider Kyle par la même occasion.

Sans vraiment réfléchir, j'attrape le crayon dont il s'est débarrassé et le lui mets dans la main. Je passe la feuille de mon dessin par-dessus mon bloc afin d'avoir une page vierge.

– Tu vas me dessiner, annoncé-je à Kyle.

– Mais… non, j'en suis incapable, ça ne ressemblera à rien, conteste-t-il.

– On s'en fout ! Et puis je vais t'aider ! Regarde…

J'enveloppe sa main de la mienne et épouse sa position comme si je tenais, moi aussi, le crayon.

– Ferme les yeux, lui ordonné-je.

– Je regarde ou je ferme les yeux ? rit-il spontanément.

Son sourire…

– Ferme les yeux, bafouillé-je, déstabilisée.

Kyle s'exécute sans ronchonner. Même fermés, ses yeux restent dangereux pour moi. C'est une douloureuse tentation. Il me suffirait de me mettre sur la pointe des pieds pour l'embrasser. Encore…

Je me mords les lèvres. Mon cœur tambourine à l'intérieur, il veut se battre contre la petite voix dans ma tête qui hurle au scandale. Avec le peu de courage qu'il me reste, je prends la main libre de Kyle et la pose sur mon visage.

– Dessine sans regarder, expliqué-je. Peu importe le résultat, dessine comme tu le sens, juste au toucher. Moi, je me charge de t'empêcher de trembler.

– Mais c'est impossible, pas comme ça…, souffle Kyle.

J'admets que la position n'est pas des plus évidentes. Mon bras tendu devant lui pour tenir sa main droite, et son autre main par-dessus mon bras droit pour qu'il touche mon visage, c'est biscornu.

Kyle ouvre les yeux et pose ses mains sur mes épaules. Il me fait opérer un tour sur moi-même. Interdite, je me laisse faire comme une poupée de chiffon. Il s'avance doucement, juste dans mon dos, et passe ses bras de chaque côté de mon corps. Naturellement, je pose à nouveau ma main droite sur la sienne tandis que son autre main frôle mon visage du bout des doigts. La mine du crayon sur le papier, il est prêt à commencer.

La force avec laquelle j'emprisonne sa main pour contenir ses tremblements contraste avec la délicatesse dont Kyle fait preuve alors qu'il m'entoure de ses bras.

Ses doigts glissent sur ma joue si doucement que cela ressemble à une caresse. Son index redessine le contour de ma mâchoire.

Mon cœur accélère, j'ai l'impression que son rythme est irrégulier. Il défaille, comme moi. J'en oublie le trait que Kyle s'apprête à tracer pour me fixer sur ses doigts, que je retiens, moi aussi, prisonniers. Kyle s'avance lentement, mais je peux sentir son torse contre mon dos. Plus rien ne nous sépare, hormis le tissu de ma robe.

La peau de mon bras droit entre en contact avec celle du bras de Kyle. Je pourrais m'excuser et lui dire que la position est trop pénible, mais je ne le ferai pas. Parce que ce serait un mensonge. Parce que je ne suis pas désolée de le toucher. Parce que j'en ai envie. Je ne devrais pas, j'en ai conscience, mais j'en ai besoin.

Juste un peu de bien-être…

Les doigts de Kyle s'arrêtent sur mon menton et caressent l'ourlet de mes lèvres. Je me surprends à fermer les yeux. Mes sensations n'en sont que décuplées. Doucement, mais sans hésitation, ses doigts continuent leur exploration. Ils descendent le long de ma gorge. Prise de court, j'écarquille les yeux. Je déglutis difficilement. Kyle le sent. Il sait l'effet qu'il me fait, c'est évident. Au moindre contact, mon corps réagit, et ça me rend dingue. C'est tellement bon, tellement addictif, et surtout tellement naturel. Incroyablement naturel.

Si naturel que c'en est troublant, presque terrifiant. Honteusement évident.

Arrête-moi...

Il n'y a que toi qui puisses mettre fin à ça...

Kyle, arrête-moi...

Mais il continue, ses doigts s'attardent sur ma clavicule. Ma peau crépite sous la chaleur de ses gestes. Kyle se penche un peu plus sur moi. Un frisson me parcourt l'échine. Son torse sculptural enveloppe mon dos comme ma main enveloppait la sienne quelques minutes plus tôt. Et je tremble tout autant que sa main blessée. Pourtant, je dois lutter contre ce désir qui me gagne. Kyle a besoin de moi pour surmonter ce maudit blocage. Avec douceur, je l'aide à tracer des lignes plus assurées.

En entrant dans cette chambre, j'ignorais si je le dégoûtais. Et voilà que je m'interroge sur la véritable nature de ses gestes. Sa façon de me toucher... Est-ce seulement dans un but artistique ou y a-t-il autre chose ? Mon attirance ne peut pas être réciproque. Ce n'est pas possible...

Son souffle contre mon oreille me fait contracter le ventre. Soudain, il la mordille. Je retiens un gémissement, cette sensation est si inattendue, si grisante.

Qu'est-ce qu'il fait ?

Je rassemble mon courage pour lutter, pour ne pas me retourner et l'embrasser. Là. Maintenant.

– Kyle, à quoi tu joues ? soufflé-je.

J'ai peur de sa réponse. Peur de découvrir qu'il s'amuse à me faire perdre mes moyens. Peur que ce ne soit qu'un jeu cruel à mes dépens et dont il pourra rire avec ses amis. Mais j'ai tout aussi peur de me rendre compte qu'il me désire tout autant que je le veux, lui ! Cette situation est intenable. Il n'y a aucune solution pour m'en sortir indemne.

J'inspire profondément afin de retrouver mes esprits. Je peux sentir Kyle sourire.

– Je ne fais rien de mal.

Ces mots provoquent comme un déclic. Ma main se desserre et glisse sur le poignet de Kyle. Je longe sa cicatrice du bas de sa paume jusqu'à la naissance de son avant-bras. Brusquement, la main de Kyle abandonne le crayon pour remonter le long de mon bras dénudé, que j'ai lourdement laissé tomber contre mon corps. Sur son passage, ma peau s'enflamme. Ma respiration devient plus profonde, tous mes sens se focalisent sur ce contact alors que je ferme les yeux pour me concentrer, pour essayer de lutter. Mais les yeux de loup m'apparaissent, me poursuivent, m'ensorcellent.

Kyle mordille mon lobe, provocateur. Mes doigts se rétractent sur le tissu de ma robe. Je voudrais pouvoir lui hurler d'arrêter. Mais il n'y a qu'un soupir qui s'échappe de mes lèvres. Il s'attarde un instant sur mon épaule, joue avec la bretelle de ma robe. Il l'entortille, s'amuse à tracer des arabesques sur ma peau embrasée.

Je fixe toujours le regard ambré avec intensité dans mon esprit, comme si Kyle était face à moi. Étrangement, il a quelque chose de rassurant, de familier. Puis, violemment, mon estomac se noue.

Kyle est le fils de mon beau-père…

Je m'arrache aux yeux de loup de mon esprit, me dégage de son emprise. Et je fais face aux vrais yeux de Kyle. Je serre mes poings pour me donner du courage.

– On ne peut pas faire ça !

C'est un souffle, tout juste perceptible, qui sort de ma bouche. Mais j'ai réussi, je l'ai dit…

– Faire quoi ? questionne-t-il avec un sourire malicieux.

Pourquoi ne m'aide-t-il pas ?

Il sait pertinemment de quoi je parle !

Est-ce un jeu pour lui ?

Je plante mon regard dans le sien et ce que je vois me déroute.

Il me désire.

Mais je dois réduire au silence ce que j'éprouve, et il doit le faire aussi. Car nous ne pouvons plus continuer ce jeu dangereux. Je ne peux pas aller plus loin avec lui. Pour maman. Je ne dois pas oublier celle qui m'a consacré sa vie – qui m'a soutenue durant toute ma convalescence et qui, aujourd'hui, m'offre une existence de rêve – pour un simple coup de cœur.

Kyle est beau. Terriblement beau. Si beau que je ne pourrai jamais lui rendre justice sur une toile. Et bien que ce soit totalement irrationnel, il me semble que mon cœur était fait pour battre pour lui. Que mes yeux pourraient ne voir que lui, même si j'étais perdue au milieu d'une foule.

Mais il est un membre de ma famille, et, sans que je comprenne pourquoi, cette idée me laboure le cœur. Je baisse la tête alors qu'il a perdu son sourire. Sa main caresse ma joue avec délicatesse, son pouce frôle ma pommette. Mes jambes flageolent. Elles pourraient se dérober sous moi à tout moment.

– Nell, souffle-t-il. Si tu restes ici, dans cette chambre, avec moi, je ne me retiendrai pas. Et tu pourrais bien faire face à un ouragan.

Un ouragan…

Kyle a raison, c'est exactement ce qui nous attend. Si nous cédons et que nous devons affronter nos parents, les autres…

– Nous ne pouvons pas…, me désolé-je.

Les mots sortent, mais mon cœur et mon corps disent le contraire. Kyle se rapproche encore, au point que son torse parfait embrasse mon buste. Ma poitrine gonflée d'un désir interdit le nargue, mes mamelons durcis le frôlent. J'ai encore ce frisson, ce crépitement familier qui, maintenant, part du creux de mes entrailles.

– Il n'y a pas de liens de sang, argumente-t-il.

– Il y a les liens du cœur.

C'est sorti tout seul, malgré moi. Sans même y avoir réfléchi. Spontanément. Alors, je comprends que ce que je ressens pour Kyle va au-delà d'une attirance.

Je

tombe

amoureuse

de lui.

C'est douloureux. Pas seulement parce que ça me paraît impossible après si peu de temps passé ensemble. Pas seulement parce que nous nous sommes ignorés et détestés jusque-là. Pas seulement parce que j'ai honte de mes sentiments. Mais surtout parce qu'en prendre conscience me soulage profondément.

De son index, Kyle m'oblige à relever la tête. Je m'égare dans ses étendues fauves. Il a le don de me saisir tout entière avec un simple regard.

– Du cœur ? Alors, tu tiens à moi ?

Son ton est légèrement moqueur.

Je repousse Kyle, aussi agacée par sa repartie que par cette maudite sensation qui électrise mon corps. Mais je ne pars pas. Je devrais m'enfuir, quitter cette chambre maudite dans laquelle nous ne savons pas nous retenir.

Et, au lieu de ça, je m'égare sur ses abdominaux, que je prends le temps de détailler. Ma bouche s'assèche, soudain affamée de lui. Mais je n'ose rien dire. Rien exprimer. Car ce qui me fait envie me terrifie tout autant.

Il n'est pas trop tard. Je peux encore sortir.

Je peux aussi m'offrir.

Kyle revient vers moi, il se rapproche encore et encore. Je ne recule pas. Ses doigts viennent me retrouver, ils laissent des marques invisibles sur ma peau, comme des sillons brûlants. Mon cœur ne bat plus dans ma poitrine. Il pulse au creux de mes cuisses. Ma culotte s'humidifie et je suis tétanisée. Je n'ai jamais vécu cela. Malgré tout, certaines sensations font écho à quelque chose de connu et de rassurant dans mon esprit. Elles ont la douceur d'une habitude.

Comment peut-il provoquer ça ?

Mon inexpérience souffle sur la flamme du désir qui m'anime. Elle tente de la faire mourir. Mais la flamme ne vacille même pas. Et je me surprends à faire le dernier pas qui me sépare de Kyle. Contre lui, je me berce de douces illusions. La revoilà, la réalité, mon cauchemar.

Je me blottis contre Kyle. Une dernière fois, un dernier contact. Je retiens les larmes que fait monter la douleur de l'interdit. Ma gorge se noue, car j'ai le sentiment de perdre mon oxygène en renonçant à lui. Comment peut-il m'animer à ce point ? S'il savait… Mais je ne peux rien dire. Je dois m'éloigner, renoncer et…

– J'ai très envie de toi, Nell.

Sa voix rauque et suave me caresse autant que ses doigts. Ces mots, j'en ai rêvé. Maintenant, je peux me l'avouer, je voulais les entendre. Mais pas une seconde, je n'ai pu envisager que ça se produirait vraiment. Pas une seconde je n'ai cru qu'il pourrait me voir comme, moi, je le vois. Pas une seconde je n'ai cru que le désir dans ses yeux était réel.

Kyle joue à nouveau avec les bretelles de ma robe. Je sais très bien ce que cela signifie. Si je l'en empêche maintenant, tout sera terminé. C'est ce qu'il faut faire. C'est ce que je dois faire. Pourtant, ce n'est pas ce que je veux. Alors, j'attends encore un tout petit peu, je n'ose pas l'arrêter. Pas encore.

J'ai besoin d'y croire encore un peu.

Parce que jamais auparavant un garçon ne m'avait dit ça. Et que, malgré mon amnésie, je sais que jamais je n'ai pu souhaiter qu'un autre le dise. Si un autre que lui m'avait fait ressentir ce que Kyle me fait éprouver en cet instant, je veux croire que je n'aurais pas été capable de l'oublier.

Je l'aime… Je suis… amoureuse… de mon demi-frère…

Quand il fait tomber les bretelles sur mes bras, mon souffle a un raté. Si je le laisse faire, ma robe va s'effondrer au sol et je serai en sous-vêtements devant lui. Ma conscience me murmure que c'est honteux, mais mon désir l'étouffe et hurle son besoin d'être assouvi.

– Je ne l'ai jamais fait, avoué-je soudainement.

Mon aveu tombe de mes lèvres. Il est lourd, il pèse une tonne. Kyle va sûrement se moquer. C'est tellement prévisible.

– Tu en as envie ?

Sa question me percute de plein fouet. Si violente que je m'écarte de lui. Si je lui dis non, je me mens, je nous mens, mais je préserve maman. Si je dis oui… Si je dis oui, je pourrai foutre en l'air notre nouvelle famille.

– Il n'a jamais été question de ce dont j'ai envie, Kyle. Mais plutôt de ce… ce qui est bien ou mal…

– Nell !

Mon prénom devient une supplique. Mes yeux s'ouvrent en grand sur Kyle et cette tristesse sur son visage. Je ravale péniblement ma salive. Il a ce regard. Un regard venu de loin. Un regard qu'il n'a jamais montré jusqu'alors. Un regard d'espoir. Un regard qui me remue jusqu'au fond de l'âme.

– Je…

– Dis-moi la vérité, insiste-t-il.

Jamais je n'aurais cru que quelque chose pourrait me prendre plus d'énergie que de retrouver la mémoire. Tout tourbillonne dans ma tête. Le pour. Le contre. Et ce besoin, cette douceur nostalgique qui m'appelle et me commande de lui céder. Cette nostalgie qui, de minute en minute, devient plus affamée, plus nécessaire, plus… plus forte. J'ai besoin de la combler. Je suis comme au bord du gouffre. Et quoi que je choisisse, je plongerai. Parce qu'il n'y a pas de bonne ou de mauvaise réponse. Les deux me détruiront.

– J'en ai envie. Seulement avec toi, murmuré-je.

J'ai tout juste le temps de croiser son regard bouleversé que Kyle s'approche, puis m'embrasse à pleine bouche. Son baiser est passionné, ses lèvres brûlantes. Nos langues se cherchent, se trouvent et se mélangent. Mes mains se précipitent sur son corps, tracent chacun de ses muscles alors qu'il finit de jouer avec les bretelles de ma robe. Lorsque le tissu glisse sur ma peau, il provoque une vague de frissons. Je me colle à lui, touche pour la première fois son membre à travers son jean. Je le sens gonflé, et sans doute bien trop gros pour moi. Cette idée m'effraie, la peur me domine. Kyle le ressent instantanément.

– Quoi ? s'affole-t-il.

Je ne sais plus où regarder. Le rouge de la honte me monte aux joues.

– Je… je crois que… je ne suis pas… compatible.

Je bredouille, trébuche sur chaque mot.

– Compatible ? répète-t-il, déconcerté.

Je voudrais disparaître sous terre. Je pose à nouveau ma main sur son entrejambe durci. Il y a un silence. Un moment de flottement. Puis un éclat de rire franc, spontané.

Ce rire…

Ce rire, ce n'est pas celui que je connais jusqu'à présent. Il n'est pas moqueur, ni ironique, ni amer. Ce rire, pourtant, c'est comme si je l'avais déjà entendu.

Je ne me vexe pas, trop perturbée par cette familiarité. J'ai dû déjà entendre un garçon rire comme ça au lycée ou ailleurs. Je n'aime pas ces sensations. Je crois toucher du bout des doigts un souvenir et, au bout du compte, il m'échappe, s'étiole et disparaît à jamais.

Kyle m'enlace et embrasse mon front, me ramenant à l'instant présent.

– Tu es trop mignonne ! Rassure-toi, tu seras parfaite, promet-il.

Je l'espère.

Un nouveau Kyle se dévoile. Lentement, couche après couche, il me montre qui il est vraiment. Bien loin de son attitude habituelle, il se montre naturellement tendre envers moi, et je pourrais bien prendre goût à cette façon qu'il a de me parler.

Je balaie du mieux possible l'appréhension qui me grignote autant que l'envie. La tendresse que me dévoile

Kyle m'émeut. Cette fois, il y va plus en douceur. Ses lèvres descendent le long de ma tempe. Ses mains se posent sur les agrafes de mon soutien-gorge. Kyle attend mon accord, et je le lui donne d'un signe de tête. Il laisse tomber mon sous-vêtement au sol et me ramène à lui. Peau contre peau, la chaleur du désir devient insupportable. Je me consume, je souffre réellement au creux de mes cuisses, l'envie de le sentir en moi se fait pressante, presque violente.

Je l'embrasse, les mains sur ses pectoraux magnifiques. Je gémis lorsqu'il caresse mes seins. Je veux jouer avec sa langue. Quand elle m'explore, les conséquences se dissipent. Je ne pense plus qu'à nous. Et seulement nous.

Il n'y a que sa chaleur et son envie. Il n'y a que mes brûlures et mon désir. Insatiable, je goûte sa peau, sème des baisers dans son cou, sur son torse, partout. Mes doigts suivent la ligne de poils qui descend jusqu'à son aine. Entre peur et curiosité, envie et appréhension, je déboutonne son pantalon. J'ai aussi chaud que si j'avais de la fièvre. J'écarte son jean et son boxer, et je sens le rouge me monter aux joues quand je découvre son sexe bandé.

– Ne fais pas cette tête-là…

Toujours hilare, Kyle m'embrasse et m'entraîne sur le lit. Mon cœur bat si fort qu'il pourrait m'assourdir. Le garçon aux yeux de loup se couche sur moi, son sourire me fait craquer. Le bonheur qui émane de lui me ravage d'émotion. Kyle est habituellement un garçon si sombre, comme s'il était plongé dans un océan de souffrance. Et là, pour la première fois, il n'y a plus aucune trame de négativité sur son visage. Je passe les mains dans ses cheveux bruns en bataille et je le laisse découvrir mon corps de ses lèvres incandescentes.

Lorsqu'il lèche ma poitrine, je ferme les yeux. Il y a encore cet étrange écho. Cette sensation connue. Je me concentre, ressens encore plus fort ses dents qui me mordillent, et je soupire de plaisir. Sa main remonte sur ma jambe nue. Mon désir explose lorsqu'il me caresse au travers de ma culotte. Elle est trempée, colle à mon sexe gonflé d'envie. Je ne peux retenir un hoquet de surprise. J'aime ce qu'il est en train de me faire.

J'aime, car ça me transporte. Je suis dans un souvenir, un souvenir si merveilleux que je suis persuadée qu'il n'est pas issu de ma mémoire. Ce doit être un fantasme, un rêve de faire ça avec un mec qui sait ce qu'il fait. Et Kyle sait exactement ce qu'il fait. Je m'abandonne à ses doigts qui s'immiscent entre mes lèvres, qui titillent mon clitoris. Je me cambre, serre les cuisses instinctivement. Kyle m'embrasse toujours, dévore de baisers ma peau, et je serais prête à le supplier pour que jamais il n'arrête.

Le brasier est en train de m'amener près d'une sensation effrayante. J'ai peur de basculer dans le vide, de ne plus rien maîtriser. Kyle sait parfaitement où me toucher pour que je lâche prise. J'ai le vertige, je suis transportée, je sens mon corps s'approcher d'une plénitude encore inconnue.

Kyle arrache ma culotte lorsque ses lèvres caressent mon bas-ventre. Je lâche un petit cri de surprise sous le craquement du tissu. Son regard coquin accroche le mien. Kyle aime ça au moins autant que moi. Je m'offre à lui tout entière. Je lui confie ma peur, ma pudeur, ma virginité.

Les baisers de Kyle remontent doucement, sur mon ventre, sur mes mamelons douloureux, jusqu'à ma bouche. Et ce baiser-là est d'une tendresse infinie, d'une profondeur si intense que les larmes flirtent avec le bord de mes paupières. Tout ce qui aurait pu m'arrêter et m'effrayer s'évapore. En cet instant précis, tout ce qui importe, c'est le besoin qu'il me complète, qu'il remplisse ce vide qui me rongeait chaque minute où je me suis convaincue que mon désir pour lui pouvait être muselé. Mon bassin cherche le sien, je me tortille contre lui, c'est une nécessité, c'est vital, incontrôlable.

Kyle s'arrête un instant. Un instant qui me semble durer une éternité. Un instant que je vis comme une torture avant de comprendre. Kyle s'est stoppé pour mieux me regarder. Il sourit, me couve des yeux et je crois peut-être y voir des sentiments. Cette idée me bouleverse tant que, moi aussi, je m'arrête une seconde. À mon tour, je le fixe. Je prends le temps d'ancrer mon regard dans le sien, de chercher à savoir. Comment ai-je pu imaginer qu'il me détestait autant ? Comment ai-je pu croire que je le répugnais ? De toute évidence, je me suis trompée sur toute la ligne ! Ses yeux se détachent soudain des miens. Kyle se débarrasse de son pantalon en emportant son boxer par la même occasion. Puis il revient s'occuper de moi. Ses doigts tourmentent mes seins. Il me mordille les lèvres. C'est bon, c'est long, mais je comprends que mon impatience touche à sa fin quand Kyle tend son bras vers le tiroir de la table de chevet. Il se redresse juste le temps d'enfiler le préservatif qu'il vient d'attraper. J'apprécie qu'il ne m'ait pas demandé de le faire, j'aurais été beaucoup trop embarrassée de peur de mal m'y prendre, de le blesser ou d'avoir l'air idiote.

Je crois qu'il va m'embrasser encore, mais il pose juste ses mains de chaque côté de mon visage. Bras tendus, il reste au-dessus moi, à me dévorer des yeux. Son visage semble apaisé, son regard est doux. Son léger sourire calme mon appréhension de passer à l'acte. À présent, plus rien ne pourrait entacher ce moment. Juste lui et moi. Mon désir se décuple, impatient. Son sexe part en quête du mien. Je le sens entrer en moi, tout doucement, avec une délicatesse que je ne lui soupçonnais pas. Je grimace, fronce les sourcils. Kyle s'immobilise, me laisse le temps de souffler, puis reprend son expédition. La douleur est présente, mais supportable. Bientôt, je m'accroche aux draps et serre les dents. Ce délicieux mélange de souffrance et de plaisir est indescriptible. La brûlure qui me traverse s'apaise et je savoure le va-et-vient de Kyle. Il adapte son rythme à mes réactions et, contre toute attente, je finis par l'accompagner.

Je peux sentir mon intimité se contracter autour de lui, et ces spasmes ne font qu'augmenter mon plaisir. Je m'accroche à Kyle, plante mes ongles dans son dos et me focalise sur nous. Nous ne formons plus qu'un, et je peux savourer ce moment encore un instant. Il se mord la lèvre et ralentit. Chaque pénétration est plus lente, mais plus profonde et meilleure encore que la précédente. Je ne sais pas comment il fait. Ce mec est un magicien, il me contrôle totalement, mon esprit, mon cœur, mon corps, mon sexe, mon âme. Je suis à sa merci. Depuis le premier jour, alors que je n'en avais pas encore conscience, je suis à lui. Je le supplie de continuer même s'il n'a pas l'intention de s'arrêter. Je me jette sur sa bouche – pour m'empêcher de lui dire de ne plus jamais m'abandonner – quand, soudain, mon corps se cambre et une explosion de plaisir m'anéantit. Je me crispe, sens

Kyle pulser en moi. Il lâche un grognement rauque. Je savoure ce moment unique. C'est une vague, un puissant raz-de-marée qui me submerge et m'entraîne aux confins des plaisirs. Je voudrais vivre encore mille fois les douleurs de la jouissance. Quand nos corps sont en fusion, que nous ne sommes plus qu'un. Et je voudrais qu'il en soit ainsi à tout jamais.

J'ai conscience que je suis complètement folle d'avoir des pensées pareilles. Mes sentiments et mes émotions me dépassent totalement. Je ne savais même pas qu'il était possible de ressentir de telles choses pour quelqu'un. C'en est presque effrayant.

Effrayant et interdit… Mais, rapidement, je chasse mes doutes et mes peurs loin de moi, de nous, de ce que nous partageons. J'ai conscience que cette pulsion que nous venons d'assouvir est un « craquage » que nous ne devrons plus jamais reproduire.

Une seule et unique fois !

Étrangement, je ne m'inquiète pas de l'après. Je n'ai rien à craindre parce que je sais maintenant toute la tendresse dont Kyle est capable. J'ai confiance en lui et rien ne pourra plus jamais m'enlever cette certitude d'avoir choisi le bon garçon pour ma première fois. Kyle se laisse tomber sur le lit à côté de moi, et c'est tout naturellement que je trouve ma place contre lui, lovée dans ses bras. La tête posée sur son épaule, je laisse mon index vagabonder sur son torse et finis par taquiner l'un de ses mamelons. Kyle commence à s'agiter.

– Arrête ça, m'ordonne-t-il en riant.

– Tiens, on dirait que monsieur est chatouilleux, menacé-je fièrement.

Kyle a un point faible et je viens de mettre pile le doigt dessus !

Il m'embrasse la tête, probablement pour me remercier d'avoir arrêté. Mais je suis d'humeur joueuse, alors je lance sournoisement ma main à l'attaque et lui chatouille le flanc. Kyle éclate de rire bruyamment, se contracte sur lui-même, mais ne se laisse pas faire pour autant. Il attrape mes mains et maintient nos bras tendus en avant pour garder mes doigts à l'œil. Je contemple ses bras. L'un balafré, l'autre tatoué. Je souris en constatant que, même si nos tatouages sur nos avant-bras ne sont pas du même côté, ils font la même taille. Je ramène ma main vers nous pour rapprocher son tatouage. Le motif me rappelle ma représentation mi-homme mi-loup de Kyle. Cependant, sur sa peau, il n'y a qu'un demi-loup coupé par une flèche. Je croise nos bras afin de faire fusionner le tatouage de son bras gauche avec celui de mon bras droit. Côte à côte, l'assemblage est magnifique.

– C'est incroyable ! On dirait qu'ils se complètent, m'extasié-je, impressionnée. La symétrie est quasiment parfaite ! Même si je ne sais toujours pas ce que représente mon espèce de bouquet de fleurs. Je ne me souviens même pas l'avoir fait.

Kyle me lâche les mains et se redresse.

– Mais… même maintenant tu… ? Tu ne te souviens de rien ? rugit-il brusquement. De vraiment rien ? Mais comment tu peux oublier des choses pareilles ? Ce que tu as vécu ?

Ses yeux me haïssent. Et je ne suis pas capable de lui répondre. Je n'ai pas les réponses et je suis paralysée par la stupeur, par l'ampleur de sa réaction. Je ne comprends rien de ce qui lui arrive, de ce qui *nous* arrive. Seules mes larmes trouvent le chemin de la sortie. La première coule quand Kyle se lève. Les autres suivent quand je le regarde, impuissante, se rhabiller. Et mes sanglots attendent qu'il ait claqué la porte pour m'inonder.

12

Souvenirs

Kyle

Je presse l'accélérateur jusqu'à atteindre une vitesse encore jamais obtenue avec cette moto. Le vent me fouette la peau. Je suis parti précipitamment, sans veste, juste en tee-shirt. Je hurle de toutes mes forces, je vomis cette rage qui me consume. Je n'aurais pas dû coucher avec Nell. Je n'aurais pas dû me laisser aller. J'ai essayé, j'ai espéré, j'y ai même cru, et puis tout s'est effondré. J'en ai trop dit ! Je m'étais pourtant promis de ne pas le faire.

J'arrête furieusement le moteur de ma bécane, descends et la cale avec la béquille. J'enlève mon casque tout en me dirigeant vers le pub. Même en plein milieu de l'après-midi, c'est toujours aussi sombre à l'intérieur. Je reconnais quelques habitués que je croise régulièrement à la nuit tombée. Des vieux qui restent vissés sur leurs tabourets du matin au soir. À se demander si l'endroit n'a pas été construit autour d'eux. Rita, la patronne, comprend en un coup d'œil que je suis dans un mauvais jour. Un très mauvais jour. Elle soigne ses clients, elle sait écouter, elle est attentive. Et ce n'est pas pour une histoire de pognon. C'est parce qu'elle aime les gens. Je crois.

Je pose mon casque sur le comptoir, juste à côté du verre qui m'attend déjà. Je ne prends pas le temps de m'asseoir, je l'avale cul sec. Rita empoigne encore sa bouteille tandis que je me pose sur le tabouret. Elle s'apprête à arrêter de verser le whisky dans mon verre, mais je l'interpelle.

– Un double, demandé-je. Et ne range pas ta bouteille, je reste là jusqu'à ce que j'oublie qui je suis.

– Je serai dans l'obligation d'arrêter de te servir avant que tu atteignes cet état, mon garçon, m'informe la patronne.

– Si c'est pas chez toi, ça sera ailleurs, Rita ! Alors, m'emmerde pas et sers-moi, s'il te plaît.

– T'es un sacré casse-couilles, Kyle !

– Tu n'imagines pas à quel point !

– Qu'est-ce que je vais faire de toi ? souffle-t-elle, désespérée.

***

Trois ans plus tôt

Je me réveille, vaseux. J'ai mal partout et ma bouche est pâteuse, j'ai l'impression de m'être pris une cuite ou qu'un camion m'est passé dessus.

Bordel ! Le bus ! Nell ! Maman !

Je me redresse brusquement et regarde partout autour de moi. C'est un hôpital. Je repousse le drap et la couverture qui me recouvrent. J'ai mal aux bras. Le droit est bandé et le gauche est raccordé à tout un tas de tuyaux. J'arrache ces merdes, qui font siffler des espèces de moniteurs. Ça m'explose les oreilles et résonne dans mon crâne.

– Vos gueules, putain !

Je me lève du lit. Ça tourne sérieusement, je me sens tituber. C'est le bordel dans mon cerveau, mais j'avance. Il faut que je retrouve Nell et ma mère. Deux infirmières entrent en courant dans ma chambre et se précipitent sur moi.

– Vous ne pouvez pas vous lever ! m'explique la plus jeune. Vous êtes à l'hôpital, monsieur.

Elles m'agrippent par les bras pour m'aider, mais je me dégage.

– Laissez-moi, je dois voir ma mère et ma copine, persisté-je.

– Il a tout arraché, constate la plus âgée.

– Vous avez perdu énormément de sang, soyez raisonnable et allongez-vous, poursuit sa jeune collègue.

– Vous ne comprenez pas, j'en ai rien à foutre, je veux les voir, putain ! hurlé-je.

– Si vous vous calmez, on va aller les chercher, tranche la femme grisonnante.

Aussitôt, je m'apaise et accepte le deal. Je vais m'asseoir sur le bord du lit et bascule pour allonger mes jambes. La plus douce redresse mon dossier tandis que je fixe la plus vieille, qui sort la tête par la porte avant de revenir.

– Kyle, Dieu merci, soupire mon père.

– Qu'est-ce que tu fous là ? grondé-je. Dégage ! Sors ! Dégage ! Je ne veux pas te voir !

Mon père a vieilli. Presque huit ans sans se voir, le temps laisse des traces. Son visage se décompose. Il s'arrête net au milieu de la chambre et me scrute avant de faire demi-tour.

– Je veux voir ma mère, pas lui ! Ma mère ! Elle était avec moi dans le bus, ma petite amie aussi, je veux savoir comment elles vont, m'inquiété-je.

– On ne pourra pas vous renseigner sur quelqu'un qui n'est pas un parent proche, souligne la plus âgée. Je vais chercher le médecin responsable de votre dossier.

Elle sort de la chambre en me laissant sous la surveillance de sa collègue. Je vois de la pitié dans le regard de la jeune. Ses yeux s'agitent, hésitent, puis se posent sur moi.

– Comment s'appelle votre petite amie ? chuchote-t-elle en observant la porte. Vite !

– Nell ! Nell Lewis ! m'empressé-je de lui répondre.

Ses yeux s'agrandissent, sa réaction la trahit.

– Vous la connaissez ? C'est ça ?

– C'est la jeune femme dans le coma… souffle-t-elle.

– Quoi ?

Dans le coma ?

Je ne comprends pas ce qu'elle dit, c'est pas possible, je suis en parfaite santé hormis ce bandage au bras, Nell ne peut pas être dans le coma, il y a forcément une erreur. Je m'aperçois que la seconde infirmière est déjà de retour. Elle se tient en retrait près d'un homme dégarni en blouse blanche. Et… de mon père.

– Je vous ai dit que je ne voulais pas le voir, craché-je sur l'infirmière grisonnante. J'exige de voir ma mère ! Amy Preston, c'est son nom !

Aucun d'eux ne réagit ni ne bouge. Je les dévisage chacun à leur tour. Les deux infirmières ont les yeux baissés. Mon regard est attiré par mon père, qui se passe une main sur le visage. Ce n'est pas le temps qui lui donne cette mine affreuse, ces cernes, ces yeux rouges. Je retiens mon souffle. J'ai peur de comprendre l'impensable. Je questionne le médecin du regard. Il reste impassible.

– Je suis désolé, monsieur Carter. Votre mère n'a pas survécu à l'accident.

***

Je prends une nouvelle gorgée du whisky que vient de me servir Rita. Je ne les compte plus. Ça ne sert à rien. Je veux oublier, peu importe combien je devrai en boire. Je veux oublier le moment où elle est apparue, s'avançant vers l'autel, au bras de sa mère, dans sa petite robe verte. Elle était sublime. C'était elle, ma Nell, et je me suis laissé aller à rêver qu'elle s'avançait vers moi. Mais elle n'a pas lâché Tara des yeux. Elle ne m'a pas vu. Je n'existais pas, je n'étais plus rien ni personne.

Je veux oublier son regard quand elle s'est présentée à moi dans le salon la première fois. Ses yeux, ils étaient vides. J'ai mis un instant à percuter. Pourtant, je le savais. Je savais qu'elle avait tout oublié, que ces deux dernières années avant l'accident avaient disparu de sa mémoire, et moi avec. Mais… je ne sais pas. Quelque part, au fond de moi, je n'y croyais pas totalement. L'amour, ça ne s'efface pas comme ça. Mais j'ai compris qu'elle ne me regardait pas comme avant. Cette petite étincelle qui brillait dans ses prunelles avait complètement disparu. Il ne restait vraiment plus rien de notre amour, pas même une petite lueur. Rien. Et, comme un pauvre con, j'ai regretté de ne pas avoir fait mon deuil de nous avant qu'elle revienne hanter ma vie.

Je veux oublier ces nuits blanches à la savoir dans la chambre d'à côté, à devoir fuir la maison au milieu de la nuit pour me bourrer la gueule et enfin dormir. Ces nuits à coucher avec d'autres femmes dans l'espoir qu'elles effacent toutes les traces que Nell a laissées en moi.

Je veux oublier chaque moment où mes réflexes trop bien ancrés ont repris le dessus instinctivement, en l'empêchant de manger épicé, en lui donnant un bol pour boire son jus de fruits, en lui parlant de notre prof de dessin de New York. Toutes les fois où, en passant près d'elle, j'ai failli lui prendre la main pour l'emmener avec moi.

Je veux oublier que d'autres mecs l'ont approchée, lui ont parlé. Je veux oublier le mec aux cheveux longs après qui elle courait à la sortie du lycée. Plus encore, je veux oublier ce gros connard qui a osé la peloter, l'embrasser, la forcer. Si un jour je le recroise, je le détruis !

Je veux oublier tous ces moments durant lesquels j'ai cru qu'elle m'était revenue, qu'elle m'aimait suffisamment pour me retrouver et se souvenir de moi... Et, encore aujourd'hui, je me suis laissé prendre quand on a couché ensemble. Notre première fois tous les deux. Sa première fois à elle. Ma Nell, qui gardait si précieusement sa virginité jusqu'à présent.

Je veux oublier qu'elle me l'a refusée lorsqu'elle m'aimait et qu'elle me l'a offerte une fois qu'elle m'a oublié.

Je veux être amnésique à mon tour, je veux l'effacer de ma mémoire, de mon cœur, de ma peau…

***

Trois ans plus tôt

La lueur du soleil couchant est obstruée par les buildings. Nell a allumé pour dessiner sur un calepin, allongée contre moi dans le lit. Ma main se promène sur son dos. Elle sourit tendrement tout en esquissant nos visages. Je m'amuse à la faire rager en lui disant que j'ai plus de talent dans un doigt qu'elle n'en a dans ses deux mains.

Quand je me moque, elle réplique en se retournant pour me chatouiller. C'est comme ça qu'on fonctionne, c'est comme un rituel. Mais, cette fois, j'ai un plan. Je n'ai pas l'intention de la laisser s'en sortir avec juste quelques chatouilles. J'ai envie de plus et je sais très bien qu'elle aussi. Elle est folle de moi, ça se voit dans son regard émeraude.

– Les yeux sont de travers, la provoqué-je volontairement.

C'est sa faiblesse, les yeux. Elle a mis du temps à trouver la technique, à s'approprier son style. Maintenant, elle les dessine parfaitement, mais elle doute toujours de son indéniable talent. Alors, sa réaction est immédiate, elle se jette sur moi pour me chatouiller. Mais cette fois, je suis prêt à contre-attaquer. Je lui attrape les poignets pour la plaquer contre le lit. J'ai pivoté au-dessus d'elle, mes genoux de chaque côté de ses cuisses. Je vois ses joues rosir. Jusqu'à présent, nous ne sommes jamais allés plus loin qu'un baiser et quelques caresses innocentes par-dessus nos vêtements. Nous sommes trop sages. Bien trop sages. Et ce soir, j'ai envie d'elle, plus que tout au monde. Je la veux tout entière.

Je l'embrasse dans le cou, elle glousse.

– Kyle, qu'est-ce que tu fais ?

– Bah, ça se voit, non ? me moqué-je. Il me paraît évident que je fais mon devoir sur l'histoire de la peinture du néoclassicisme à l'impressionnisme.

Elle rit de plus belle et s'amuse à frotter le bout de son nez au mien. Son regard est si doux qu'il m'enveloppe de tendresse. Je tiens toujours ses bras au-dessus de sa tête, mais je ne serre pas. Je tiens à ce qu'elle ne se sente pas prisonnière. J'essaie simplement de lui faire passer le message. Libre à elle de refuser. Je peux l'entendre, mais je m'en voudrais de ne pas avoir tenté.

J'échange avec elle un long baiser langoureux qui m'électrise. Ma bite durcit dans mon pantalon, c'est instantané. Nell n'a pas idée à quel point elle me fait bander. À califourchon sur elle, je voudrais qu'elle ose enfin passer le cap. Mais Nell est avant tout une romantique.

– Tu n'as pas de devoir sur l'histoire de la peinture à faire ? réplique-t-elle.

– Tu connais mon agenda ?

– On est ensemble en cours d'art, idiot !

Je ris avec elle. Je l'aime. Je l'aime plus que tout au monde. Jamais je ne me lasserai de l'entendre rire. Je fonds sur elle et embrasse sa gorge avant de m'y attarder pour y faire un suçon. Je veux qu'elle porte ma marque. Je veux que chaque mec du bahut sache que c'est mort, que cette nana est avec moi, qu'elle m'a choisi.

– Kyle ! Kyle, ne me laisse pas de trace, fais attention ! Ma mère !

Je ne réponds pas, trop occupé.

Je pourrais retenir qu'elle me parle de sa mère pendant que je la dévore, mais je préfère me concentrer sur ce qui m'importe le plus. Nell m'a demandé de faire attention, pas de m'arrêter. Encore plus motivé et plus excité que je ne l'ai jamais été encore, je pars en quête d'une autre parcelle de peau à mordiller. Mon envie devient entêtante. Tout comme Nell est devenue mon obsession après notre rencontre. Si M. Larnan ne m'avait pas convaincu d'intégrer son cours optionnel d'art, jamais je n'aurais rencontré Nell. Jamais je n'aurais découvert son talent, jamais nous n'aurions discuté et jamais je ne serais tombé sous son charme. Elle me voulait, je le savais, elle avait déjà cette étincelle dans les yeux, mais elle résistait. J'ignorais pourquoi, mais j'ai fini par comprendre que c'était pour être conforme aux désirs de sa mère.

Je me risque à abandonner l'un de ses poignets pour remonter la main sous son haut. Elle frissonne quand elle comprend que mes doigts effleurent la dentelle.

– Nell, je t'ai déjà dit combien tu me rends dingue ?

– Oui, à chaque fois que l'on a des baisers un peu plus… poussés, glousse-t-elle.

J'y vais en douceur, je ne veux pas qu'elle se force sous la contrainte. Mais ses tétons pointent sous mes caresses. Je dois sévèrement me mordre la langue pour ne pas lui ordonner de se déshabiller.

– Et je t'ai déjà dit combien je te trouve belle ?

– Autant de fois que je t'ai dit que je te trouve honteusement beau, Kyle !

Je ne résiste pas quand elle me dit qu'elle me trouve canon. J'en ai rien à battre que ce soit vrai ou pas, tant qu'elle y croit. C'est tout ce qui compte, qu'elle me regarde, moi. Qu'elle ne voie que moi. Parce que, moi, je ne vois plus qu'elle. Je fonds sur sa bouche pour lui donner de petits baisers tendres, puis plus longs, plus profonds, plus coquins. Petit à petit, ma langue s'introduit plus longtemps, plus lentement, plus loin. Je veux qu'avec moi, elle connaisse tous les baisers.

– Nell, je t'ai déjà dit combien tu es diablement sexy ?

– Hum… je ne sais pas, réfléchit-elle pour m'agacer. Je ne suis pas sûre…

Je m'étonne qu'elle décide de jouer avec moi. Nell est une fille avec du tempérament, elle sait s'imposer quand il le faut. Mais, dans une telle situation, je n'aurais pas cru qu'elle oserait me défier. Elle sait parfaitement quel effet provoquent en moi ses mutineries. Je reste interdit un instant. Un tout petit instant, dont elle profite pour poser sa main sur ma joue.

– Est-ce que je t'ai déjà dit la chance que j'ai d'avoir rencontré un garçon comme toi et de t'avoir comme petit ami, Kyle Carter ?

Je suis frappé de plein fouet par la sincérité dans son regard. Ses deux petites prunelles me transpercent l'âme par leur intensité.

– Je t'ai encore jamais dit à quel point je t'aime. Et je suis vraiment un sacré con ! Parce qu'on peut pas aimer comme je t'aime et ne pas le dire. Je t'aime, Nell…

L'émotion la gagne. Ses yeux humides brillent. J'ai peur de la faire pleurer… Mais, après un silence suspendu dans le temps, elle me sourit.

– Je t'aime, Kyle !

Et on s'embrasse, encore et encore. On s'embrasse fougueusement, tendrement, passionnément, chastement, audacieusement.

Nell se tortille sous moi, ses doigts viennent agripper ma tignasse. Elle m'oblige à me rapprocher, à l'embrasser encore et encore. Ses seins parfaits s'alourdissent d'envie. Je ne me lasse pas de jouer avec ses mamelons devenus ultra-sensibles. Chaque gémissement qu'elle pousse contre ma bouche rend ma queue toujours plus douloureuse.

Mon bassin se frotte au sien, et, d'un seul coup, je nous fais basculer. On échange nos positions. Maintenant assise sur moi, elle peut nettement sentir mon érection contre son sexe. Sa jupe est remontée sur ses cuisses et, par-dessous, je vois le coton mouillé de sa culotte.

Je vais crever d'envie. Je n'en peux plus. Je tends les bras pour poser les mains sur ses cuisses. Elle rougit violemment. Je remonte lentement. Elle ne m'arrête pas. Elle se rapproche et m'embrasse. J'en profite pour plonger la main entre ses cuisses et la toucher. Ses hanches ondulent. Je taquine l'élastique de sa culotte en le faisant claquer doucement contre son aine. Nell rigole. Je tire un peu plus fort sur ce maudit élastique. Et je faufile deux doigts de ma main. C'est chaud et humide. Nell est plus trempée que le laissait présager son sous-vêtement. Même si elle semble méga excitée, elle va finir par prendre peur en sentant ma bite à bout. Je n'ai pas vraiment d'expérience avec les filles, mais avec elle, tout me vient si naturellement. Mon amour est tellement puissant, ma confiance en elle tellement forte que je sais que, quand je serai en elle, ce sera parfait. Elle saura me guider et je saurai l'écouter.

Après un autre baiser, j'accroche son regard. Je cherche de la peur, de l'hésitation, mais je ne trouve que du désir et du plaisir. Je n'y résiste pas et glisse mes doigts sous elle, explore sa chatte, ses lèvres, son clitoris tendu. Je prends mes marques et commence à m'amuser. J'adore ça, c'est doux, c'est fragile, délicat. Nell est réactive, elle se cambre et gémit. Et ça aussi, j'adore. Ça me rend fou. Désireux de lui faire perdre la tête comme elle me fait perdre la mienne, je m'active sur son bouton magique. Et je me sens comme un magicien. Comme le mec le plus chanceux sur terre, dans tout l'univers.

– Kyle… Oh… Kyle… Je…

Ses gémissements me font espérer que j'arrive à mes fins, que je vais lui donner tout le plaisir qu'elle peut désirer.

– Stop ! Faut qu'on arrête ! articule-t-elle avec difficulté.

Immédiatement, je retire ma main de sa culotte, de

sous sa jupe, de sur sa cuisse, comme si j'avais été brûlé.

Nell se redresse, assise sur moi, les mains plaquées sur mon torse. Elle cligne plusieurs fois des yeux, elle reprend ses esprits.

– Je… je t'ai fait mal ? paniqué-je.

– Quoi ? Non ! Non ! Au contraire, c'était trop bon, me confirme-t-elle, le sourire aux lèvres.

Je ne comprends plus rien à rien, je suis paumé.

– Qu'est-ce que j'ai fait, alors ?

– Toi, rien, me rassure-t-elle. Tu es parfait, comme toujours. J'ai bien cru mourir ravagée par un orgasme. Mais… je ne veux pas le faire comme ça…

– C'est ma chambre qui va pas ? J'ai des capotes, et ma mère ne rentrera pas avant plusieurs heures. Mais si tu veux attendre pour que je loue une chambre dans un hôtel, j'ai un peu de fric de côté et…

– Kyle, me coupe-t-elle. C'est… ma mère…

Et merde !

Fait chier !

– Ta mère… soufflé-je, dépité.

Sa mère est la personne qui fera tout pour nous séparer. Involontairement ou non. À un moment ou à un autre, elle finit toujours par intervenir. Je me redresse et pose mes mains sur les hanches de Nell pour la forcer à se lever. Je m'adosse à ma tête de lit tandis que Nell s'assied à côté de moi.

– Kyle, s'il te plaît, ne m'en veux pas, me supplie-t-elle.

– C'est pas à toi que j'en veux, c'est à ta mère, avoué-je. Tu ne voulais pas être avec moi parce que ta mère ne souhaite pas que tu aies un mec afin que tu te concentres sur tes études. Et maintenant, tu me repousses à cause de ta mère... Comment veux-tu que je ne lui en veuille pas...

– Je ne me sens pas prête à passer à l'acte avant de lui avoir dit pour nous, me divulgue-t-elle, gênée. Je suis plus que prête à... faire l'amour avec toi... Mais je voudrais vraiment lui avouer que j'ai un petit ami avant. C'est important pour moi, tu comprends ?

– Et si tu ne le lui dis jamais ? Tu comptes me cacher dans une pièce secrète de ton appartement jusqu'à ce qu'elle meure de vieillesse ?

Je plaisante pour dédramatiser la situation et éviter de stresser Nell, mais j'aimerais bien savoir, quand même.

– Idiot ! rit-elle. J'attends juste le bon moment... Par contre, je pense à un truc depuis quelque temps, je voulais t'en parler et je crois que c'est l'occasion idéale...

Elle se retourne pour attraper son calepin et tourne frénétiquement les pages jusqu'à repérer ce qu'elle cherche.

– Écoute, je sais que tu vas me trouver dingue, mais regarde...

Nell me met son calepin dans les mains, tout excitée. Elle dessine divinement bien. Son dessin représente une tête de loup. Un côté est sauvage, rebelle, délimité par une flèche, et l'autre côté, le droit, ressemble à un bouquet en forme de gueule de loup avec l'œil dissimulé au centre d'une fleur.

– Ton dessin est superbe, mais là, j'avoue ne pas comprendre… confessé-je, perdu.

– Ce sont des motifs pour des *matching tattoos* ! se réjouit-elle.

– T'es pas en train de me dire que tu veux qu'on se les fasse, tous les deux, pour de vrai ?

Nell agite énergiquement la tête pour m'assurer que c'est bien ça, son idée.

Cette nana est complètement barrée…

– C'est clair, t'es dingue ! confirmé-je. Mais c'est ce que j'aime le plus chez toi !

Nell se met à couiner de joie que je valide son projet. Notre projet.

– Mais comment tu vas obtenir l'autorisation de ta mère ? m'inquiété-je.

– Je signe bien pour elle les règlements de factures et d'autres papiers quand elle n'est pas là. C'est elle qui m'a appris…

– Mais qui êtes-vous, mademoiselle ? plaisanté-je, surpris par son insouciance soudaine.

– Tu as devant toi la nouvelle Nell, celle qui va bientôt oser parler de toi à sa mère !

Elle me sourit, puis se penche pour voir l'heure sur son téléphone.

– Mince ! Bon, la nouvelle « moi », tu la rencontreras plus tard… Là, je dois y aller, ma mère finit dans quarante minutes. Il faut que je sois à la maison avant elle.

Je regarde Nell s'affoler pour se préparer. Je la contemple, les yeux pleins d'amour pour cette drôle de fille qui me fait attendre avant de faire l'amour avec moi, mais qui veut se faire marquer à vie mon animal totem sur la peau.

13

L'espoir ne meurt jamais

Kyle

J'ouvre les yeux et suis aveuglé par la lumière qui indique l'heure sur mon radio-réveil.

Putain, ma tête…

Je n'ai aucune idée de comment je suis rentré hier. Ou ce matin. Peu importe. Je me traîne jusqu'à la fenêtre de ma chambre et actionne le bouton pour lever mon volet automatique.

Saleté de lumière !

Je plaque mes paumes sur mes yeux en feu. Je les retire peu à peu, le temps qu'il faut pour m'habituer à la lumière du jour. Je vérifie que ma bécane est bien garée devant, et surtout qu'elle est en un seul morceau. Je souffle de soulagement. Je ne suis pas encore assez con pour ne pas refiler mes clés. Les gars m'ont ramené. Je me souviens avoir payé une tournée à mes potes quand ils sont arrivés chez Rita, en soirée, mais juste après, c'est le trou noir. Comme chaque fois que je me prends une cuite pour oublier le mal de chien que me fait Nell.

Je sens la mort, et je ne peux pas descendre comme ça, les parents ont dû rentrer dans la nuit. Mon père va me casser les couilles si je pue. Lui ou Tara. Pourtant, j'aurais vraiment besoin de prendre un médicament pour apaiser ce mal de crâne. Je file sous la douche, me brosse les dents et m'habille aussi vite que ma gueule de bois me le permet.

Quand je débarque dans la cuisine, je suis à peu près présentable. Je bois un grand verre d'eau, avale un médoc, et me prépare un sandwich. Je croque dedans quand Nell entre à son tour.

Merde !

Je laisse mon sandwich dans ma bouche et fonce vers la sortie.

– Kyle, j'aim…

Je fais semblant de ne pas l'avoir entendue et bifurque dans le salon. Mon père est là, il fera l'affaire. Pour une fois, sa présence m'arrange, il me servira à quelque chose. Je m'installe sur le canapé et regarde le match avec Donovan. Pour éviter d'avoir à discuter avec lui aussi, je fais en sorte de toujours en avoir plein la bouche.

Quand j'ai fini de bouffer tranquille, je jette un œil dans la maison, qui me semble calme. Mon abruti de demi-frère n'est pas encore là et Nell a dû monter dans sa chambre. Une partie de moi s'en veut de l'avoir abandonnée comme ça, juste après que nous avons fait l'amour. Pourtant... la situation me crève le cœur. J'ai du mal à encaisser. Il me faut du temps. Je sors pour garer correctement ma moto dans le garage. Dans mon élan, je pourrais bien lui refaire une beauté. Je pars à la recherche de mon produit miracle, qui la fait briller comme si elle était neuve. Impossible de lui remettre la main dessus. Dehors, je vois Nell arriver dans ma direction d'un pas décidé.

C'est pas possible !

J'ai vraiment pas envie de discuter maintenant. Je fais un tour d'horizon du jardin. J'aperçois Tara de l'autre côté de l'allée. Elle jardine et transporte un gros sac de terreau. J'accours vers elle.

– Hey, Tara, pose ce sac, je vais te le porter ! Tu vas te casser le dos comme ça.

– Oh, c'est vraiment adorable, Kyle.

– C'est normal ! Et puis ça évitera à Donovan de me faire un reproche, ajouté-je pour me justifier.

Nell reste plantée au milieu de l'allée. J'ai l'impression qu'elle m'attend. Elle a vraiment décidé de me rendre la vie infernale aujourd'hui.

– Je peux faire autre chose, puisque j'y suis ? proposé-je à ma belle-mère.

– Si ça ne t'ennuie pas, j'apprécierais que tu déplaces le carton de plantations que j'ai laissé près des rosiers.

– C'est comme si c'était fait, Tara !

Je m'exécute sans un regard pour Nell, mais sa mère la remarque.

– Tu as besoin de quelque chose, ma libellule ? lui demande-t-elle.

Je n'entends pas la réponse de Nell, mais, quand je reviens vers Tara, l'allée est déserte. Nell a disparu.

Quand je rentre enfin dans la maison, je suis dégoûté. J'ai passé tout mon après-midi à faire du jardinage avec ma belle-mère. Elle était ravie d'avoir un homme à tout faire pour l'assister et elle ne m'a pas ménagé. Je suis en nage, complètement lessivé et, en prime, j'ai eu droit au récit de leur voyage à Hawaï en long, en large et en travers. C'est vraiment une journée de merde ! Je retire mon tee-shirt tout en montant l'escalier et entre directement dans la salle de bains. Je n'ai pas le temps de refermer la porte à clé que Nell fait le forcing pour entrer et met le verrou derrière elle.

– Nell, mais qu'est-ce que tu fous ? Je vais prendre une douche, là, donc tu sors ! chuchoté-je.

– Je ne sortirai pas tant qu'on n'aura pas discuté, Kyle !

– Et si quelqu'un nous surprend, tous les deux, dans la salle de bains ? T'imagines le drame ?

– J'ai besoin de savoir ! Et tu passes encore ton temps

à m'éviter, donc tu ne me laisses pas le choix. J'ai bien compris ton petit manège, à force, lance-t-elle sur un ton enragé.

Je plaque ma main sur sa bouche.

– Parle moins fort, putain ! ordonné-je en retirant ma main.

– Seulement si tu me réponds, accepte-t-elle.

– Qu'est-ce que tu veux savoir ?

Je ne suis pas concentré sur notre conversation, je tends l'oreille sur les bruits extérieurs. Nell le remarque tout de suite et se penche sur le côté pour attirer mon regard.

– Pourquoi t'es parti en pétant un câble hier ? Je n'ai rien compris à ce qui s'est passé et si…

– C'est compliqué, la coupé-je.

Je ne mens pas, je suis honnête. C'est compliqué. Entre mon amour pour elle, le fait qu'elle me demande de rester loin d'elle pour, finalement, que nous couchions ensemble, sa mémoire qui ne revient pas, elle qui développe cette attirance pour moi et moi qui doit lui mentir sur notre passé, comment je suis censé m'en sortir au milieu de ce gros bordel ?

– Vous vous foutez tous de moi ? s'agace Nell. Qu'il s'agisse de toi, ou de mon passé, ou de quoi que ce soit qui soit un peu trop important, on me balance que c'est compliqué. Mais ça ne veut rien dire, ça ! C'est juste une solution de facilité pour se débarrasser de moi ! Vous êtes tous les mêmes !

– Mais qu'est-ce que tu veux que je te dise ? C'est compliqué, pour moi aussi, tout ce qui se passe ! C'est ta faute, aussi : tu m'implores de ne plus t'approcher et, ensuite, tu viens frapper à la porte de ma chambre et tu couches avec moi. Tu ne crois pas que t'es compliquée, toi aussi ?

J'explose à mon tour. Je suis fatigué, perdu, et après avoir tout essayé au cours de ces derniers mois, je ne sais plus quoi tenter pour régler ce problème.

– Pauvre con ! crache-t-elle avant de claquer la porte.

Je serre les poings de toutes mes forces. Si je m'écoutais, je taperais dans un mur. Je retire mon froc et je file sous la douche pour m'empêcher de hurler.

***

Est-ce que cette journée pourrie va finir un jour ? Alors que je pensais que ça ne pouvait pas être pire, Hunter a trouvé le moyen de rentrer à la maison précisément au moment où Tara vantait mes mérites à mon père pour avoir jardiné avec elle cet après-midi. Et, à la première occasion, Hunter ne manque pas de me faire une remarque dans le dos des parents.

– Alors, le petit bâtard a remplacé sa petite maman

par une nouvelle, on dirait ! se moque-t-il.

Je ne me contrôle pas et me jette sur lui, la rage au ventre.

– Je t'interdis de parler de ma mère ! vociféré-je, rempli de haine.

Mon poing s'écrase en plein milieu de la face de ce connard. Du sang gicle partout. Hunter est propulsé par terre. Il beugle de douleur. Donovan arrive, suivie de Tara, qui crie de peur. Évidemment, tout le monde se précipite sur ce pauvre Hunter, qui geint comme un gamin de 5 ans.

– Il faut aller à l'hôpital, Kyle. T'as vu dans quel état tu as mis ton frère ! déplore mon père.

Comme depuis toujours, inutile de m'expliquer, je suis automatiquement considéré comme coupable.

– Vous me faites tous chier, putain ! hurlé-je à nouveau.

Je monte les marches de l'escalier quatre à quatre et file au grenier. J'enfile mes gants et tape dans mon sac de boxe. Je passe mes nerfs sur le boudin de sable. Rapidement, Nell entre pour me rejoindre. Je l'ignore, mais elle reste là, à regarder autour d'elle comme si elle n'était jamais venue ici. Enfin, c'est peut-être le cas. Je m'en tape !

– Kyle ? Kyle ? Eh, Kyle ! insiste-t-elle.

– Si tu n'as rien de précis à faire ici, alors tu dégages,

OK ? Sinon, tu fais ce que tu as à faire et tu m'oublies ! assené-je entre deux coups.

Je la surveille du coin de l'œil parce que c'est plus fort que moi et que je ne suis qu'un pauvre type incapable de tourner la page. Son regard s'illumine quand elle remarque le tas de cartons avec son prénom inscrit au marqueur noir dessus.

– Je suis venue faire le tri dans mes cartons, prétexte-t-elle.

Elle me prend pour un con !

Je ne réponds pas et continue pendant un bon moment à me défouler sur mon sac. Il prend cher. C'est pas compliqué, il me suffit d'imaginer la sale gueule de Hunter avec son nez pété. Je ne peux retenir un rire.

– Tiens, puisque tu as l'air plus détendu, viens m'aider ! m'ordonne Nell.

Sans réfléchir, je lui obéis, comme je l'aurais fait avant. C'est instinctif. Elle me demande de déplacer des cartons pour ouvrir ceux qui sont en dessous. Quand j'ai fini, Nell me met un album photo sous le nez.

– Regarde ça, dit-elle en riant. C'est l'époque où ma mère s'est essayée à la permanente !

Tara est méconnaissable sous cet amas de boucles monstrueuses. Je pose mon doigt sur la petite fille à côté d'elle sur la photo.

– C'est toi, là ? demandé-je, curieux.

– Ouais, je devais avoir 6 ans, je crois, confirme Nell.

C'est la première fois que je vois des choses sur sa vie d'avant. Avant l'accident, avant nous. Je finis par m'installer par terre avec Nell. Je fais la rencontre de ses souvenirs, de son passé, de tout ce qui faisait son intimité d'autrefois. Je l'écoute attentivement. Elle me raconte, je la questionne. Puis, alors qu'elle arrive au récit de son adolescence, elle s'arrête. Je sens que c'est le trou noir. Je ne lui en veux pas, c'est à moi que j'en veux d'avoir tenté de réactiver sa mémoire une fois de plus. Je vois qu'elle essaie, qu'elle a envie, mais j'ai disparu, je ne suis plus rien. Alors, je me relève, soupire et pars sans un mot. Ma gorge est serrée, je ne peux pas parler parce que j'ai mal. Beaucoup trop mal.

14

Mon loup

Nell

Kyle est parti sans rien dire. Il devait en avoir marre de me voir déballer mes vieilleries. Je commence à fatiguer un peu, et tous ces souvenirs m'ont pas mal chamboulée. Je récupère quelques affaires et quitte le grenier. C'est pleine de nostalgie que je regagne ma chambre. Je pose le doudou lapin de mon enfance sur mon lit ; la petite boîte à bijoux en bois, qui me vient de ma grand-mère paternelle, sur mon étagère. Elle contient quelques bagues et colliers. J'y ajoute les bijoux que l'on m'a rendus à ma sortie de l'hôpital et que je n'ai plus jamais portés. Enfin, je m'installe confortablement dans le rocking-chair avec un petit paquet de photos abandonnées. Elles traînaient dans un carton, sans boîte, sans protection. Je fais défiler les clichés entre mes mains et je suis heureuse de revoir des souvenirs connus. Un sentiment de sécurité m'apaise et je m'arrête sur une photo de mon père et moi.

Nous ne sommes que tous les deux. Je suis sur ses genoux et il m'embrasse la tempe. C'était juste avant qu'il ne parte, un an ou peut-être moins.

Papa... Comment a-t-on pu laisser les choses en arriver là, toi et moi ?

Bien sûr, j'ignore totalement ce qu'il y a bien pu avoir entre nous au cours des années de trou noir, mais il serait peut-être temps que je fasse bouger les choses au lieu d'attendre que cette foutue mémoire me revienne. Elle ne reviendra peut-être jamais, et quand bien même, je doute que ça vaille le coup de faire perdurer cette distance entre nous.

Et si avancer, c'était aussi accepter mon passé et cette période étrangère ?

Je sors mon téléphone de ma poche et le garde en main. Mon regard navigue entre la photo de mon père et mon mobile. La peur m'envahit. Et s'il me rejetait ? Mais mon besoin de retrouver les liens que j'entretenais autrefois avec mon père gagne la bataille. J'ouvre ma boîte mail depuis mon téléphone pour écrire le message que j'aurais dû envoyer depuis plusieurs semaines déjà.

Papa,

J'ignore comment m'y prendre pour revenir vers toi. J'ignore ce qui s'est passé entre nous et qui nous a autant séparés. Avons-nous juste abandonné et laissé le temps nous éloigner ? J'ignore qui je suis vraiment aujourd'hui parce que j'ai attendu de me reconstruire telle que j'étais. Telle que vous m'aviez tous connue. Mais je n'ai pas retrouvé la mémoire, et j'ai changé. Je suis une nouvelle Nell, à présent, que tu ne connais pas encore.

Et je crois que je ne veux pas savoir ce qu'il s'est passé entre nous parce que, quoi qu'il y ait eu, j'ai besoin de toi, papa. Même si tu es loin, même si on ne se voit pas, j'ai besoin de savoir que tu penses à moi et que tu m'aimes.

Parce que, moi, je t'aime.

Nell, qui restera à jamais ta petite fille.

Je ne me relis pas, je ne me laisse pas le temps d'hésiter et de revenir en arrière. J'appuie directement sur le bouton « envoyer » et reste fixée sur le message d'envoi jusqu'à ce qu'il disparaisse de mon écran.

La torture de l'attente et de l'espoir commence…

Je profite d'être sur ma boîte mail pour consulter chacun des messages que j'ai reçus depuis mon grand tri. Il n'y a que des spams et des newsletters, mais je prends soin d'ouvrir chacun d'entre eux afin de me désabonner. Pour la plupart, ce sont des newsletters de magasins à New York ou de sujets qui ont dû me passionner, mais dont je n'ai aucun souvenir.

J'en ouvre un nouveau. Visiblement, pour celui-ci, c'était un blog. Je scrolle rapidement le contenu, à la recherche du lien pour me désabonner, en vain. Je déteste ce genre de manœuvre qui force les gens à visiter un site pour pouvoir se supprimer de leur listing. Je reprends en lisant plus consciencieusement le mail, je suis peut-être passée à côté.

Cher(e) Libellule,
Félicitations, un nouveau commentaire vient d'être posté sur votre blog.
« Salut, Libellule, plus d'un an que tu as disparu. Comment va ton Loup ? Peu… »
Nous vous invitons à consulter la suite de ce commentaire en suivant notre lien direct : ICI

Je lève les yeux au ciel. Un blog. Moi. Je n'y crois pas du tout. Je ne connais pas la Nell d'avant, mais je ne vois aucune raison qui aurait pu me faire partager un bout de moi, de ma vie, avec le monde entier. Pourtant, quelque chose m'incite à vouloir en savoir plus.

Libellule...

Disparu...

Loup...

À l'intérieur de moi, quelque chose s'anime. Un je-ne-sais-quoi qui me chiffonne. Du bout de mon index, je sélectionne l'unique lien disponible. Mon écran bascule sur une nouvelle page qui se charge. À ma curiosité se mêle doucement une sorte d'appréhension indescriptible. Un blog s'affiche. La première publication date d'il y a plus de deux ans. Je fais glisser mon doigt sur l'écran de bas en haut. Les dates défilent chronologiquement – plus je descends, plus les publications sont récentes. Plus je descends, mieux je comprends. Les textes sont accompagnés de photos sur lesquelles je m'attarde.

C'est pas vrai !

C'est là, juste devant moi, à portée de main. Des réponses. Mes réponses. Celles que j'espérais si fort. Celles que tout le monde refuse de me donner. Celles dont j'ai besoin pour avancer. Un morceau des deux années que j'ai perdues.

Un blog.

Mon blog.

La photo affichée sur mon écran ne me laisse pas le bénéfice du doute. Je reconnais ma chambre. Celle de New York. C'est mon lit, ma couverture, mon doudou lapin. Un carnet à croquis est posé négligemment sur ce lit et je reconnais mon coup de crayon.

C'est moi ! Tout ça, c'est ma vie d'avant !

Ma respiration se fait plus lourde, plus rapide. Mon cœur bat à tout rompre dans ma poitrine. Les paumes de mes mains deviennent moites. Tout ce que j'ai toujours voulu savoir est là, il me suffit de regarder. Et pourtant, j'hésite.

Je pense à mon père. Au mail que je lui ai envoyé un peu plus tôt. À ma résignation quant à ce passé oublié. L'espace d'une seconde, je ne suis plus certaine de vouloir savoir. Mon doigt reste suspendu dans les airs, juste au-dessus de l'écran de mon téléphone.

Et si je découvrais quelque chose sur ma relation avec papa ? Quelque chose que je préférerais ignorer ?

La tentation est immense. Mais j'ai peur de ce que je pourrais découvrir. Tout comme j'ai peur de devoir vivre sans jamais savoir la vérité sur ce que je suis. L'occasion est trop belle pour ne pas la saisir. Mais, d'un autre côté, j'ai l'impression de m'apprêter à violer la vie privée d'une autre personne. D'accéder en cachette au journal intime de la Nell d'avant.

Malgré moi, mon index se pose sur l'écran et part en quête de la prochaine photo, puis de celle d'après, et d'une autre encore. C'est compulsif. Malgré mes doutes, malgré la culpabilité, quelque chose en moi projette une petite étincelle. Beaucoup de croquis, jamais de visages, mais trop de signes distinctifs pour que je ne les reconnaisse pas. Des mains, des chaussures, des objets de décoration, un quartier, des rues. Bien des éléments familiers qui attisent mon étincelle pour l'aider à reprendre vie, lui donner un second souffle. Je continue mon expédition, je fais des bonds dans le temps. Mes yeux balaient en diagonale les quelques lignes que la Nell d'avant a écrites. Une dispute avec Joy, pour une histoire de…

Lapin !

Pourquoi je pense à ça ?

Je poursuis ma lecture, et découvre que j'étais en colère contre Joy parce qu'elle m'avait posé un lapin pour aller traîner avec son nouveau copain.

Je ne prends pas conscience immédiatement de ce qui est en train de se passer, mais ma petite étincelle se transforme en petite flamme ; elle est fragile, et cela me pousse à continuer, encore et encore.

Au fur et à mesure que j'avance, je protège ma flamme. Le châle bleu que j'ai offert à maman pour son anniversaire me revient. Je reconnais la bague que je porte souvent sur les clichés, elle est dans la boîte à bijoux de ma grand-mère.

Bethany…

De la glace à la fraise.

Mes souvenirs s'entrecroisent, se mélangent, s'entrechoquent. Mais aussi ils se démêlent doucement, naturellement. Je me souviens, c'était les vacances. On est allés chez Bernie s'empiffrer de crèmes glacées. Sur le chemin, on a acheté des bagues bon marché à un vendeur à la sauvette.

Elle est là, ma mémoire. Elle revient. Mon cerveau n'est pas totalement cassé. Tout peut encore s'arranger. J'y crois sans y croire. C'est tellement inespéré ! J'avais presque abandonné. Mon cœur pèse lourd dans ma poitrine. Les larmes flirtent avec mes paupières, embuent mes yeux. Je n'y vois plus clair, et pourtant mon doigt continue de faire défiler les jours, les semaines, les mois jusqu'à ce que mes larmes ruissellent sur mes joues et me rendent la vue.

STOP !

C'est un ordre, un cri du cœur envoyé à mon corps. Mon doigt s'immobilise sur l'écran.

Deux mains.

Ma main.

Mes doigts.

Entrelacés.

Un garçon.

Sur la photo, il y a bien ma main et celle d'un garçon. On ne peut pas l'identifier, alors je lis la légende :

Voici *Loup*, mon petit ami…

Loup.

Petit ami.

Ma petite flamme prend des forces, elle s'agrandit, je la sens. Mon cerveau fuse, reconstitue le puzzle. Puis tout est clair. Je ne sais pas qui est ce garçon, mais je comprends.

Je sais que je l'ai aimé. Je comprends maintenant mon attirance pour cet animal sauvage qu'est le loup, la familiarité de mes émois envers Kyle. J'ai déjà vécu cela, j'ai déjà connu la passion, l'amour, le vrai, celui qui vient de mes entrailles.

Je continue à chercher dans les archives de ce blog, *son* blog, mon blog. Mais je m'arrête brusquement. Ma flamme s'agrandit, s'épaissit, prend de la force. Et quelque chose se réveille, je sais que c'est là, juste là, tout près.

Je dois savoir !

Mon doigt se pose sur le curseur à droite et j'accède directement à la dernière publication.

Date du 29 mai 2016

Mes larmes reprennent. Cette date. Ce jour-là.

Le jour de l'accident.

Comment ai-je pu oublier ?

Aujourd'hui, je déjeune avec Loup et sa mère afin qu'elle me conseille.

Eh oui ! Ce soir, j'avoue enfin à maman que j'ai un petit ami !

Peu importe sa réaction, rien ne nous séparera ! Jamais !

SURPRISE

Le mot de la fin, « surprise », est souligné, c'est un lien. J'essuie mes yeux du dos de la main pour mieux voir l'écran, même si lire la date m'a suffi à tout relier. Mon doigt tapote dessus. Parce que c'est un réflexe. Parce que je veux savoir, j'ai besoin d'être certaine. Même si mon cœur sait. Même si mon corps sait. Ma flamme ne me réchauffe plus, elle me brûle. Mon intérieur est en feu. Pourtant, mon cerveau a besoin de le voir. D'avoir une confirmation. J'ai besoin de preuves pour distinguer mes rêves de ma réalité et de mes cauchemars.

Une photo s'affiche.

Un couple de profil.

C'est moi.

Et lui.

On s'embrasse en riant.

On est heureux.

Ma main droite dans sa main gauche.

Nos bras nus tendus, l'un contre l'autre.

Nos *matching tattoos*.

Kyle…

15

Lui

Nell

C'est Kyle…

Je souris entre mes sanglots. C'est un tsunami qui me bouleverse. Tout me revient, comme une évidence, comme si rien n'avait jamais disparu. Ma mémoire se libère, les souvenirs reprennent vie en moi en version accélérée.

***

Depuis un mois, il y a un nouvel élève dans notre classe d'art avec M. Larnan. Il n'est pas nouveau au lycée, mais je ne l'avais jamais rencontré avant. Sûrement parce qu'il est en classe de première. Enfin, de ce qui se dit… Je ne me suis pas vraiment renseignée, il ne m'intéresse pas. C'est juste que, depuis quelques séances, il traîne partout. La première fois, il a fait le tour de la salle pour voir le travail de chacun d'entre nous. En soi, ça ne me dérange pas du tout, au contraire, mais il ne contemple pas, il n'observe pas, il juge. La fois suivante, il n'a scruté le travail que de quelques-uns. Petit à petit, le nombre de ses « victimes » a diminué. Et, lors de la dernière séance, il n'y avait plus que moi.

Aujourd'hui, je ne sais pas à quoi m'attendre avec ce gars. Et ça m'agace. J'aurais bien signalé que son comportement me dérange, mais il semble assez proche de M. Larnan. Il paraît même que c'est le prof qui lui a demandé de nous rejoindre.

Je me concentre sur mon projet quand je sens son regard sur moi. Ses yeux de loup brillent de mille éclats d'ambre. Son air malicieux ne quitte jamais son visage souriant. Et ça aussi, ça m'agace.

Il se lève de sa chaise. Il est grand. Bien trop grand pour moi. Mais je m'en fiche. C'est pas comme s'il m'intéressait. Je ne m'intéresse pas aux garçons en général ; je ne veux pas de petit ami. Je me concentre sur mes études. Mon dossier scolaire doit être parfait afin que j'obtienne une bonne bourse pour l'université.

– Voilà Kyle, me souffle ma voisine.

Kyle…

C'est ça, le prénom du garçon aux yeux fauves. Je feins de l'ignorer tandis qu'il se dirige vers moi. On a tous remarqué son petit manège. Je sais que toute la classe l'observe. Donc, on m'observe, car je suis sa dernière victime. Il en est conscient. Il joue. Il passe sa main dans ses cheveux bruns. Ses mèches m'agacent, elles aussi. Tout m'agace chez ce garçon.

Il approche, je me raidis. Il contourne mon chevalet, passe lentement derrière moi et s'arrête. Je ne le vois plus. Je refuse de me retourner.

Soudain, je sens son souffle sur mes cheveux. Mon cœur rate un battement. Je n'ai jamais été aussi proche d'un garçon.

– Tu as loupé les yeux, me susurre-t-il au creux de l'oreille.

Je l'ignore. Je me contiens. Je reste digne.

Il finit par retourner à sa place. Je quitte mon croquis des yeux pour les poser sur lui. Sur sa nuque, ses larges épaules, son jean qui épouse parfaitement ses fesses...

Pauvre con !

Il m'agace. Ce Kyle m'agace !

***

Notre rencontre.

Je me souviens de nos échanges de regards pendant les cours d'art, de nos taquineries, de nos rires, de nos disputes pour des broutilles, de la première fois que nous avons tenu un crayon ensemble pour dessiner main dans la main.

Je me souviens des palpitations de mon cœur, juste avant notre premier baiser, dans un couloir désert du lycée. Si doux et excitant à la fois. Je me souviens du sourire vainqueur de Kyle après m'avoir embrassée, si fier de m'avoir fait céder après des semaines à me courir après. Je me souviens de sa douceur, de son attention, de sa gentillesse.

Je me souviens de notre premier « je t'aime » dans sa chambre. De sa compréhension juste après, quand je lui ai avoué ne pas vouloir faire l'amour avec lui avant d'avoir dit à maman que j'avais un petit ami. Je me souviens qu'il n'a pas hésité une seconde quand il a accepté de se faire un *matching tattoo* avec moi, un motif que j'avais dessiné. Je me souviens avoir imité la signature de ma mère pour l'autorisation parentale et avoir porté des manches longues pendant des mois. Je me souviens d'avoir remercié le ciel d'être en hiver.

Je me souviens du déjeuner, du bus, de l'accident…

C'est rapide, c'est fort, c'est violent. Tant d'amour, tant de chagrin, tant de souffrance…

Amy…

Je m'effondre, c'est trop dur. C'est comme si je venais d'apprendre à l'instant le décès de la maman de Kyle. Je l'aimais énormément. J'ai mal. Affreusement mal. Et

Kyle… Il a dû endurer ça tout seul. Pas étonnant qu'il soit méconnaissable. Il nous a perdues toutes les deux ce jour-là. J'avais un petit ami heureux, bien dans sa peau, et aujourd'hui, c'est un garçon cynique et révolté. Mon cœur se déchire de peine, de douleur. Pour elle. Pour lui. Pour moi.

Comment a-t-il pu ne rien me dire ? Comment a-t-il pu me cacher ça ? Il aurait dû m'en parler !

Ma tristesse laisse sa place à de la colère. Contre Kyle pour m'avoir menti. Contre maman et Donovan de s'être rencontrés, d'être tombés amoureux, de s'être mariés. Contre cette chienne de vie qui est prête à tout pour nous séparer.

16

Déclaration

Kyle

– Où sont-ils ?

Le chuchotement furieux de Nell dans mon dos me fait sursauter.

– Donovan et Hunter ne sont pas rentrés de l'hôpital, et Tara est dans sa chambre, il me semble. J'en sais rien, moi, c'est ta mère ! répliqué-je en m'écartant du frigo.

– Rejoins-moi dans le grenier ! Immédiatement ! m'ordonne-t-elle.

Nell serre les mâchoires en parlant, les mots sont expulsés de sa bouche avec difficulté. Elle a une mine terrible. Ses yeux sont rouges, elle a pleuré, j'en suis certain.

Qu'est-ce qu'il se passe ?

Je lui laisse un peu d'avance et en profite pour faire le tour du salon. Tara n'est pas là. Je traîne discrètement dans le couloir du rez-de-chaussée et un trait de lumière se faufile sous la porte de la chambre des parents. Tara est donc bien à la maison. Si Nell m'a posé la question, j'imagine que ça a son importance, étant donné son état. Je fais demi-tour et me dépêche de la rejoindre au grenier.

– Qu'est-ce que tu as ? demandé-je après avoir refermé la porte.

Nell avance vers moi. Ses magnifiques émeraudes, abîmées par les pleurs, se retrouvent de nouveau noyées. Mon cœur saigne de la voir ainsi.

– Nell ! lancé-je, paniqué. Parle-moi ! Qu'est-ce qui te met dans un état pareil ?

Elle ne répond pas. Elle n'y parvient pas. Alors, elle se poste en face de moi et me prend la main. La gauche. Elle tend nos bras, l'un contre l'autre, et reconstitue notre *matching tattoo*, comme après notre première fois ensemble.

Mais cette fois, c'est différent. Cette fois, son regard est différent. Mais je refuse de souffrir de nouveau, je refuse d'y croire. Elle ne peut pas se souvenir. C'est impossible. Pourtant, ces yeux-là…

– Ça ! dit-elle en désignant nos tatouages. Ce n'est pas une coïncidence. Notre présence dans le bus. M. Larnan, ton prof *particulier*. Tous ces détails que tu sais sur moi : ma sensibilité aux épices, mon jus d'orange que je bois dans un bol, ma difficulté à dessiner les yeux. Tu n'as même pas été surpris en voyant ma représentation de toi. Tout ça ! Ce ne sont pas des coïncidences ! Ce ne sont pas des coïncidences parce que tu me connais. Et mieux que n'importe qui. Parce que tu es Kyle ! Le grand amour de ma vie ! Mon Loup…

Je serre les mâchoires à mon tour. Nell relâche mon bras, qui tombe lourdement le long de mon corps.

Elle se souvient…

C'est elle, elle est revenue…

Ma Nell.

Je puise dans toute mon énergie pour contenir mes larmes. Je n'ai jamais été aussi heureux. Mon cœur se gonfle d'amour. Puis il explose en un milliard de petits morceaux. Je pensais avoir souffert comme jamais pour cette fille, mais j'étais bien loin du compte. Parce que ce que je ressens, là, c'est un supplice.

– Comment as-tu pu, Kyle ? rugit-elle. Comment as-tu pu me cacher que nous étions fous d'amour l'un pour l'autre ? Comment as-tu pu me mentir comme ça ? Pendant des mois ? À quoi tu jouais ? C'est ça, c'était un jeu pour toi ? Est-ce que tu voulais juste coucher avec moi, mais sans me rappeler que nous étions plus engagés ensemble avant, pour garder ta liberté ?

Quoi ?

Mais comment peut-elle penser ça de moi, putain ?

Nell crie, pleure, elle est enragée contre moi. Elle me déteste. J'aimerais lui répondre, mais je n'y arrive pas. Et j'ai mal.

– Si c'est pas ça, alors c'est quoi, Kyle ? vocifère-t-elle. Parce que tu n'imagines pas toutes les hypothèses qui peuvent me traverser l'esprit. C'est parce que nos parents sont mariés ? Tu joues le rebelle, mais tu es sensible aux conventions sociales, donc tu as préféré renoncer à nous ? Quand je pense que tu ne m'as rien dit, que tu as laissé notre histoire derrière nous ! Mais ce n'était pas à toi de faire ce choix pour nous deux ! Qui t'a donné ce droit ? J'aurais dû aussi avoir mon mot à dire, tu ne crois pas ? Non ! Évidemment, tu ne crois pas, puisque tu as pris la décision pour nous ! C'est ça, la nouvelle version de Kyle ? Un type qui se croit au-dessus de tout et de tout le monde ?

– C'est vraiment ça que tu penses de moi ? C'est comme ça que tu me vois ? Sérieusement, Nell ? Dis-moi, toi, puisque tu as tellement de théories, qu'est-ce que j'étais censé faire ? Tout te dire, dès ton arrivée ici, et briser le mariage de Tara et Donovan ? C'est ça que tu veux ? Parce que je te jure que, si tu me le demandes, Nell, je vais tout leur dévoiler sans perdre une minute !

Elle me fixe de ses grands yeux. Elle a cessé de pleurer. Elle a compris. Ce que je n'ai pas dit avec des mots.

Tout ça, je l'ai fait pour toi, Nell…

Et encore aujourd'hui, je serais prêt à tout pour toi !

Nos regards se croisent et, l'espace d'un instant, tout redevient comme avant l'accident. Nous n'avons pas besoin de nous parler pour nous comprendre. Elle m'aime toujours autant qu'avant, voire encore plus. Tout comme, moi, je l'aime. Et je l'aimerai jusqu'à ma mort. Elle le sait. Ça aussi, je le vois dans ses yeux.

J'avance vers elle parce que c'est tout ce que je peux faire. Je tends les bras au même moment où elle vient se blottir contre moi pour enfouir son visage dans mon cou. Je referme mes bras sur son corps afin de l'envelopper tout entière. Je lui offre une bulle de réconfort. Quelques secondes de répit. Pour elle. Pour moi aussi. Le visage dans ses cheveux, je respire son parfum. J'entends son souffle qui s'apaise peu à peu. Et je sens ses lèvres frôler ma clavicule. Mais notre temps imparti s'achève.

– Est-ce que tu veux tout savoir tout de suite ? lui proposé-je.

Nell se défait de mon étreinte pour me regarder.

– Oui, s'il te plaît. J'ai besoin de connaître la vérité, avoue-t-elle.

Je lui prends la main et l'attire sur une petite banquette. Nous nous asseyons, mais je garde sa main dans la mienne. Et elle ne la retire pas.

– Je n'ai pas su immédiatement que nos parents avaient fait connaissance, commencé-je. Je venais de perdre ma mère et je refusais de voir mon père. J'avais appris que tu étais dans le coma, mais comme je n'étais pas de ta famille, je n'ai rien pu savoir de plus. Et puis je suis sorti de l'hôpital. Donovan m'a annoncé qu'on resterait quelque temps à New York. Il avait beaucoup de choses à régler à la suite du décès de ma mère. Il y avait aussi l'appartement de maman, qu'il a gardé jusqu'à ce qu'il décide de revenir ici. Et puis il a rencontré Tara. Ils se sont soutenus à l'hôpital et il ne souhaitait pas la laisser seule. Sa fille était dans le coma à cause du même accident. Évidemment, j'ai compris qu'il s'agissait de ta mère. Je n'ai rien dit. Sur le moment, j'ai vu ça comme un avantage. Ce rapprochement temporaire de nos parents me permettait de suivre ton évolution médicale.

Nell m'écoute, attentive. Elle hoche régulièrement la tête. Elle me comprend.

– Je ne voyais jamais ta mère, je ne savais même pas qu'ils sortaient ensemble, je les pensais amis. On ne parle pas de ce genre de trucs, lui et moi. Et tout s'est enchaîné très vite. Tu t'es réveillée, tu m'avais oublié. Mon père a demandé ta mère en mariage et elle a accepté, et tu as été envoyée dans le Vermont pour ta rééducation. J'ai à peine eu le temps de comprendre ce qui arrivait que je devais déjà quitter New York, l'appartement de ma mère, et je me suis retrouvé à vivre avec ta mère chez Hunter et Donovan. Je n'ai pas eu le choix. À aucun moment, on m'a demandé mon avis.

Je resserre ma main sur la sienne et attrape son menton entre mon pouce et mon index de l'autre main. Je la force à me regarder. Ses yeux rouges sont encore brillants.

– Si j'avais pu faire quelque chose, si j'avais su quoi faire, je te jure que je l'aurais accompli, lui assuré-je. Quand j'ai pris conscience que ta mère allait devenir ma belle-mère et que, par conséquent, tu serais ma demi-sœur… j'ai cru crever, Nell. Ta mère nous a expliqué que, pour ne pas interférer avec ton rétablissement naturel, les médecins lui avaient interdit de te raconter les souvenirs que tu avais perdus. Ta mémoire devait revenir d'elle-même. J'étais paumé, je ne pouvais rien te dire pour préserver ta santé. Et puis j'ai réalisé que, à présent, comme notre relation était interdite, ça serait plus simple pour toi de ne jamais savoir. J'ai essayé de tirer un trait sur toi, comme j'ai pu, de n'être que ton demi-frère. Mais je me suis bien foiré !

Je baisse la tête et libère la main de Nell. Je me suis foiré en beauté.

– Je comprends, intervient soudainement Nell. Et je n'ose même pas imaginer l'enfer que tu as vécu. De porter tout ça seul, sur tes épaules. Ne rien dire. Tous ces sacrifices que tu as faits. Pour moi. Merci, Kyle. Pour tout. Pour me l'avoir expliqué. J'ai compris, à travers tes mots, combien tu m'aimes encore…

Au moment où je m'y attends le moins, Nell pose sa paume sur ma joue. Son pouce me caresse la peau. J'appuie tendrement mon visage sur sa main. Je plonge mon regard dans le vert de ses yeux et je meurs d'envie de l'embrasser, de revenir en arrière et de reprendre notre histoire là où nous l'avions laissée.

– On est dans la merde, soupiré-je.

– Ils ne doivent pas savoir pour nous ! admet Nell. Maman ne s'en remettrait pas ! Ça éclaterait complètement la nouvelle famille. Je… je suis désolée…

Je la couve du regard. Elle me dévore des yeux. Je m'avance au plus près d'elle. Puis je tends ma main vers son visage. Lentement, pour ne pas l'effrayer. Pour qu'elle puisse reculer. Mais elle ne le fera pas. Parce qu'elle sait comment nous devons agir. Et aussi ce que nous nous apprêtons à faire. Je glisse mes doigts sur sa nuque et l'attire vers moi. Mes lèvres se posent sur les siennes. Je l'embrasse comme la première fois, au lycée. Un baiser ni chaste ni trop empressé. Justement dosé. Un baiser qui boucle notre histoire. Un baiser d'adieu.

17

Pour elle

Kyle

Nell a décidé de ne pas parler de sa mémoire à Tara. Cela entraînerait des questions, notamment vis-à-vis de son tatouage, qu'il vaut mieux éviter. La situation est déjà bien assez compliquée pour elle comme ça. Je la soutiens et la soutiendrai, quoi qu'elle fasse. Et plus les jours passent, plus je m'amuse de la voir mentir à sa mère quand elle fait semblant de ne pas se souvenir de quelque chose. C'est ce qui m'aide à tenir : les petits plaisirs au quotidien.

Quand Nell a débarqué en larmes la semaine dernière pour me dire qu'elle se souvenait de nous, on s'est promis de ne rien dire à nos parents. Et je m'y tiendrai. Mais je ne lui ai pas promis de ne plus l'aimer et de la considérer comme une demi-sœur. Je ne l'ai jamais vue ainsi et je n'y arriverai jamais.

Je serai patient. Pour le moment, je vais juste l'aimer comme je l'ai toujours aimée. Et l'aider à déculpabiliser vis-à-vis de Tara.

Je me contente de la regarder vivre, d'admirer sa beauté qui me tue et de contempler son sourire.

Je me satisfais du moindre contact platonique, comme un adolescent : nos mains qui se touchent lorsqu'elle me passe un plat à table ; nous brosser les dents ensemble, dans notre salle de bains commune, même en laissant la porte ouverte. On est prudents. Même si on ne fait rien de mal.

Nous ne sommes plus un couple, mais rien ne nous interdit de passer un peu de temps ensemble. Comme maintenant, dans le salon, à regarder un documentaire animalier en plein après-midi. J'ai tout le plaisir de détailler son profil, de suivre les contours de son doux visage.

– Arrête, murmure Nell.

Elle s'obstine à garder le regard fixé sur cette foutue télé. Mais le sourire qu'elle tente de retenir ne m'échappe pas.

– Kyle ! Je t'ai dit d'arrêter, glousse-t-elle.

– Arrêter quoi ? Je n'ai rien fait ! contesté-je.

– De me regarder ! Si quelqu'un te surprend, on va avoir des ennuis…

– Pas du tout, je regarde la télé, affirmé-je.

– Ah oui ? Et donc, ça parle de quoi exactement ? m'interroge-t-elle.

– C'est un documentaire animalier, annoncé-je fièrement.

– Quel animal ?

– Les loups, la provoqué-je, joueur.

– Les loutres, idiot ! dit-elle en riant.

– C'est ce que j'ai dit !

Nell finit par se tourner vers moi, hilare. Du bout des doigts, je touche les siens, posés sur l'assise du canapé. Son rire s'atténue. Elle me laisse faire. Elle aime ça. Elle aussi en a besoin. Parce qu'elle est amoureuse de moi. Et rien qu'à cette idée, je trouve la force de vivre comme ça.

– Ce n'est pas prudent, soupire Nell.

– Nell, ne te stresse pas inutilement, la rassuré-je. Donovan et Hunter ne vont pas rentrer avant deux bonnes heures. Et Tara est sortie dans le jardin arroser ses fleurs. Le temps qu'elle en fasse le tour, on a quarante-cinq minutes de tranquillité. Et encore, je suis large. Et on ne fait absolument rien de mal, on discute.

– Tu as raison… À propos de discuter… est-ce que tu dînes ici, ce soir ?

Elle est tellement adorable quand elle s'empourpre comme ça.

– Oui.

Je vois parfaitement où elle veut en venir, mais je ne vais pas lui mâcher le travail.

– Et après ? hésite-t-elle, embarrassée. Tu… tu comptes sortir ?

– Pourquoi cette question ?

– Non, c'est juste qu'il y a ce film dont on a parlé, qui passe à la télé et je…

– Nell ! la coupé-je, amusé. Si tu veux savoir quelque chose, demande-le-moi clairement, et je peux te promettre que tu auras une réponse !

Elle soupire encore, mais retient un sourire.

– Tu n'es pas sorti de la semaine, alors je m'interroge : quand le Kyle qui se trompe de chambre au milieu de la nuit refera-t-il surface ?

– Tu es en train de me demander de débarquer dans ta chambre en pleine nuit ? me moqué-je.

– T'es insupportable ! râle-t-elle. Tu sais très bien ce que j'ai voulu dire.

– Et toi, tu sais très bien que, si j'étais dans cet état-là, c'était pour noyer mon chagrin et essayer d'oublier. Mais je n'ai plus rien à oublier maintenant…

Nell semble satisfaite de ma réponse. Son sourire n'a jamais été aussi radieux. Et moi, c'est ça qui me rend heureux.

***

Je reviens au salon après avoir aidé Nell et Tara à débarrasser la table du dîner. Et, sans m'y attendre, je reçois une tape sur l'épaule. Je me retourne.

Mon père.

La main de Donovan est posée, mais il ne la retire pas.

Il me fait quoi, là ?

Mon regard va de sa main à ses yeux plusieurs fois. Il l'enlève enfin.

– Kyle, mon fils, commence-t-il. Je voudrais profiter de ce qu'on soit tous là afin de te remercier pour tes nombreux efforts ces derniers temps. Tu ne sors plus pour rentrer au petit matin, tu donnes un coup de main à Tara, tu viens à table avec nous quotidiennement et tu es beaucoup plus agréable avec tout le monde. Tes efforts sont remarqués et très appréciés. Et pas uniquement par moi, mais par Tara aussi. Je pense même que je peux me permettre de parler au nom de ton frère et de ta sœur également. Bref, de toute la famille.

Même si je n'ai pas aimé que mon père me donne une tape sur l'épaule comme si on était proches, j'étais prêt à laisser tomber. Je comptais faire comme d'habitude, le laisser parler et l'ignorer. Mais son petit discours de merde me reste en travers de la gorge.

Sœur.

Famille.

Je voulais me contrôler, mais je craque.

– Tu ne comprends vraiment rien ! craché-je. Tu ne vois rien d'autre que ta petite personne, ton petit bonheur à toi. T'en as rien à foutre de ce que je ressens, de ce que je suis et de ce que je souhaite !

Je serre mes poings et quitte immédiatement la pièce. Je ne veux pas frapper mon père devant Nell. Pour elle et sa mère. Je me retrouve dans le grenier. Je ne prends pas le temps d'enfiler mes gants et tape déjà dans mon sac.

Mon père a gâché ma vie, il a gâché la vie de ma mère, la vie de mon demi-frère. Il gâche la vie de Nell. Et il finira certainement par gâcher celle de Tara. Il gâche toujours tout. Il détruit tout et tous ceux qui l'aiment. Ses femmes, ses enfants…

Maman…

Nell…

J'enchaîne les coups, je frappe toujours plus fort, je m'énerve, je donne tout, je crie… Je pleure.

– Kyle…

Je n'ai pas entendu Nell arriver.

Putain, non !

Elle ne doit pas me voir dans cet état. Je ne veux pas qu'elle me voie chialer. Je ne m'arrête pas de cogner mon foutu sac de sable et lui tourne le dos.

– Reste pas là, Nell !

– Je suis là pour toi, tu le sais ? insiste-t-elle.

Pars, Nell, s'il te plaît !

– Dégage, putain, je t'ai rien demandé ! J'ai besoin d'air, merde !

Je perçois son hoquet de surprise, tout comme je perçois le mal que je viens de lui faire en lui criant dessus. Elle quitte le grenier. Et je continue de frapper. Je frappe jusqu'à ce que je n'en aie plus la force. Alors, seulement à ce moment-là, je m'arrête et me laisse tomber par terre. Je ramène mes jambes contre moi et pose mes bras sur mes genoux. Je reprends mon air. Je reprends mes esprits. Mes yeux tombent sur le demi-loup sur mon avant-bras, et je repense à Nell… J'ai été tellement con de m'en prendre à la fille que j'aime alors qu'elle n'y est pour rien !

Je saute aussitôt sur mes jambes pour aller la voir. Je frappe tout doucement à sa porte. Je n'attends pas qu'elle m'autorise à entrer parce que je refuse qu'elle me l'interdise, je refuse qu'elle soit malheureuse à cause de moi. Sa chambre est plongée dans le noir. Seule une petite lampe éclaire faiblement l'une des tables de chevet de son grand lit.

Nell est allongée sur le côté. Je ne vois que son dos, mais je sais qu'elle ne dort pas. Son corps est parcouru de petits spasmes. Elle pleure. Par ma faute.

Je contourne son lit et m'approche doucement d'elle. Elle me voit, mais ne me regarde pas. La découvrir comme ça, à cause de moi, me fend le cœur. Sans un mot, je m'allonge près d'elle. Mon visage à quelques centimètres du sien, je la force à me faire face.

– Pardonne-moi, je ne suis qu'un gros con ! murmuré-je.

Ensuite, je dépose un baiser sur son front. Les sanglots de Nell semblent se calmer.

– Tu veux bien que je dorme avec toi cette nuit ? tenté-je. Juste dormir. Y a pas de mal à ça. Et, quand tu te réveilleras demain matin, j'aurai disparu, comme si je n'étais jamais venu…

Nell hoche la tête immédiatement. Mon idée lui plaît bien. Elle doit en avoir autant besoin que moi. Je l'enlace tendrement. Elle se love contre moi. Et nous trouvons enfin le sommeil.

18

Avant ce jour-là

Kyle

Le soleil est déjà levé, mais il me reste encore quelques minutes avant de rejoindre ma chambre. Je regarde Nell dormir et je me fais violence pour ne pas la réveiller afin de l'embrasser, la toucher. J'ai une trique pas possible, tous les matins, depuis qu'on dort ensemble. C'est parti d'une engueulade, et puis c'est devenu une habitude, un rituel.

On ne fait rien de mal, on dort juste ensemble. On ne s'embrasse pas. On ne fait pas l'amour non plus. Mais ça devient de plus en plus dur de résister à la tentation. Je sais qu'elle aussi en a envie, alors j'essaie d'être fort, de ne pas trop la pousser. Mais, hier soir, on a déconné. J'ai passé ma main dans ses cheveux puis sur son dos. Ma paume s'est laissé séduire par les courbes de Nell. Sa taille, sa hanche, sa cuisse. Et puis on s'est caressés, un peu puis beaucoup. Et, pour la première fois depuis quelques semaines, nous avons fini presque nus.

Je me penche délicatement pour embrasser la tempe de Nell avant de sortir du lit. J'enfile mon jean et mon tee-shirt sans faire de bruit. Je couvre ses jambes nues jusqu'à atteindre le bas de son débardeur. Enfin, je peux sortir sur la pointe des pieds. Je passe le palier et entre dans ma chambre.

– Il a bien dormi, le petit bâtard ? demande Hunter.

Putain ! C'est pas vrai !

– Qu'est-ce que tu fous dans ma piaule ? Dégage !

– J'ai compris votre petit manège.

Je feins de ne pas saisir.

– Je ne sais pas de quoi tu parles, mais je viens de rentrer de soirée et j'aimerais bien me coucher maintenant, tenté-je.

Hunter se lève de mon fauteuil en tapotant son téléphone.

– Ne me prends pas pour un con, Kyle ! Je vous ai eus ! se réjouit-il.

En se dirigeant vers la sortie, Hunter passe devant moi en me montrant son téléphone.

Il nous a pris en photo pendant qu'on dormait !

Il pose la main sur la poignée de la porte.

– Félicitations ! s'amuse-t-il. Tu es un détraqué qui se tape sa demi-sœur, et grâce à ça, je vais enfin pouvoir me débarrasser de toi !

– Hunter ! Non ! Tu ne dois rien dire !

– Je vais me gêner, raille-t-il. Et je ne vais pas perdre un instant.

– Non ! Arrête ! Hunter, je t'en supplie, je ferai tout ce que tu veux, mais tu ne dois pas faire ça à Nell.

Je le supplie, je lui offre tout ce qu'il veut, mais ce qu'il veut, c'est me briser.

– Va te faire foutre, Kyle !

Il ouvre la porte et, pris de panique, je m'élance après lui. Je ne supporterai pas qu'il fasse du mal à Nell. Il peut bien me détruire, mais pas elle. Sur le palier de l'étage, je saute sur mon demi-frère pour récupérer son téléphone et supprimer cette putain de photo. Mais il esquive mon attaque et je me prends un mauvais coup de coude. Je réplique par un coup de poing. Cette fois, Hunter se défend, et nous nous déchaînons l'un sur l'autre. Nous nous déchargeons, à coups de pied et de poing, de nos dix-neuf années de rancœur.

Mon père hurle. Son cri est fort et rauque, mais cela ne nous arrête pas. Mon demi-frère continue à me frapper, et je fais de même. J'entends Nell crier, mais je dois récupérer ce téléphone. Je donne un autre coup et, brusquement, Hunter laisse tomber son mobile, qui atterrit aux pieds des parents, l'écran allumé sur la photo compromettante.

Mon cœur loupe un battement quand mon père se penche pour prendre l'appareil et regarde le cliché.

Non, non, non !

Sous le choc, il ne réagit pas tout de suite. Intriguées, Tara et Nell regardent à leur tour.

Hunter et moi voyons leurs trois visages se décomposer l'un après l'autre. Contrairement à mon père, Tara ne tarde pas à réagir.

– Qu'est-ce que c'est que ça ? rugit-elle. Mon Dieu ! C'est pas possible ! Mais… mais qu'est-ce que vous avez fait ?

Puis elle se concentre sur moi uniquement.

– Qu'est-ce que tu as fait à ma fille ? m'accuse-t-elle. Tu as fait ça pour nous causer du mal ? C'est ça ? Tu l'as séduite pour briser ton père ? Pour briser notre famille ? Tu as joué avec ma petite fille alors qu'elle est si fragile depuis l'accident !

– On dirait que tu as réussi à atteindre ton but, crache mon père.

Je les regarde tour à tour. Nell est en larmes. Tara affiche une expression de dégoût. Quant à mon père, c'est de la honte qu'il me montre.

Je ne peux pas rester là sans rien faire, sans rien dire, sans leur prouver que tout est leur faute, à eux !

– Je ne joue pas avec elle, m'agacé-je. Je suis amoureux de Nell ! Et ce, bien avant votre mariage, bien avant l'accident. Pourquoi croyez-vous que nous étions dans le même bus, tous les trois, ce jour-là ? Parce que Nell est ma petite amie et que maman nous soutenait. Il n'y a rien de dégueulasse ou de manipulateur là-dedans. Nell et moi, on s'est rencontrés bien avant vous. Notre histoire d'amour dure depuis bien plus longtemps que la vôtre. Tenez, regardez !

Je prends le bras de Nell, que je colle au mien pour fusionner nos tatouages.

– Non, Tara ! Je ne joue pas avec votre fille. Je l'ai dans la peau !

– C'est pas possible ! persiste Tara, butée. Vous êtes frère et sœur, maintenant… Dis-leur, Donovan !

– On ne se sent pas frère et sœur, maman, argumente Nell. Et on ne le sera jamais ! Ni génétiquement ni sentimentalement. On ne peut pas transformer notre véritable amour en amour fraternel. C'est impossible. On a essayé ! Vous avez votre vie à deux et vous faites ce que vous voulez, mais vous ne pouvez pas imposer votre couple et interdire le nôtre. Nos deux histoires sont distinctes.

– Pourquoi vous nous faites ça ? s'écrie Tara en s'effondrant.

– Maman, s'adoucit Nell. Je n'ai toujours voulu que ton bonheur depuis le divorce. C'est aussi pour ça que je t'ai caché ma relation avec Kyle avant l'accident. Mais j'allais t'en parler. Ce n'était l'affaire que de quelques jours. Amy devait m'aider à trouver les mots pour te l'annoncer. Il faut que tu comprennes que, si l'accident avait eu lieu une semaine plus tard, nous n'en serions pas là. Maman, je t'aime du plus profond de mon cœur, mais il faut que tu acceptes que j'aime Kyle. C'est là, en moi, dans mon cœur, dans mon âme, dans ma peau. Crois-tu que je me serais fait tatouer sans être sûre de mes sentiments ? Et j'ai eu beau perdre la mémoire et l'oublier, le destin nous a réunis à nouveau, et je retombe inlassablement amoureuse de lui. C'est comme ça, je ne peux pas vivre sans lui. On est faits pour être ensemble. C'est écrit. Et si, nous, on accepte votre histoire, vous devriez accepter la nôtre.

La situation est dramatique, et pourtant je viens de vivre l'un des moments les plus forts de ma vie. Nell vient de me faire la plus belle des déclarations d'amour que je pouvais espérer. Pour la première fois depuis notre rencontre, elle a fait passer sa mère après nous. Elle lui a tenu tête et lui a tout avoué, alors que ça lui semblait tellement insurmontable.

Malgré tout, Tara est en larmes. Elle couvre son visage de ses mains, comme si nous voir devant elle lui faisait mal.

– C'est donc pour Nell que tu as accepté de revenir vivre avec moi ! dit Donovan en me dévisageant, bouche bée.

J'acquiesce d'un signe de tête. Il est complètement déboussolé. Il se prend la tête entre les mains pour réfléchir. Nell et moi nous regardons, prêts à les affronter, ensemble. Je lui tends la main. Elle me rejoint et la prend. Je suis soulagé qu'elle reste forte face à l'autorité parentale. Hunter demeure en retrait, certainement pour se délecter du spectacle.

– On ne peut pas tolérer ça, statue mon père. Kyle, tu ne peux pas rester. Tu dois quitter notre famille.

– Non, hurle Nell. Maman, je t'en supplie ! Vous n'avez pas le droit de faire ça !

– Nell, crache sa mère. Ne m'oblige pas à t'envoyer chez ton père ! Maintenant, va te préparer, tu as cours !

– Kyle, rassemble tes affaires, balance mon père.

Je prends la nouvelle comme une bombe en pleine gueule. Nous sommes là, tous les cinq, sur le palier, sans un bruit. On attend peut-être que quelqu'un intervienne, dise un mot, fasse un geste. Mais, en réalité, ils attendent que nous nous exécutions, Nell et moi. Et c'est ce qu'elle fait. Nell baisse la tête et regagne sa chambre. Et c'est seulement une fois sa porte fermée que je rejoins la mienne. La tête haute, mais le cœur brisé de la voir se soumettre si facilement, sans même m'adresser un regard de regret.

Je prépare mon sac. Le même que celui avec lequel j'ai emménagé, il y a plus d'un an maintenant. J'y fourre une bonne partie de mes fringues et les rares choses qui me sont chères, comme l'album photo de ma mère et mon livre *Croc-Blanc*. Maman me l'a offert quand j'avais 13 ans. C'est de là que ma passion des loups et du grand air est née.

Mon sac fermé et ma porte close, je m'arrête un instant devant la porte de Nell. Je n'ai pas compris sa réaction tout à l'heure. Pourquoi se plier ainsi et ne pas se rebeller quand on lui a demandé de se préparer pour l'école ?

J'aimerais entrer dans cette chambre et lui demander de partir avec moi, mais je ne le ferai pas parce que c'est ce qu'il y a de mieux pour elle : rester ici pour le moment. Je passe mon chemin et descends au rez-de-chaussée. Je traverse le salon pour récupérer ma veste, que j'ai laissée traîner hier. Donovan et Tara sont sur la terrasse, dehors. La baie vitrée est repoussée, probablement parce qu'ils ne veulent pas être entendus. Mon passage attire leur attention. Ils me fixent, me dévisagent, me jugent. Mais je n'ai rien à me reprocher alors je ne faiblis pas face à eux. Tara se met à pleurer encore une fois. Une main devant sa bouche, elle détourne le regard. Comme si me voir était trop difficile pour elle. Mon père, quant à lui, ne me lâche pas des yeux tout en prenant sa femme dans ses bras.

Le message est clair…

Il n'y aura pas d'au revoir et aucun retour possible.

Je me presse de sortir de la maison, l'air est irrespirable à l'intérieur. Ça me tue de partir comme ça en laissant Nell derrière moi. Après avoir appris à vivre sans elle, j'ai appris à vivre avec elle, pour elle. J'ouvre le garage pour récupérer ma moto.

– J'ai bien failli t'attendre…

Nell !

Je lâche mon sac par terre, près de ma bécane, et fonce sur elle pour la prendre dans mes bras. C'est tellement bon de la sentir contre moi ! Mais la situation ne nous permet pas de prendre de risques.

– Si ta mère te voit, elle va t'envoyer en Europe !

– Aucun risque ! assène-t-elle en riant. Je pars avec toi !

Elle me montre son sac à dos posé au sol. Je crois rêver. Je comprends mieux pourquoi elle a regagné sa chambre aussi facilement. Un grand sourire débile me barre le visage. Je prends le sien en coupe et plonge mes yeux dans son regard.

– Putain, ce que je t'aime !

Je l'embrasse longuement. Puis nous récupérons nos sacs, nos casques, et je démarre. Ensemble, nous choisissons notre avenir.

***

J'ouvre la porte de notre chambre de motel et balance les clés sur la petite table, près de l'entrée. Je tiens la porte à Nell et la laisse entrer. Pour atténuer la violence de notre départ – ou, devrais-je dire, de notre fuite – de ce matin, j'ai voulu lui faire passer une bonne journée. Nous sommes restés en ville et avons profité de notre liberté. Juste tous les deux. Elle. Moi. Libres.

La chambre est assez simple, et je regrette de ne pas avoir choisi quelque chose de plus classe. Nell mérite tellement mieux. J'aurais pu lui offrir mieux. Mais tout s'est passé si vite, ce matin, qu'on n'a pas eu le temps de prévoir quoi que ce soit, et je vais devoir faire attention à notre budget si on veut pouvoir tenir un moment sur mon héritage.

– Ça va aller, toi ? m'assuré-je.

– Ça va. Un peu précipité, tout ça, mais je me sens mieux. Libérée.

Nell s'avance vers moi et entoure ma taille de ses bras. Je l'enveloppe à mon tour et pose ma tête sur la sienne.

– Si jamais tu regrettes, sache que…

– Pas un instant, me coupe-t-elle.

J'embrasse le dessus de sa tête.

– Je t'aime.

Nell relève le visage pour me regarder. Son amour transparaît dans ses yeux. Elle se lève sur la pointe des pieds et ses lèvres se posent sur les miennes. Un baiser. Puis deux. Puis trois. Chacun d'eux est d'une douceur extrême. Et j'adore ça. J'en redemande. Encore et encore. Je me penche en avant pour qu'elle se remette correctement sur ses pieds. Et, à mon tour, je l'embrasse. Je saisis sa bouche fougueusement. Nell passe une main sur ma nuque. Ses doigts jouent avec des mèches de mes cheveux. Elle me laisse une ouverture pour glisser ma langue dans sa bouche et jouer avec la sienne. Je caresse le dos de Nell jusqu'au bas de son tee-shirt. Un doigt passe en dessous. Discrètement. Le contact avec sa peau est tellement bon. Nell intensifie notre baiser. Je prends ça pour une invitation. Ma main tout entière retrouve la ligne parfaite de sa taille. Je la caresse doucement, je ne veux pas la brusquer. Je ne suis pas sûr que le moment soit idéal. Je devine que, malgré ce qu'elle laisse paraître, Nell est profondément triste de la situation avec sa mère.

Je ralentis le rythme de notre baiser. Mais, visiblement, Nell n'est pas du même avis. Elle laisse échapper un gémissement de contestation et me plaque contre le mur juste derrière moi. Son corps tout contre le mien me rend dingue. Je lève les mains en l'air en riant.

– Je ferai tout ce que vous voulez…

– Oh ! se réjouit Nell. Vraiment tout ?

J'acquiesce, la dévorant du regard. Ma bite gonfle à

mesure que les yeux de Nell deviennent coquins.

– Alors, fais-moi l'amour, Kyle, murmure-t-elle. Comme si c'était la première fois, sans retenue, sans pression, sans interdits.

On ne joue plus, maintenant !

Je plonge mon regard dans le sien. Et je comprends ce qu'elle me demande. Son désir est ardent. Aussi puissant que son amour. J'espère être capable de lui montrer, moi aussi, combien je suis fou d'elle.

– Tu as conscience de ce que tu me demandes, Nell ?

– Pleinement ! confirme-t-elle.

Elle est remplie d'assurance – aucune hésitation dans sa voix, pas de regard fuyant.

J'embrasse son front, sa tempe, sa joue, son nez, et enfin ses lèvres. Je prends mon temps. On a toute la vie devant nous maintenant. Je veux apprécier. Chaque seconde. Comme si c'était la première fois.

J'approfondis mon baiser avec hargne parce que je n'arrive pas complètement à me maîtriser. Parce que Nell me provoque de sa bouche assoiffée, de sa langue qui me nargue. Lentement, je soulève son tee-shirt, et Nell lève ses bras pour que je puisse le lui retirer. Je m'embrase à la vue de sa poitrine. Ses seins ronds sont parfaits dans cette dentelle blanche. Je glisse mes index sous les bretelles de son soutien-gorge et joue avec. Je m'aventure à passer le bout de mon doigt à la frontière de ses seins, mais je me retiens, je veux faire ça bien. Je l'entoure de mes bras pour trouver les agrafes de son sous-vêtement, que je fais sauter en un rien de temps. Je lui retire sa dentelle et admire sa poitrine. Cédant à une pulsion presque animale, j'enlève mon haut pour être torse nu moi aussi. Je veux la sentir, la goûter, la posséder.

– C'est mieux comme ça, soufflé-je.

Nell m'examine sous toutes les coutures. Et la voir agir de la sorte me fait tellement bander que je suis serré dans mon jean. C'est à la limite du supportable. Je prends ses seins dans mes mains. Leur taille est parfaitement compatible avec mes paumes.

– Ils ont été créés pour moi, soupiré-je.

– Uniquement pour toi, confirme Nell.

Ma bouche rejoint ses lèvres pour un nouveau baiser. Et, à cette seconde, je me jure que je consacrerai ma vie au bonheur de cette fille. Mes mains contournent sa poitrine pour s'emparer de ses fesses. Je la soulève, elle s'accroche à moi. Bras autour de mon cou, jambes autour de mes hanches. J'avance jusqu'au lit, à quelques pas de nous, et y dépose Nell avec précaution. Elle semble curieuse de connaître le sort que je lui réserve. Au bout du lit, je reste debout : avant de la rejoindre, je veux m'occuper de son jean. Je me penche et déboutonne son pantalon, prêt à tirer dessus et à emporter sa culotte avec.

– Non ! Attends ! s'écrie-t-elle.

Elle a changé d'avis…

Nell enfonce sa main dans l'une de ses poches et en ressort un carré argenté.

– Tu te promènes avec des capotes depuis quand ? m'étonné-je.

– Depuis que j'ai envie que tu me retires vraiment ce pantalon, c'est-à-dire depuis notre passage à l'épicerie.

Son audace m'excite comme jamais. Je n'espérais plus entendre ce genre de paroles dans sa bouche un jour. Je réponds à son invitation et lui retire son jean pour de bon. Je m'installe au-dessus de Nell en posant mes bras de chaque côté de ses épaules. J'ai plutôt bien calculé mon coup, car je me retrouve exactement là où je voulais : au niveau de sa poitrine. Je dépose des baisers sur ses mamelons, qui durcissent instantanément au contact de mes lèvres. Je ne peux plus résister, je les lèche, souffle dessus pour faire frissonner Nell. Ses mains bataillent avec mes cheveux. J'embrasse le creux de ses seins, les caresse et les mordille avec tendresse. Nell bascule la tête en arrière et se cambre. Je gronde d'impatience. Ma bouche remonte sur sa gorge, son menton, puis retrouve ses lèvres chaudes.

Pendant que je l'embrasse langoureusement, ma main descend explorer son intimité. Je sens Nell se crisper de surprise, à moins qu'elle n'aime pas ça…

– Tu ne m'auras pas comme par le passé, m'explique-t-elle. Moi aussi, je peux prendre les choses en main…

Je souris, heureux de la voir oser, moins pudique que lors de notre première fois. Maintenant que sa mémoire est revenue, elle s'ouvre, s'expose, se donne sans crainte, sans retenue. Elle me rend fou, fou d'amour, fou d'envie.

Les doigts de Nell se chargent de la fermeture de mon pantalon. Je ne perds pas de temps à le retirer pour me libérer de la pression de ma queue. Nell s'en empare de ses doigts délicats. Un frisson exaltant me traverse de la tête aux pieds. Lentement d'abord, elle exerce un va-et-vient du bout des doigts. Peu à peu, elle prend de l'assurance et entoure ma bite de toute sa paume. Je l'accompagne dans de doux mouvements du bassin que je peine à retenir. Le rythme s'intensifie comme nos baisers, je veux la dévorer, c'est intenable. Mon cœur bat si fort que Nell doit ressentir le coup de chaque battement contre sa poitrine.

– Nell, la supplié-je.

Ma plainte est désespérée. Je ne vais pas tenir longtemps comme ça. Elle accélère encore un peu, et je la mets en garde :

– Si tu continues, je ne serai bientôt plus bon à rien avec toi !

Elle se moque, mais ralentit doucement sa pression.

– File-moi cette capote avant que j'explose, lui ordonné-je.

Nell tend le bras un peu plus loin sur le lit, là où elle a posé le préservatif, et me le met dans la main.

– Kyle ! Ta main. Elle ne tremble presque plus, s'étonne-t-elle.

Je regarde ma main droite et la tends devant moi. Je la retourne plusieurs fois pour être sûr de ce que je vois.

Mes tremblements sont quasi imperceptibles !

Putain, j'y crois pas !

Je souris, regarde ma main encore une fois, puis Nell, qui est folle de joie. Elle m'embrasse avec gourmandise.

– Est-ce que ta nouvelle main peut nous montrer ce qu'elle sait faire ? suggère Nell.

– Elle est très impatiente ! confirmé-je.

Je déchire l'emballage en faisant bien attention et en sors la capote. Je sais que Nell m'observe, alors je lui jette un coup d'œil. Elle semble concentrée, comme si elle prenait des notes mentalement. Elle apprend. Je m'applique pour qu'elle ait de bonnes bases et ne soit pas embarrassée le jour où elle voudra me la mettre seule. Je pince le bout et déroule le latex sur mon érection. Je ne perds pas un instant et me remets en position, surplombant Nell.

– Je t'ai déjà dit combien tu es belle ? lui demandé-je, comme avant.

– Autant de fois que je t'ai dit combien tu es canon, rétorque-t-elle.

Elle se souvient…

Mon cœur bondit dans ma poitrine en même temps que le bout de ma queue frôle l'entrée de son intimité. Je m'amuse avec, et je la sens mouiller. Je joue encore afin de la préparer au mieux, continuant à me presser contre elle, lui arrachant des gémissements. Nell se cambre puis ondule doucement. Son sexe cherche le mien. Je ne me fais pas prier : je m'insère entre ses cuisses dans une pénétration lente. Mais Nell est prête, bien plus que ça, même. Je vais un peu plus vite, un peu plus loin. Nell enfouit son visage dans mon cou, je sens son souffle court sur ma peau. Ses petits cris de plaisir m'encouragent. Ses jambes s'enroulent autour de ma taille, comme si Nell voulait s'ouvrir encore plus à moi. Je la pénètre entièrement. Elle est toute à moi. Nous fusionnons dans un emboîtement sur mesure.

– Oh, Kyleeeee, rugit-elle.

Elle s'abandonne pleinement, me laisse le contrôle. Je la possède. Corps et âme.

Je donne un ultime coup de reins, celui qui la libère et qui me fait exploser. Son intimité se contracte autour de ma queue, et c'est l'une des sensations les plus agréables du monde. Des frissons parcourent mon corps tendu, et je finis par me décontracter entièrement. Je dépose un chaste baiser sur la bouche de Nell tout en me retirant.

– Je t'ai déjà dit combien je t'aime ? soufflé-je dans un dernier effort.

– Jamais assez, réclame Nell.

– Je t'aime, Nell. Je t'aime, répété-je inlassablement jusqu'à ce qu'elle me supplie, en riant, de m'arrêter.

19

Oublier… encore

Nell

– Allez, goûte, tu vas voir, c'est délicieux, insisté-je.

Je tends ma cuillère vers Kyle, assis en face de moi.

– Non, vraiment, ça ne me dit rien, refuse Kyle.

Je mange le dernier morceau de la part de gâteau au chocolat que j'ai commandée.

– Tu veux une autre part ? me demande Kyle, inquiet.

– Non, merci. Et arrête de faire cette tête-là.

Je tends le bras sur la table et pose ma main sur celle de Kyle. Du bout des doigts, je le caresse.

– Comment tu veux que j'arrête de m'inquiéter pour toi ? C'est ton troisième malaise depuis hier. Je n'ai même pas dormi de la nuit tellement j'étais inquiet. Et là, tu me fais un malaise en pleine route, déplore-t-il. Je n'ose même pas imaginer ce qui serait arrivé si tu étais tombée de la moto.

Kyle secoue la tête. Mes baisses de tension le tracassent beaucoup trop.

– Ce ne sont pas des malaises, mais des vertiges, ce qui est complètement différent. Et ce n'est rien du tout, j'ai l'habitude, ajouté-je en balayant ses inquiétudes d'un signe de la main.

– L'habitude ? Comment ça, l'habitude ?

– J'en fais de temps en temps au lycée, et l'infirmière m'a expliqué que c'est quand j'ai un coup de stress. Tu vois, c'est rien de méchant. Ça va passer, il n'y a vraiment pas de quoi s'en faire, l'informé-je.

– Je ne suis pas d'accord ! proteste-t-il. Avec tes antécédents…

Kyle s'arrête tout seul en plein milieu de sa phrase. Il se passe plusieurs fois les mains sur le visage. On dirait qu'il est en train de prendre la plus grande décision de sa vie. Maintenant, c'est lui qui m'inquiète.

– J'ai du mal à croire que je vais dire ça, peste-t-il.

Les doigts de Kyle s'entremêlent doucement aux miens.

– Notre situation, tout ça, poursuit-il. Partir sur un coup de tête, sans savoir où on va, comment on va faire, où on va aller… Ce n'est certainement pas l'idéal pour ta santé. Ça doit forcément jouer sur ton stress et tes « vertiges ». Je t'aime, Nell, plus que tout au monde. Et je sais que tu m'aimes. Et tu as fait de moi le plus heureux des hommes en choisissant de partir en ma compagnie, mais j'ai réfléchi toute la nuit et… putain…

Il fait une pause et détourne le regard un instant. Il cherche son courage. Et moi, je cherche la force d'écouter ce qu'il va me dire.

– Tu dois rentrer ! tranche-t-il.

– Non.

Je ne m'énerve pas. Je ne pleure pas. Je réponds avec le plus grand calme. Parce qu'il ne pourra pas me convaincre.

– S'il devait t'arriver quoi que ce soit, je ne me le pardonnerais pas ! argumente-t-il.

– Il est hors de question que je te quitte. Je préférerais crever. On peut boucler le dossier, maintenant ?

Je peux encore décider de mon avenir. Et il est avec Kyle Carter !

Kyle me regarde longuement, puis finit par soupirer. Je sais que ça ne lui plaît pas, mais il ne renchérit pas, comme s'il acceptait de clore la discussion.

– On reprend la route ? demandé-je pour changer de sujet.

– D'accord, capitule-t-il. D'ailleurs, j'ai pensé à un endroit où j'aimerais t'emmener. On y allait quand j'étais gosse avec mes parents, ça te tente ?

Il paraît avoir retrouvé un semblant de sourire, et le mien s'étire.

– Je te suivrai n'importe où…

***

Kyle roule moins vite depuis que nous avons quitté la ville pour un paysage plus vert. Je ferme les yeux et respire l'air pur.

Que c'est bon…

Je m'accroche à Kyle. Ma main se fraie un chemin sous sa veste, puis sous ses vêtements pour toucher du bout des doigts un petit morceau de peau. Elle est si douce, si chaude, divine.

– On va faire une pause là, me crie Kyle.

Il ralentit encore et traverse la route déserte pour atteindre la petite station-service.

– Il n'y a vraiment personne, ici, constaté-je en retirant mon casque alors que Kyle commence à faire le plein.

– Si, il y a l'employé de la station, réplique-t-il avec un sourire.

– L'air est pur. C'est ce qui me manquait quand j'ai quitté le Vermont.

J'inspire profondément en écartant les bras et en tournant sur moi-même.

– Arrête de tourner comme ça, tu vas tomber et tu vas te faire mal, me sermonne-t-il.

J'entends Kyle refermer son réservoir, alors je m'arrête de tourner et je reviens auprès de lui. Il fouille dans son portefeuille et compte les billets.

– Tiens, va payer pour le carburant et achète-toi un truc sucré à manger pour éviter de me faire un malaise, d'accord ?

– Oui, papa…

Je prends sa petite liasse de billets en levant les yeux au ciel avant de tourner les talons en direction de la boutique. Mais Kyle me retient par la main et me fait tourner sur moi-même. Je me retrouve face à lui et il m'emprisonne dans ses bras.

– Hey ! Boude pas…

– Je ne boude pas, le taquiné-je.

Il rit à gorge déployée parce qu'il sait que je le fais exprès.

Ce rire…

Soudain, il s'arrête. Son regard est nostalgique. Ses yeux de loup brillent et ses éclats d'ambre ressortent encore plus. Il est beau. Tellement beau. Autant dehors que dedans.

Je l'aime !

– Je t'ai déjà dit combien je t'aime ? murmure-t-il.

– Tu lis dans mes pensées, avoué-je.

– Mais je l'ai dit en premier, regarde : je t'aime, Nell !

– Je t'aime, idiot !

Il me fait rire. J'aime ça. C'est tellement bon d'être là, tous les deux, comme avant, comme un couple, libres, sans jugements, à juste s'aimer et rien d'autre.

Doucement, Kyle m'embrasse. C'est bon. C'est chaud. C'est doux. C'est délicieux. Quand il m'embrasse, ce n'est pas juste un baiser. Il le fait avec tendresse, amour, délicatesse, habileté. C'est tout en retenue, léger, fragile. C'est pur. C'est vrai. C'est nous.

Lorsqu'il me libère, je m'éloigne pour aller à la boutique.

– Je t'aime ! crie-t-il.

– Je t'aime ! lui hurlé-je en me retournant.

Je marche en reculant jusqu'à l'entrée de l'épicerie, et nous nous déclarons notre amour à tour de rôle au milieu de nulle part. J'entre en riant parce que j'ai eu le dernier mot. C'est mon « je t'aime » qui a gagné.

Je parcours les quelques rayons à la recherche de mes biscuits favoris, mais ils n'en ont pas. Alors, après une hésitation, j'opte pour une boîte de cookies au chocolat. Je me dirige vers la caisse et salue le monsieur en posant mes gâteaux.

– Ça et le plein de la moto, s'il vous plaît, annoncé-je.

L'homme tape sur sa caisse enregistreuse et m'annonce le prix. Je compte mes billets et réalise que Kyle m'a donné beaucoup trop.

Voilà, c'est ça, de faire l'idiot !

Je paie le pompiste et attrape mon paquet de cookies.

– Vous savez, ma petite, il n'y a pas grand monde qui

passe dans le coin. Ici, y a que des habitués qui s'arrêtent chez moi, ils ne pourront pas vous emmener bien loin. C'est pas l'endroit idéal pour faire du stop…

– Ah, mais je ne fais pas de stop, rétorqué-je en riant. Je suis avec mon petit ami, là-bas, à moto.

Le monsieur lève ses gros sourcils gris.

– Si vous parlez du type à moto, il est parti quand vous étiez au fond du magasin, m'annonce-t-il.

J'éclate de rire, mais son sérieux me calme. Il me fait peur. Sans réfléchir, je cours jusqu'à la pompe, mais il n'y a plus rien ni personne. Mon cœur bat à tout rompre, c'est impossible, il ne serait jamais parti sans moi, c'est une blague.

Mais quand je baisse les yeux, je trouve mon sac à dos resté par terre. Je m'avance et prends d'abord le livre posé dessus. Je le reconnais. C'est son livre. Celui qu'il lit tout le temps. Celui que lui a offert sa mère.

Croc-Blanc.

Sur la couverture tant abîmée, au marqueur, je peux lire :

OUBLIE-MOI !

Non. Il ne peut pas. Il n'a pas le droit. Je ne veux pas. Je ne peux pas. Je n'abandonne pas.

Je sors mon téléphone et l'appelle sans attendre. Il ne répond pas et je tombe sur sa messagerie. J'essaie encore, puis encore et encore. Et ça finit par sonner dans le vide, puis ça raccroche automatiquement.

Il n'a pas fait ça…

Kyle m'a bloquée, il a mis mon numéro en indésirable. Le choc me terrasse et je sens tout mon être se briser : mon cœur, mon corps, mon âme, tout me lâche, et je me laisse tomber au sol en éclatant en sanglots.

Je ne suis plus rien, ni personne…

Au bout d'un moment, le monsieur de la station vient me voir.

– Mademoiselle ? Vous allez bien ? Vous voulez que je vous appelle un taxi ? Vous ne pouvez pas rester là, comme ça… Je doute que votre ami revienne, ce n'est pas raisonnable de l'attendre.

Je ne lui réponds pas. Mais je l'ai entendu.

Je pourrais appeler Penny…

Je sais que mon amie ne me jugera pas et ne me posera pas de questions. Et je peux compter sur elle pour me sortir du pétrin.

Le pompiste revient à la charge. Je ne le regarde pas, je n'ai pas envie de l'écouter encore. Il s'assied à côté de moi et allonge ses jambes par terre. Ses baskets hors de prix m'interpellent. Je me tourne vers lui.

Hunter ! Mais qu'est-ce qu'il fait là ?

– Je suis venu te chercher, bafouille-t-il.

Il a l'air penaud, mais j'en ai rien à foutre. Plus rien ne compte.

– On peut aussi rester là un petit peu, suggère-t-il.

Je l'ignore toujours, indifférente.

– Il ne reviendra pas, Nell, me confie-t-il.

À nouveau, mes yeux se remplissent de larmes, qui finissent par couler toutes seules.

– C'est lui qui m'a demandé de venir te chercher, ajoute Hunter.

– Pourquoi toi ?

– Il sait que tu ne serais jamais montée avec mon père ou ta mère.

Il me connaît mieux que quiconque.

– Il m'a envoyé un message en début de journée, poursuit-il. Et cet endroit était à mi-chemin de là où vous vous trouviez et chez nous. On venait par là quand on était gosses…

Alors, il n'a pas menti…

Mais peu importe : dans tous les cas, il ne reviendra pas…

20

Coupure

Nell
Quelques mois plus tard

Pas maintenant !

J'entends qu'on toque à ma porte, mais je n'ai aucune envie de répondre. Je n'ai pas envie d'être dérangée, je ne veux voir personne, parler à personne. Mais la personne insiste, alors je cède de mauvaise grâce et l'invite à entrer.

Hunter passe le pas de ma porte en me faisant un petit signe de la main.

– Qu'est-ce que tu veux, Hunter ?

Allongée sur mon lit, je reporte mon attention sur mon livre.

– Mon père vient de rentrer, hésite-t-il. Il… il est passé déposer des fleurs sur la sépulture d'Amy, c'est… ça aurait été son anniversaire aujourd'hui. Je me suis dit que tu aimerais le savoir.

Je ne lis plus, le regard fixé sur un point invisible, au milieu de ma page. Ma mâchoire se serre. Je digère l'information. Et, après un petit silence, je m'assieds sur le bord de mon lit, marque ma page et referme le livre. Celui de Kyle. *Croc-Blanc*. Les yeux du loup en couverture ont eu la chance d'échapper au marqueur que Kyle a utilisé pour me laisser un message.

– J'en ai profité pour parler avec mon père, poursuit-il. Et il y avait ta mère aussi. On a parlé de lui…

– Pourquoi ? demandé-je calmement. Ça fait plusieurs mois qu'il est parti. Personne ne parle jamais de lui. Personne. Il a même disparu des photos de la maison. C'est comme s'il n'avait jamais existé, comme si c'était un fantôme qui ne hante que moi. Alors, je te demande pourquoi, Hunter. Pourquoi c'est maintenant que tu en parles ?

Le fils de mon beau-père vient s'asseoir près de moi. Je comprends qu'il pèse ses mots avant de me parler.

– Quand il est parti, j'ai essayé de m'excuser pour la photo. Je ne sais pas si tu te souviens, mais tu n'avais pas été tendre avec moi. Tu m'avais envoyé mes quatre vérités en pleine gueule, me rappelle-t-il.

– Tu l'avais mérité.

– Tu avais raison, Nell ! m'avoue Hunter. J'étais aveuglé par la haine et c'était tellement plus facile de la diriger contre Kyle que contre mon père. Les infidélités de mon père n'avaient rien à voir avec nous. Kyle n'était qu'un gamin qui subissait ses conneries. Comme moi…

– C'est bien que tu l'aies compris, approuvé-je. Même si ça ne t'a pas interpellé à l'époque. Tu en auras mis, du temps, mais mieux vaut tard que jamais. Quelque chose a changé ?

– Oui, moi. À cause d'une fille. Julia. Avant elle, je ne savais pas ce que c'était de vraiment aimer quelqu'un. Elle m'a ouvert les yeux. Elle m'a fait entendre raison sur notre situation familiale.

Hunter est amoureux... Si Kyle savait ça…

Cette pensée m'amuse. Et même si ça ne change rien à ce qui s'est passé, je suis malgré tout contente pour Hunter.

– Tous les mois, mon père verse une somme suffisante sur le compte en banque de Kyle, me rapporte-t-il. Il a assez pour vivre dignement… si ça peut te rassurer un peu. Mais ils n'ont pas de nouvelles.

Je feins l'indifférence, mais Hunter n'est pas dupe. Sinon, il ne serait pas là, à me raconter tout ça.

– J'ai essayé de leur parler, me révèle-t-il. J'ai vraiment tenté de leur faire entendre raison, je te jure ! Je leur ai dit que vous n'y étiez pour rien, puisque vous étiez en couple avant leur rencontre. Mais ils n'ont rien voulu savoir. Ils m'ont prié de ne pas me mêler de ça parce que c'est compliqué.

C'est compliqué...

– Toujours la même excuse, m'agacé-je.

– Je suis désolé, souffle Hunter en se levant.

Il regagne le palier au moment où Donovan nous crie « À table ! » du rez-de-chaussée.

Je pose le livre de Jack London sur mon lit, à l'endroit où se trouvait Hunter quelques secondes plus tôt. Je suis soulagée de savoir que Kyle a de quoi assurer ses arrières. Officiellement, je l'ai rayé de ma vie, comme l'ont fait Donovan et ma mère. Mais, au fond, je pense à lui tous les jours. Tout le temps. Partout. Il est dans ma tête, dans mon cœur, dans mes souvenirs... Tout me ramène à lui. Dès que le moteur d'une moto gronde dans la rue, mon cœur rate un battement. Je m'en veux de ne pas savoir maîtriser ça. Je lui en veux de m'avoir fait tomber amoureuse de lui. Deux fois. Et d'être finalement parti. De m'avoir abandonnée.

J'aurais préféré ne jamais me souvenir de quoi que ce soit...

Je ravale ma peine et ma colère pour descendre manger. Je ne suis pas en conflit avec maman ou Donovan, parce que j'ai renoncé à me battre contre eux. C'est inutile. Je m'assieds en face de Hunter. À choisir, c'est quand même lui que je préfère avoir sous les yeux.

Je me sers de la salade et prends un peu de la purée maison de ma mère. J'attends qu'elle commence son interrogatoire. Je crois qu'elle n'a pas accepté d'apprendre que j'avais une double vie à New York. Si bien que, maintenant, elle porte un intérêt particulier aux moindres détails de mon existence.

– Ta journée s'est bien passée, ma libellule ?

Voilà, elle lance les festivités.

– Oui. J'ai reçu un mail de papa.

– Formidable ! s'enthousiasme ma mère. Qu'est-ce qu'il te raconte ?

– Il m'a proposé de venir le voir cet été, l'informé-je. Mais je lui ai dit que ça serait compliqué avec mon entrée à l'université.

C'est bien la réponse que tu souhaitais entendre ?

Même si ma mère est contente pour moi que j'ai renoué des liens avec mon père, elle reste formelle : en ce moment, il faut que je me concentre sur le choix de l'université que j'intégrerai à la rentrée.

– Tu as raison, approuve comme prévu ma mère. Vous verrez ça l'année suivante. C'était la bonne décision. N'est-ce pas, Donovan ?

– Tout à fait, ma chérie, rajoute mon beau-père. Mais quand même, ne t'inquiète pas trop pour l'université, Nell.

Mais je ne m'inquiète pas.

Je sais parfaitement où je vais aller. Loin. De New York, de la Floride, de vous, de tout et de tout le monde.

21

Liés par le destin

Nell
Quelques mois plus tard

Je feuillette le bloc à dessin sur mon bureau. Mes croquis ne représentent que des forêts, des montagnes, des loups, des glaciers et un visage. Celui de Kyle. Je dépose le carnet par-dessus mes cahiers et manuels scolaires. Avec un marqueur, je note sur le carton l'intérieur de son contenu. Je porte la grosse boîte jusqu'au grenier et la pose à côté du reste de mes affaires entreposées ici. J'agis tel un automate. J'essaie de laisser mes sentiments en veille.

Je retourne dans ma chambre, où le livre de Kyle est encore sur ma table de chevet. Du bout du doigt, j'en caresse la couverture. Elle est irrégulière tant elle est chiffonnée. Mon index retrace chaque lettre du « oublie-moi » que Kyle a écrit. Puis j'embrasse ma main et dépose mon baiser sur le livre. Enfin, je prends *Croc-Blanc* et le jette dans ma corbeille à papier.

– Je n'en reviens toujours pas que tu aies choisi l'université d'Anchorage, en Alaska… s'étonne encore Hunter.

Je me retourne et lui souris tristement. Il est planté dans l'embrasure de la porte. C'est l'heure du départ pour l'université et je crois qu'il pourra presque me manquer.

Hunter prend la valise près de mon lit.

– Je te la descends.

– Merci, Hunter.

Il n'en revient toujours pas de mon choix. Mais ce qu'il ignore, c'est que le Grand Nord était une *private joke* avec Kyle. Avant l'accident, quand les gens le saoulaient ou que quelque chose n'allait pas, Kyle disait sans cesse qu'un jour, il partirait dans le Nord, sur les traces de Croc-Blanc.

Alors, quand Anchorage est apparue dans mes choix d'université, ça m'a fait sourire. C'était comme un signe du destin, une façon de m'aider à prendre ma décision. J'ai trouvé que c'était une très bonne idée d'aller m'enterrer là-bas. Je serai loin de tout et de tout le monde. L'environnement de l'Alaska me rapprochera de celui du Vermont – un air pur. À l'opposé total de la Floride. Et puis Anchorage dispose de deux programmes académiques et de onze domaines d'études en art. Ce qui m'a fait très facilement obtenir le soutien des parents, même si ma mère était d'abord totalement affolée par mon choix. Hunter, lui, n'est intéressé que par le soleil de la Floride, alors ça le dépasse un peu. Il a longtemps cru que je plaisantais.

Je prends le sac à dos sur mon rocking-chair et quitte ma chambre. Sur le palier, c'est plus fort que moi : je jette un coup d'œil en direction de la chambre de Kyle. Cette pièce renferme des secrets que seuls Kyle et moi connaissons. Des moments importants de notre histoire, de ma vie de jeune femme. C'est le cœur serré et les larmes aux yeux que je descends l'escalier pour rejoindre tout le monde dans l'allée, devant la maison.

Maman et Donovan mettent mes larmes sur le compte de l'éloignement familial. Et je ne les contredis pas. Ils me serrent dans leurs bras chacun à leur tour et m'embrassent. Ma mère me donne diverses recommandations pour la centième fois. Je dois penser à me nourrir, à donner des nouvelles, à bien dormir parce que, le sommeil, c'est important… Voilà pourquoi j'ai demandé que ce soit Hunter qui me dépose à l'aéroport. J'ai prétexté que les au revoir seraient trop durs pour moi autrement.

– C'est bon, on y va ? demande Hunter alors que je monte dans la voiture.

– Non ! Attends ! J'ai oublié quelque chose.

Je sors de la voiture, mon sac à dos à la main, et je m'élance vers la maison. J'entre, monte l'escalier à toute allure et ouvre la porte de ma chambre. Je récupère *Croc-Blanc* dans la corbeille à papier, le serre contre mon cœur et le fourre dans mon sac.

Maintenant, on peut y aller !

***

Toute l'assemblée applaudit le doyen pour son discours d'accueil aux nouveaux. Les étudiants de première année et de deuxième année se mélangent, s'abordent, échangent. Il y a un monde incroyable, et bien que je sois beaucoup plus à l'aise qu'avant avec la foule, ce n'est toujours pas ma tasse de thé. Mais je ne vais pas vraiment avoir le choix. Je vais devoir me lancer. Les nouveaux arrivants doivent former des binômes de tutorat avec leurs aînés.

Je vérifie la couleur du badge avec mon prénom accroché à mon gilet. Il est bleu. Donc, les étudiants de deuxième année ont des badges rouges. Je fais un petit tour d'horizon et la bonne humeur ambiante me rassure. Les gens ont l'air sympas. C'est peut-être l'occasion de rencontrer d'autres personnes et pourquoi pas de me faire des amis. L'occasion de tout recommencer à zéro.

Un étudiant vient dans ma direction. Instinctivement, mon premier réflexe est de regarder la couleur de son badge : rouge !

– Salut, tu t'appelles Nell, c'est bien ça ? Et donc, tu es en première année ?

– Exactement, c'est un sans-faute, plaisanté-je.

– Moi, c'est Scott, se présente-t-il. Tu as déjà trouvé un tuteur ? Si non, je suis dispo, et si oui, alors envoie-le bouler et prends-moi à la place, je suis le meilleur !

Ce mec est peut-être un peu trop direct, mais au moins, il est drôle et sympa !

– C'est bon, Scott, elle a ce qu'il faut ! affirme une voix grave.

Mon cœur tambourine dans ma poitrine. J'ai chaud, je manque d'air.

Je me retourne et, derrière moi, se tient Kyle, un grand sourire sur les lèvres et un badge rouge épinglé à son pull.

22

Magie du ciel

Nell

Je me tourne dans mon lit et ouvre les yeux. Pendant une seconde, je suis surprise de me retrouver dans ma chambre d'étudiante. Je ne suis pas encore habituée à vivre ici.

Kyle !

Je me redresse et ramène la couverture pour couvrir ma poitrine nue. Je n'ai pas besoin de sortir de mon lit pour faire le tour de la chambre et constater que Kyle a disparu.

Il est parti…

Encore…

Mon cœur se serre. Mais, avant que j'aie le temps de paniquer, je me retrouve nez à nez avec le gobelet de café, le muffin et le petit mot qui m'attendent sur ma table de chevet.

Je reviens te chercher dans l'après-midi.
Sois prête !
K

Je me laisse tomber en arrière sur le matelas, un sourire aux lèvres, avant d'enfouir mon nez dans l'oreiller sur lequel Kyle a dormi. Je me délecte de son parfum, que je reconnaîtrais entre mille, comme je reconnaîtrais ses yeux de loup, fauve, vert et ambré ; l'intensité de son regard qui me transperce ; la douceur de sa peau ; la délicatesse de ses gestes et la tendresse de sa bouche.

J'étais si heureuse de l'avoir retrouvé, hier soir, à la soirée de bienvenue ! Bien que je lui en veuille toujours de m'avoir abandonnée, ma joie l'a emporté sur ma colère. Parce que je l'aime toujours. C'était tellement inespéré de se retrouver en Alaska. New York, la Floride, l'Alaska. C'est comme si le destin s'obstinait à toujours nous réunir. C'est sûrement fou, mais je veux y croire !

Mais j'ai besoin de savoir, de comprendre ce qui s'est passé pendant son absence. Malheureusement, la soirée universitaire n'était ni le lieu ni le moment pour avoir ce genre de discussion. Alors, j'ai une fois de plus cédé à la tentation du loup.

La sonnerie de mon téléphone retentit : c'est Penny.

– Alors, comment ça s'est passé dans le New Jersey ? demandé-je aussitôt.

On s'était promis de se raconter notre arrivée à l'université pour s'encourager mutuellement.

– Bien mieux que prévu s'enthousiasme mon amie. Et toi ?

– Encore mieux que ça ! couiné-je, sans pouvoir contenir ma joie. Si tu savais…

– Quoi ? Raconte, s'impatiente-t-elle.

– J'ai vu Kyle ! Ici ! À Anchorage !

Le cri de Penny manque de me percer le tympan. Elle m'implore de tout lui raconter dans les moindres détails, et je ne me fais pas prier pour revivre ces retrouvailles incroyables.

***

Toc, toc, toc.

Trois petits coups frappés à ma porte.

C'est Kyle, ça ne peut être que lui !

Je repositionne correctement mes vêtements, lisse mes cheveux et essuie mes mains moites sur mon pantalon.

C'est ridicule, je stresse comme si j'allais à un premier rencard avec un inconnu, alors que je vais juste ouvrir la porte au garçon avec qui j'ai habité pendant des mois !

Mais ce n'est pas juste un garçon.

C'est mon ex-petit ami. Mon premier amour. Mon premier baiser. Mon premier amant. L'amour de ma vie… qui m'a abandonnée.

J'ouvre la porte et il est là. Il me sourit, me couve des yeux, et je suis prête à le suivre encore une fois où il voudra.

– Je te conseille de t'habiller chaudement, lance Kyle en haussant les sourcils.

– Où on va ? me renseigné-je.

– C'est une surprise ! Je ne peux rien te dire.

– J'ai horreur des surprises, dis-je en gémissant.

– C'est nouveau, ça ! Et depuis quand ? demande Kyle, étonné.

– Depuis qu'on m'a abandonnée dans une station-service, au milieu de nulle part.

C'est sorti tout seul.

Kyle ne répond pas. Il sait qu'il l'a mérité. Mais ni lui ni moi ne souhaitons avoir cet échange sur le pas de la porte.

J'enfile une grosse parka, une écharpe et un bonnet, et me tourne vers lui.

– Je vais survivre comme ça ?

– Ça devrait aller. Par contre, tu n'auras pas besoin de ça, réplique-t-il en désignant mon sac à main.

– Tu es sûr ? J'ai ma vie là-dedans ! dis-je d'un ton paniqué.

– Formel !

Il me rassure d'un clin d'œil et je le suis jusqu'à sa

voiture. En silence, nous nous installons. Il démarre et nous prenons la route. L'ambiance est un peu bizarre. Je ne sais pas où on en est, tous les deux. J'ai envie de le frapper et de lui refaire l'amour comme hier soir. Les deux à la fois.

– On a plus de trois heures de route, alors détends-toi, OK ?

– Trois heures ? m'étonné-je. Mais c'est quoi, cette surprise, bon sang !

– Quelque chose que je veux te montrer, je ne dirai rien de plus, m'explique Kyle.

Par habitude, je fais semblant de bouder, ce qui le fait rire.

Ce rire, encore et toujours...

– Très bien ! cède-t-il. Je t'accorde une question, pas plus !

– Pourquoi tu m'as laissée ?

Je me surprends moi-même.

Un long silence s'installe. Je ne le brise pas. Je n'ai rien de plus à dire.

– On est partis tous les deux à l'arrache, sans avoir eu le temps de réfléchir, avec simplement nos sacs sur le dos. Être ensemble, c'est tout ce qui comptait, commence-t-il, nostalgique. Mais ça ne nous aurait menés nulle part, et j'avais peur pour toi, pour ta santé, pour ton avenir.

Kyle fait une pause. Je le vois déglutir et je sens qu'il y parvient avec difficulté. Ses yeux s'agitent de gauche à droite avant de se perdre sur un point invisible. Mon cœur cogne plus fort dans ma poitrine. La réponse à la question que je me pose depuis des mois est tombée. C'est un soulagement d'apprendre qu'il a fait tout cela pour mon bien, ou ce qu'il pensait l'être. Mais c'est tellement difficile d'accepter que nous ayons souffert chacun de notre côté si longtemps.

– Mais une fois seul, ç'a été tout autre chose, ajoute-t-il. J'ai erré un peu, le temps de me reprendre. Et puis je suis passé à l'université pour demander à être transféré ailleurs. J'avais besoin de m'éloigner. Il restait des places à Anchorage dans mon cursus, entre autres. J'ai bloqué dessus, évidemment. Le Grand Nord… C'était comme un signe. Un lien secret que je pouvais conserver avec toi, même si tu ne le savais pas. J'ai préféré garder mes distances. J'avais peur pour toi, peur que Tara t'envoie en Europe. Là-bas, je ne suis pas sûr que le destin soit si puissant…

Je glousse et lui raconte que j'ai repris contact avec mon père et comment ça se passe malgré la distance. Kyle me parle de sa vie ici, en Alaska. Je lui explique l'ennui des derniers mois, entourée uniquement de Donovan, maman et Hunter. Je parle de son frère, qui a changé, qui est sincèrement désolé et qui a compris…

grâce à Julia.

– On est arrivés, m'indique Kyle en se garant.

Denali National Park and Preserve

Je regarde tout autour. La nature. L'air pur du Grand Nord. Les grands espaces. Même à la nuit tombée, c'est magnifique.

– Je viens ici, dès que j'en ai l'occasion, pour faire de la randonnée et observer la faune et la flore, me souligne Kyle.

– Kyle ! l'interpelle un homme d'une cinquantaine d'années.

– Tout est prêt comme tu l'as demandé, lui confirme une dame.

– Oh ! Marty, Sonia ! Merci beaucoup. Je vous présente mon amie Nell.

Les présentations sont de courte durée, car rapidement Kyle me prend par la main et m'entraîne un peu plus loin dans le parc. Il s'arrête soudainement, content de lui.

– C'est l'endroit parfait ! se félicite-t-il, le nez en l'air.

J'observe son profil. Il y a quelque chose de changé en lui, mais je n'arrive pas bien à saisir de quoi il s'agit. Alors, j'étudie chaque détail de son visage, j'analyse chacune de ses expressions. Tout à coup, je comprends.

C'est aujourd'hui un homme plus épanoui, plus détendu, plus vivant qu'en Floride. J'aime tellement le voir si heureux, débarrassé de la colère qu'il contenait depuis l'accident !

– Nell ! Tu vas rater le spectacle !

Kyle me fait signe de regarder vers le ciel. Le spectacle des aurores boréales est extraordinaire, saisissant. Je m'extasie face aux vagues verdoyantes dans les cieux obscurs. Des dégradés de milliers de verts différents, de jaunes, et aussi de roses qui recouvrent ce panorama de montagnes. C'est à couper le souffle.

Je regarde Kyle, je veux l'admirer alors qu'il s'émerveille devant la beauté du ciel.

C'est une évidence. Lui. Là. C'est sa nature. Sa destinée.

– Kyle, soufflé-je tendrement. Tu l'as toujours, notre tatouage, ou tu l'as fait enlever ?

La question sort d'elle-même, comme un besoin d'une ultime confirmation que nos vies sont éternellement liées.

– Je l'ai dans la peau, pour l'éternité.

Son aveu me remplit le cœur. Ses yeux fauves plongent dans les miens, pleins d'attente et d'appréhension. Son regard me supplie de lui pardonner. Et, face à Kyle, je ne peux pas résister. Je me mets sur la pointe des pieds. Mon visage s'approche du sien, nos souffles glacés se rencontrent dans ce froid saisissant.

Je presse mes lèvres contre les siennes, lui transmettant ma chaleur avant de me reculer pour mieux voir sa réaction, le cœur battant.

– Je t'aime toujours, Nell.

– Ici, loin de tout, nous ne sommes rien ni personne. Nous sommes juste nous. Et nous pouvons vivre comme nous l'entendons. Nous pouvons nous aimer. Parce que je n'ai jamais cessé de t'aimer, Kyle. Ici, en Alaska, nous sommes là où nous avons toujours voulu être ensemble. Nous sommes libres. Qui pourrait nous reprocher quoi que ce soit sur la banquise ?

Et quand bien même, je ne veux plus jamais me séparer de lui. Nous sommes adultes, et peu importe le regard des gens ou ce qu'en pensent nos parents. C'est lui et moi. Et c'est tout !

– Nous sommes destinés l'un à l'autre, Nell ! C'est écrit ! C'est toi qui l'as dit…

23

Les signatures

Nell

[Ma libellule,
tu rentres pour Noël ?
Je t'embrasse. Maman]

Je soupire en découvrant le texto de maman alors que je danse d'un pied sur l'autre pour combattre le froid en attendant Kyle sur le campus, à la sortie de son travail.

Non, je ne viendrai pas…

Je n'ai pas le courage de lui répondre maintenant. Je n'ai pas envie d'entrer en conflit avec elle, je refuse qu'elle me gâche mon bonheur. Pour la première fois depuis si longtemps, je me sens revivre… et c'est grâce à Kyle. La vie nous a suffisamment séparés.

Je ne supporterai pas un nouveau drame.

Kyle me surprend en arrivant derrière moi. Il me fait tournoyer sur moi-même et finit par m'embrasser avec passion. Puis il me guide jusqu'au parking.

– Waouh ! Mais que me vaut l'honneur de ce baiser fougueux ? m'étonné-je face à son enthousiasme.

– Je ne t'ai jamais dit combien tu es belle ?

– Certainement autant de fois que je t'ai dit combien tu es beau, acquiescé-je, faisant honneur à notre rituel.

– Alors, c'est que je ne t'ai jamais dit combien tu es sexy ! ajoute-t-il en faisant semblant de réfléchir.

– Ah, si ! Ça aussi, tu me l'as dit, confirmé-je.

– Dans ce cas, c'est que je ne t'ai jamais dit combien je t'aime !

– Je le savais également ! minaudé-je en l'embrassant tendrement. Alors, pourquoi tu m'as demandé de te retrouver ici ?

– C'est une surprise ! chante Kyle.

– Génial, j'adore les surprises, dis-je d'un ton réjoui.

Surtout depuis nos retrouvailles sous les aurores boréales…

Je le laisse me conduire à destination sans poser une seule question de tout le trajet. Je note cependant que nous arrivons assez rapidement. Nous descendons de voiture et traversons la rue main dans la main.

Kyle m'entraîne dans un immeuble ancien. L'intérieur n'est pas de première jeunesse, mais le style rétro donne beaucoup de charme au lieu. Nous montons l'escalier et Kyle se dirige vers une porte du premier étage. Il sort une clé de sa poche et l'introduit dans la serrure avant de m'inviter à entrer :

– Après toi.

Je m'exécute timidement. J'ignore chez qui nous pénétrons. Rapidement, je constate que l'appartement est vide. Ce n'est pas un palais, mais c'est cosy et avec beaucoup de cachet. Il y a une chambre séparée, plutôt spacieuse, et cela me fait penser à ma minuscule chambre d'étudiante, qui va finir par me rendre claustrophobe.

Kyle me prend la main et m'attire dans le coin cuisine.

– Tu aimes ? m'interroge-t-il.

– Oui, beaucoup. Pourquoi ?

– Parce que, si tu aimes vraiment, on signe et il est à nous.

Il pose son index sur le comptoir de la cuisine, où attendent des documents.

Je ne suis pas sûre de comprendre…

Devant mon expression perdue, Kyle m'explique.

– Je te demande de vivre ici avec moi…

Ma joie s'exprime par un petit couinement suivi d'un rire nerveux. Je saute au cou de Kyle et le couvre de petits baisers. Mais soudain, la réalité me rattrape.

– Attends ! Avec nos jobs étudiants – toi, assistant d'un professeur à l'université, et moi, vendeuse dans une boutique –, je doute sérieusement que nous puissions nous le permettre. Le loyer est à combien ?

– Tout est sur le contrat, regarde bien ! me recommande Kyle.

– Un contrat de vente ?

Là, je suis encore plus perdue…

– Depuis le divorce de mes parents, Donovan versait une pension alimentaire généreuse à laquelle ma mère n'a jamais touché. Je n'y ai pas touché non plus jusqu'à présent. Donc, j'ai suffisamment pour acheter cet appartement et l'aménager. Et si on ne fait pas de grosses folies, il va même en rester.

– Tu as vraiment pensé à tout. Et tu as géré en étant raisonnable, tu m'épates ! Comment pourrais-je refuser de vivre avec toi dans ton bel appartement ?

– Notre appartement, rectifie-t-il.

– Quoi ? Non ! protesté-je. C'est ton héritage, c'est toi qui l'achètes, c'est ton appartement ! J'ai pas un rond, je vis à la charge de… ton père… Raaahhh, j'ai horreur de dire ça !

– Nell, écoute-moi, on a frôlé la mort une fois déjà, on est les mieux placés pour savoir qu'on n'est à l'abri de rien, argumente-t-il. Alors, s'il devait m'arriver quelque chose, je veux être certain que tu pourras rester chez nous ! Si on achète cet appartement ensemble, on aura assez pour vivre avec nos salaires, on n'aura plus besoin de personne et on ne devra plus rien à quiconque, tu comprends ?

Je hoche la tête.

– Tiens, reprend-il. J'ai préparé cette lettre pour nos parents, mais je ne l'enverrai que si tu le veux.

Kyle me tend une enveloppe non cachetée. J'en sors la lettre manuscrite et la parcours. Il y raconte que le destin nous a réunis encore une fois et que nous nous aimons encore plus aujourd'hui, que nous souhaitons que Donovan cesse de nous virer de l'argent, car nous voulons nous émanciper d'eux. Et que la seule chose que nous désirons, c'est qu'ils acceptent enfin notre couple.

Je pose la lettre afin de ne pas la tacher de mes larmes. Je ne sais pas si Kyle a conscience de ce qu'il me propose. Il m'offre, sur un plateau d'argent, tout ce dont je rêvais. J'ai du mal à réaliser que c'est réel, que c'est possible et que tout dépend de moi, de mon choix.

– Tu as un stylo ? J'ai des papiers à signer, annoncé-je à Kyle.

Aussitôt, il en extrait un de sa poche et je griffonne une signature au bas de la lettre. Puis je fouille dans mon sac à main et en sors une photo de Kyle et moi, que je glisse dans l'enveloppe. Je note l'adresse des parents dessus. Et enfin, je signe le contrat d'achat avant de tendre le stylo à Kyle.

***

À la suite de l'envoi de la lettre à maman et Donovan, nous sommes restés plusieurs semaines sans nouvelles.

Jusqu'à aujourd'hui...

Kyle et moi échangeons un regard intrigué avant d'ouvrir l'enveloppe qui nous est adressée. Et je ne contiens pas mes larmes de joie quand je découvre qu'il s'agit d'une invitation à leur fête d'anniversaire de mariage, qui se déroulera dans quelques mois. C'est une invitation de couple, ce qui signifie qu'ils nous acceptent et sont prêts à nous assumer face à la société. Kyle me caresse le dos pendant que j'essuie mes yeux et mes joues. Je regarde le garçon aux yeux de loup dans l'attente d'une réponse de sa part.

– Qu'est-ce que tu en penses ? insisté-je, impatiente.

– Je n'ai rien prévu ce jour-là, confirme-t-il.

Lui aussi, à sa façon, accepte de faire un autre pas vers nos parents. Je bondis sur mon téléphone et sélectionne le numéro à appeler. Les tonalités m'angoissent quand, brusquement, on décroche.

– Maman ?

Épilogue

Nell
Quatre ans plus tard

Les gestes de ma main sont fluides et précis. La mine de mon crayon glisse sur le papier avec aisance. Je suis assez satisfaite de mon croquis improvisé. Je rajoute quelques ombres pour amplifier l'atmosphère de la scène. J'écoute d'une oreille distraite maman et Julia, qui discutent près de moi, sur le canapé.

– Et toi, ma libellule ? Quand est-ce que tu me feras des petits-enfants ? demande soudainement ma mère.

– Un jour, je ne sais pas…

Je ne m'arrête pas et réponds tout en dessinant.

J'ai du mal à croire que maman et Donovan aient été auparavant opposés à notre relation, à Kyle et moi. C'était à une autre époque. Dans un autre monde.

– Ça ne te fait pas envie ? m'interroge Julia.

– Si, bien sûr, un jour, avoué-je. Mais quand je vous vois, Hunter et toi, avec les jumeaux, je me dis que ce n'est pas le bon moment.

– N'attends pas le moment parfait, il n'existe pas ! insiste maman.

– Je sais bien, maman, acquiescé-je volontiers. Mais je vais finir de préparer ma maîtrise en art d'abord. Et j'aimerais présenter Kyle à papa, quand même.

– Mais oui ! s'enthousiasme Julia. Hunter m'a parlé de ça ! Raconte-moi !

Je pose mon crayon sur mon bloc pour lui accorder toute mon attention, trop impatiente de lui expliquer notre projet.

– Kyle voulait faire un tour d'Europe pendant l'été, lui expliqué-je. L'idée est partie en discutant avec des amis, et puis mon père a très envie qu'on vienne le voir. Il veut absolument rencontrer l'homme avec qui je partage ma vie. Donc, de fil en aiguille, le projet est né.

Ça me fait un peu bizarre de dire que je vais présenter Kyle à mon père. J'ai beau lui parler au téléphone toutes les semaines, je ne l'ai pas encore revu. Notre relation s'est reconstruite peu à peu. On peut dire que l'on s'est retrouvés, papa et moi. Moi qui avais peur qu'il se soit passé quelque chose de négatif entre nous durant les deux ans que j'avais oubliés, j'ai vite été rassurée : on s'était simplement perdus de vue. Mon mail pour renouer le contact a été comme un électrochoc pour mon père, qui m'a dit en avoir pleuré. Il a beaucoup changé, et sa présence, même à distance, est essentielle pour moi.

Et ces présentations officielles entre mon père et l'homme de ma vie sont un peu une finalité, l'apogée de ce qui pourrait manquer à mon existence aujourd'hui. Je n'en espérais pas tant de la vie, ni à mon réveil après le coma ni après avoir retrouvé la mémoire. Je crois même que je n'en espérais pas tant non plus avant l'accident.

– C'est magnifique, n'est-ce pas ? s'extasie ma mère.

Elle s'est penchée sur mon bloc pour voir mon dessin – mais surtout pour que la discussion concernant mon père ne s'éternise pas. Elle a toujours du mal avec ce sujet.

Je me contente de sourire et ne lui réponds pas. C'est inutile, sa question est rhétorique. Je sais pertinemment qu'elle ne parle pas de mon coup de crayon, mais plutôt de la scène que je tente de représenter. À quelques mètres de nous, Donovan, Kyle et Hunter sont au bar du salon autour d'un whisky. Et c'est vrai que c'est magnifique de les voir discuter et rire, tous les trois ensemble.

Kyle passe sa main dans ses cheveux par réflexe. Il n'est pas encore habitué à sa nouvelle coupe courte. Il voulait être pris plus au sérieux par ses collègues de travail. Il oublie que ce sont également ses anciens profs. Ceux-là mêmes qui l'ont aidé à trouver sa voie en l'orientant vers la sculpture.

C'est le prof le plus sexy de l'université d'Anchorage, et il est à moi…

J'ignore si Kyle a senti mon regard posé sur lui, mais il tourne la tête vers nous. Il paraît surpris de nous voir toutes les trois les fixer. Sa bouche sourit encore à la plaisanterie que Hunter semble venir de raconter. Ses yeux de loup trouvent instinctivement les miens. Et je comprends immédiatement ce qu'ils me disent.

Ouais ! On est bien, là !

Les grésillements du babyphone me surprennent. Je fais une grimace de compassion à Julia. En général, quand l'un des bébés pleure, l'autre ne tarde jamais à l'accompagner. Hunter et Julia échangent un regard et nous souhaitent une bonne nuit avant de rejoindre leurs enfants dans l'ancienne chambre de Hunter.

– Je vais me coucher aussi, je suis claqué, annonce Kyle.

Il me lance un clin d'œil en me conseillant de ne pas me coucher trop tard. Puis il s'élance dans l'escalier. Je me lève pour le suivre. Il a raison, nous repartons demain matin de bonne heure. Ce week-end de Thanksgiving aura été aussi court que chargé. On n'a même pas eu le temps de voir Penny et Charly. Alors, on a prévu de s'organiser une soirée juste tous les quatre, entre couples, aux prochaines vacances, puisque nous revenons pour les fêtes de fin d'année, et eux aussi.

J'embrasse maman, la remercie pour ce merveilleux repas qu'elle nous a préparé et file retrouver Kyle à l'étage. Notre étage. Puis j'entre dans sa chambre. Notre chambre. Il est assis, torse nu, adossé à la tête de lit. Je me presse de me changer pour le rejoindre.

C'est sûr, cette nouvelle nuisette va faire son petit effet...

Lorsque je me glisse sous les draps, Kyle se redresse.

– Peux-tu prendre le livre derrière toi ? me demande-t-il en désignant ma table de nuit de l'index.

Je le fixe et un petit rire m'échappe. Il doit plaisanter.

– Nell ? Le livre. S'il te plaît.

Il est sérieux ! Il compte vraiment lire !

Piquée au vif, je tends le bras derrière moi, attrape le livre et le pose sur ses cuisses. Puis je boude, les bras croisés, en regardant droit devant moi.

– C'est pas pour moi, c'est pour toi, se moque-t-il en me tendant le livre.

Je le dévisage, déconcertée, avant de passer furtivement mes yeux sur le bouquin.

– Tu veux que je lise ? C'est *Croc-Blanc*, en plus !

Mon ego en a pris un coup. Je suis même un peu vexée de le laisser insensible ce soir, surtout pour un bouquin que nous connaissons par cœur, l'un comme l'autre.

Malgré tout, il me suffit de me plonger dans les yeux d'ambre de Kyle pour ne plus lui en vouloir. Comme à chaque fois que nos regards se croisent, il a cette étincelle que moi seule peux deviner parce qu'elle m'est destinée. Cette lueur qui se nourrit de la force de notre amour.

Les lèvres de Kyle s'étirent. Il m'offre un sourire en coin, l'un de ceux qu'il essaie de dissimuler tout en sachant parfaitement que c'est l'échec assuré parce qu'il ne peut rien me cacher.

– S'il te plaît ! insiste-t-il.

Dépitée mais un brin curieuse, je lève les yeux au ciel et prends son livre. Je m'apprête à l'ouvrir, mais la couverture m'interpelle. Quelque chose a changé. Au fur et à mesure que je détaille le dessus du bouquin, mon sourire s'élargit et des larmes de joie inondent mes yeux.

« Oublie-moi » est rayé et, dessous, je peux lire une nouvelle inscription au marqueur :

Épouse-moi

Fin

Remerciements

Mes remerciements se ressemblent souvent mais ils sont indispensables. Parce que je ne remercierai jamais suffisamment mon cher et tendre pour son soutien et sa compréhension, mes enfants pour leurs encouragements, la folle aux chats pour me pousser à avancer, et l'équipe des Éditions Addictives pour leur confiance et leur gentillesse qui me touchent toujours plus à chaque échange. Tous m'accompagnent non-stop pendant tout le processus de création et croient en moi, plus que moi-même. Et j'en ai vraiment besoin, ils n'imaginent pas à quel point ils sont importants dans mon travail, et dans ma vie tout simplement.

Je tiens aussi à remercier mes proches qui s'intéressent à mes romans, me lisent, viennent vers moi pour en discuter. Je suis bien trop embarrassée et timide pour en parler, mais vous voir faire ce premier pas, en toute sincérité, sans pression ni obligation, c'est un cadeau inestimable.

J'ai une pensée particulière pour mes merveilleuses cousines, mes adorables Parisiennes. Toujours présentes, accueillantes, surprenantes, elles comptent tellement pour moi ! On a le même sang, les mêmes gènes… (de poisse).

Merci également à chacun(e) de vous, qui lisez ce livre, ou une autre de mes histoires. Merci de donner vie à mes personnages, de me suivre à travers mes mots ou sur les réseaux sociaux. Merci pour vos messages privés, vos photos, vos commentaires. Merci d'être venus me voir à Livre Paris, de prendre du temps pour moi, quel qu'il soit. Chaque geste que je reçois me remplit le cœur.

Extrait

Your Game, My Rules

Chloe Wilkox

1
PETITS SECRETS

Tess

– Je vois d'ici les titres de la presse *people*, me charrie Kate en se vautrant à côté de moi sur le lit. « *Tess Harper, la bimbo musclée du cerveau* » : je pense que la production de *Petits secrets entre amis* va adorer, c'est tellement leur style…

– Kate, lui annoncé-je l'air grave en refermant d'un geste vif le livre auquel j'essaye désespérément de m'intéresser depuis trente minutes, je ne pense pas que j'intégrerai l'émission demain.

– Quoi ? s'exclame Kate en se redressant sur le coude. Mais Tess, on est à moins de vingt-quatre heures du premier *prime* ! T'as des doutes ? Tu veux laisser tomber, c'est ça ? Tu ne peux pas abandonner maintenant alors que tu as passé le barrage des présélections !

– Kate, pas de panique, tenté-je pour la calmer. Je n'ai pas changé d'avis et j'espère bien faire partie des dix personnes qui intégreront demain soir la Maison des Murmures.

– Alors, quel est le problème ? me demande la sympathique assistante dont le job, durant toute cette semaine d'isolement, a été de veiller sur moi.

– Le problème, soupiré-je exagérément, c'est que j'ai peur d'être morte d'ennui d'ici demain !

Pensant qu'une fois de plus je plaisante, Kate éclate d'un grand rire soulagé.

Sauf que je ne plaisante pas : je suis réellement en train de me momifier dans cette chambre d'hôtel.

Ça fait maintenant six jours que la production du show me garde enfermée au *Peninsula Beverly Hills*, avec Kate Wilson dans le rôle de la geôlière. Cela fait partie de la procédure : les vingt candidats susceptibles de rejoindre la Maison des Murmures doivent passer une première semaine coupés du monde. C'est une manière de vérifier qu'ils sont assez solides pour supporter l'émission.

En six jours, les seuls êtres humains avec qui j'ai eu des contacts sont la psy mandatée par les studios Cooper et Kate, ma *nanny* – une étudiante de troisième cycle qui a été embauchée pour me surveiller jour et nuit. Par ailleurs, je n'ai droit ni au téléphone, ni à Internet, ni même de faire un tour dans le couloir : il ne faut surtout pas que je croise un autre candidat, ça serait considéré comme un manquement à mon contrat. Tout ce que je peux faire, c'est lire les bouquins que Kate a amenés avec elle.

Et me plaindre.

– Sérieux, enchaîné-je, c'est hyper sympa de me prêter tes livres mais, quand même, tu aurais pu choisir autre chose que...

Je regarde la couverture.

– *La Nausée*, Kate ! m'exclamé-je. *Qui* a envie de lire un livre qui s'appelle *La Nausée* ?

– Les Français. À ce qu'il paraît, ils ont deux marottes : le *french kissing* et l'œuvre de Jean-Paul Sartre.

– Pour ce qui est du *kissing*, je comprends le délire. Mais pour ce qui est de Jean-Paul Sartre, j'ai du mal à suivre.

– Ils disent que ses livres sont « philosophiques » et « existentialistes ».

– Ils sont surtout sacrément chiants, oui !

– Pas faux, glousse-t-elle. D'accord, qu'est-ce que tu voudrais lire pour ton dernier soir d'emprisonnement, ma jolie ?

– Je ne sais pas, moi ! Quelque chose avec de l'action, avec des sentiments, du suspens, des trahisons...

– Attends, me dit-elle en fonçant vers sa table de chevet, je dois avoir un exemplaire d'*Anna Karénine* dans le coin...

– Je pensais plus à *Closer*, Kate, gémis-je.

– Tu sais bien que je ne peux pas faire ça... La plupart des magazines n'arrêtent pas de parler de l'émission et de spéculer sur les futurs candidats. Allez, un peu de courage ! Demain, tout ça sera fini. Tu seras dans le jeu.

– Ou bien de retour dans le F2 de ma grand-mère... Tu ne peux pas savoir comme je souhaite être sélectionnée, Kate !

– Hey ! me gronde celle qui est devenue mon amie en m'attrapant le menton. Tu es Tess Harper, la bombe sexuelle. La prod' de *Petits secrets* ne peut *pas* faire l'émission sans toi.

– Mouais… J'imagine que la prod' en a casté d'autres, des jolies filles un peu sexy…

– Oui, mais toi tu n'es pas « un peu » sexy, tu es ravageuse. Incendiaire ! Explosive ! s'exclame-t-elle en en faisant des tonnes.

– Tais-toi, Kate, ris-je nerveusement.

– Je sais de quoi je parle ! Avec tes mensurations de rêve et ton sens de la réplique qui tue, tu vas faire sensation. Les autres nanas n'ont aucune chance.

J'espère que Kate dit vrai – non que participer à *Petits secrets entre amis* soit le rêve de ma vie mais l'argent que me rapporterait ce jeu télé serait le bienvenu. À part ça, l'émission en est à sa septième saison et, bien que le public reste fidèle au poste, je commence à trouver le principe un peu éculé… Dix candidats, cachant chacun un secret, sont enfermés pendant huit semaines dans une maison ; toutes les semaines, deux candidats sont nommés par les habitants de la maison et le public vote pour celui qu'il veut voir rester. Bref, rien de bien original.

C'est d'ailleurs de critiquer le show auprès du producteur exécutif qui m'a valu de réussir les présélections.

– Pourquoi devrions-nous vous choisir, mademoiselle Harper ? m'avait-il demandé.

– Parce que votre émission est ennuyeuse. C'est toujours la même chose : dix hypocrites essayant de dissimuler qui ils sont vraiment… Moi, je ne triche jamais, M. Pierce. Je serai 100 % cash et 100 % naturelle. Et c'est pour ça que le public va m'adorer.

Il faut croire que j'ai su me montrer persuasive. Kate est absolument certaine que je suis la chouchoute de son boss, Joshua Pierce.

Difficile à croire, vu comme le mec est aimable quand il me voit.

Dès que Pierce me parle, j'ai l'impression d'entendre une vieille porte qui grince.

En poussant un nouveau soupir, je pose *La Nausée* sur ma table de chevet. Je n'y arriverai pas, ce bouquin est trop relou.

Kate me lance un jeu de cartes, que j'intercepte au vol.

– Une petite partie ?

– Désolée, mais je n'en peux plus du gin-rami.

– Ah bon ? Mais je croyais que t'adorais ça ? proteste Kate, terriblement déçue.

– Oui, ris-je, mais en six jours, je crois que j'ai eu ma dose.

Il y a vraiment des moments où Kate me fait penser à ma grand-mère !

Dans ma bouche, c'est tout sauf une injure. Ma mamie, Violetta Harper, est la femme la plus classe que je connaisse. Chez nous, à Watts, même les chefs de gangs enlèvent leur casquette quand ils la croisent. Elle a été l'une des premières blanches à s'installer dans le quartier dans les années 1960, ça inspire le respect. Et puis, elle a été la nourrice de presque tous les gamins du coin. Une véritable légende !

Madame Harper, avec son odeur de cigarillos et d'eau de Cologne.

Je pose les cartes à côté du livre et me dirige vers ma guitare.

– Ça ne te dérange pas ? demandé-je à ma *nanny*.

– Pas du tout ! Tu sais bien que j'adore t'entendre jouer.

Kate se pose sur son lit pour m'écouter.

Quelle chance j'ai eu que la prod' me laisse amener ma guitare ! Chaque candidat a droit à un objet et un seul dans la Maison des Murmures – un « fétiche » qui est censé le représenter sans pour autant dévoiler son secret. Pas facile de trouver le truc adéquat.

Ma guitare, c'est vraiment ce que j'avais de plus précieux et de plus inattendu en stock. Rien ne me prédestinait à faire de la musique – je suis plus le genre de fille qu'on s'attend à voir danser sur les tables plutôt qu'à entendre chanter dans sa chambre. C'est mon premier petit copain, Charly, qui me l'a offerte. J'avais 14 ans quand on est sortis ensemble, lui en avait 16. Je n'avais pas du tout l'intention de coucher avec lui alors, à la place, je lui ai demandé de m'apprendre à jouer. Le pauvre a tenu un an avant de décréter qu'il préférait qu'on reste amis. Pour que je ne l'oublie pas, il m'a filé sa gratte en cadeau de rupture.

Deux mois après, Charly parvenait enfin à perdre son pucelage. Onze mois après, il devenait père.

C'est comme ça que les choses se passent à Watts.

Mon autre chance, dans cette aventure, ça a été Kate. Je ne sais pas à quoi ressemblent les autres *nannies* embauchées par la prod' mais la mienne est juste mortelle. Elle est toujours de bonne humeur, bavarde mais pas trop et, cerise sur le gâteau, elle me supporte.

Ce que 90 % des nanas n'arrivent pas à faire.

C'est bien simple, les filles avec qui je bosse ont peur de ma grande gueule et les autres ont des a priori à cause de mon boulot : mannequin. Elles me prennent direct pour une pouffe sans cervelle.

Heureusement, Kate n'est pas comme ça. Bien sûr, elle a toute la panoplie de la parfaite étudiante en médias de l'UCLA : lunettes à larges montures noires, chemises d'homme, zéro *make up*. Mais elle n'est pas snob. Pas une seule seconde elle ne m'a jugée sur mon job ou sur la longueur de mes jupes. Et puis, on a un passé similaire : Kate a été abandonnée par son père quand elle était bébé, moi j'ai grandi sans parents. Malgré notre différence d'âge – Kate a 27 ans, j'en ai 23 –, le courant passe. Après une semaine à être 24 heures sur 24 ensemble, c'est clair qu'elle va me manquer ! Ça met la barre haut pour les candidats de *Petits secrets*. Ils ont intérêt à être vraiment cool s'ils veulent soutenir la comparaison.

Sinon, tant pis, il y aura du clash.

Et puis, au moins, si je tombe sur une bande d'idiots bornés qui jugent sur les apparences, aucun d'entre eux ne sera capable de deviner mon secret.

« J'ai été acceptée dans plusieurs facultés prestigieuses mais j'ai refusé de les intégrer. » Quand Kate a lu mon dossier, elle en est restée bouche bée.

– Bon sang, Tess : les sections théâtre de UCLA, de Brown, de Sarah Lawrence… Comment as-tu pu laisser passer des opportunités pareilles ?

– Bof, avais-je répondu en haussant les épaules. Je n'avais pas vraiment le fric pour ça…

– Mais ils t'offraient une bourse d'études !

– Arrête, Kate, l'avais-je grondée. Tu es naïve. Oui, ils t'offrent une bourse, avec laquelle tu payes leurs mirobolants frais d'inscription et éventuellement ta chambre sur campus. Et après ? J'aurais fait comment pour manger ? J'aurais bossé dans un fast-food, séché la moitié des cours, me serais plantée aux exams ? Je sais comment ça se passe pour les filles comme moi. On nous fait croire qu'on peut accomplir de grandes choses mais c'est faux. Quand tu viens de Watts, il n'y a qu'une seule façon de t'en sortir : la célébrité.

C'est pour ça que, plutôt que de rentrer à la fac en sortant du lycée, j'avais accepté de faire des photos de mode. Grâce à mon mètre soixante-quinze, ma crinière dorée, mes longues jambes, ma peau mate et mes yeux bleu-gris, j'avais attiré l'attention d'un chasseur de têtes. Il m'avait abordée sur la plage et vendu la belle vie : voyages, fric, vie glamour... Tu parles !

À moins d'être top model, mannequin, c'est vraiment un métier de chien. T'es mal payée, on te parle comme à une demeurée, ton agent fait des pieds et des mains pour te décrocher les pages « lingerie » dans les catalogues de VPC – quand c'est pas les pages « lingerie » d'un magazine pour messieurs...

Et puis, percer, quand on commence les photos à 18 ans, c'est carrément mission impossible – surtout quand on fait comme moi un bonnet C. Les filles avec des fesses, avec des seins, ça marchait dans les années 1990 ! Là, je passe mon temps à écouter des directeurs de casting m'expliquer que mon 88-60-88 et mes 62 kg, c'est trop, et qu'ils préféreraient une fille de 16 ans. À peine si je réussis à ramasser mille dollars par mois – même pas la totalité du loyer de l'appart'.

Ah ! Qu'est-ce que j'en ai marre de ce boulot !

C'est vrai que, quand j'étais au lycée, je rêvais de devenir actrice... Mais franchement, passer cinq ans à la fac pour ensuite courir les auditions, au risque de ne gagner que des clopinettes, ce n'était pas un choix raisonnable. Violetta a 64 ans, elle a passé sa vie à trimer pour qu'on ait un toit au-dessus de nos têtes et de quoi manger dans le frigo. C'est à mon tour d'assurer.

Petits secrets entre amis *sera un tremplin incroyable. Quand je serai connue, le travail me tombera tout cru dans la bouche.*

À cette pensée, me viennent des images de moi en train de nager dans une piscine emplie de billets de banque, en train de boire du champagne dans une limousine, d'offrir un manteau en vison à ma grand-mère…

Une sonnerie m'arrache à ma rêverie. C'est le téléphone de Kate. Je repose ma guitare et jette un coup d'œil complice à ma *nanny*.

– C'est lui ? la pressé-je, alors qu'elle sort son portable de sa poche pour lire le SMS.

Par « lui », j'entends Sven, le bel assistant du prof d'histoire des médias de UCLA. Le méga *crush* de Kate. Elle n'arrête pas de me montrer ses photos Instagram en bavant à moitié. « Et Sven ceci, et Sven cela… » Elle est insupportable avec son amoureux secret !

Et plutôt touchante, c'est vrai. Dans le genre empoté…

Trois mois qu'ils se tournent autour et elle n'a toujours pas conclu. Évidemment, depuis six jours qu'elle est enfermée avec moi, son flirt avec Mister Univers n'a pas avancé d'un iota. Manque de pot, Sven est norvégien et il doit retourner demain à Oslo pour faire renouveler son permis de travail américain.

Et pas sûr qu'il revienne un jour.

Résultat, sans qu'il ne se soit encore rien passé, Kate a déjà le cœur brisé par son beau gosse venu du froid.

– Ce n'est pas Sven, m'annonce-t-elle. C'est le patron. Il a un truc urgentissime à nous dire, il arrive dans trente minutes.

– Ah…

– Tu as l'air encore plus déçue que moi !

– Ben, faut dire que je me suis mise à vivre un peu par procuration… C'est pas comme s'il y avait beaucoup d'action, par ici.

– Tu verras, quand tu seras sous les feux des projecteurs, tu regretteras le bon vieux temps où tu t'ennuyais avec moi.

– Pas sûr…

– Hey ! proteste Kate.

– Je ne dis pas ça pour toi, triple idiote ! Toi, je t'adore et tu le sais très bien. Non, c'est juste que je vire à moitié claustro, là.

– Et tu crois que tu vas tenir le coup pour le tournage ? C'est éprouvant aussi, tu sais.

– Oui, mais au moins, il y aura plein de gens pour partager l'aventure avec moi.

– L'aventure… soupire Kate.

Elle me trouve naïve. Pour elle, l'émission n'est qu'un zoo où on exhibe un ramassis de crétins décérébrés. Elle pense que je n'y ai pas ma place.

– Tu vaux tellement mieux que ça, Tess. Si tu savais !

– Kate, je ne comprends pas. Pourquoi est-ce que tu bosses à la télé si tu méprises tellement ça ?

– Ce n'est pas du mépris mais du réalisme. Et c'est justement parce que j'y bosse que je sais de quoi je parle ! Ça fait trois ans que je fais ce job, Tess. Mille deux cents dollars l'émission, juste pour rester avec un candidat pendant une semaine, ça ne se refuse pas. Mais je t'assure que je n'avais jamais rencontré quelqu'un comme toi avant. Tous ces gens de la télé-réalité… Ils sont soit cyniques, soit superficiels.

– Et moi, minaudé-je, tu me trouves superficielle ?

– Toi, dit-elle avec le plus grand sérieux, tu es ma Bombe. Et j'ai envie que tu gagnes *Petits secrets* pour quitter ce taudis où vous vivez, ta grand-mère et toi. Mais j'ai aussi peur que le système t'avale toute crue…

– Fais-moi confiance, Kate ! C'est l'inverse qui va se passer.

– Je l'espère, Tess. Je l'espère vraiment.

Ça me fait bizarre que Kate se fasse du souci pour moi. Je n'ai pas l'habitude de me faire dorloter. Petite fille, déjà, j'avais compris qu'il faudrait que je me débrouille seule dans la vie. Ma mère, Rose, était une véritable gamine, une inconsciente de première qui m'a eue à 15 ans avec un type de passage. Dès ma naissance, c'est sa mère, Violetta, qui s'est occupée de moi. Rose vivait encore avec nous mais j'ai le souvenir d'une ado qui allait et venait comme bon lui semblait. Elle m'aimait, certes... mais comme une jolie poupée avec laquelle on s'amuse. Et puis, à 18 ans, elle s'est de nouveau entichée d'un minable et elle a mis les voiles. En promettant bien entendu qu'elle finirait par venir me chercher.

Autant dire que j'attends toujours...

Violetta par contre, ça, c'est une sacrée bonne femme. Elle a cumulé les petits boulots pour nous faire vivre – femme de ménage, couturière, nounou – sans jamais se plaindre. Je l'adore ! Elle fume comme un pompier, ne crache pas contre un petit bourbon de temps à autre et ne mâche pas ses mots. C'est d'elle que je tiens ma langue bien pendue. Mon indépendance, elle, me vient de Rose. J'ai juré très tôt de ne jamais finir comme elle, à foutre ma vie en l'air pour le premier blaireau qui passe.

Le meilleur moyen d'éviter ça dans la vie, c'est d'être sûr de soi. Rose était splendide jeune, mais elle manquait de confiance en elle. Pour un mot doux et un peu d'amour, elle aurait fait n'importe quoi. Moi, je ne me laisse pas embobiner.

Je plais, je le sais, mais ce n'est pas pour autant que je vais me laisser mettre en cage par un homme. Je prends du bon temps sans perdre de vue mon objectif : me faire un nom, gagner de l'argent et nous sortir, Violetta et moi, de ce quartier pourri.

Pauvre mamie ! Elle a trimé toutes ces années pour m'offrir une vie décente, à mon tour maintenant.

Une nouvelle fois, le téléphone de Kate sonne.

– C'est lui ? demandé-je au bord de la syncope.

Kate ne me répond pas et, en silence, lit le texto. Son expression n'est pas facile à décrypter, elle allie sourire niais et regard triste.

C'est généralement cet effet-là que fait l'amour.

Beurk. Très peu pour moi.

Mais Kate n'est pas, contrairement à moi, un cœur de pierre. Elle en est complètement mordue, de son Sven.

– Qu'est-ce qui se passe, Kitty Kat ?

Sans un mot, elle me tend le portable.

[Je termine mon sac pour demain.
Aurais bien aimé te voir avant.
Tu resteras le seul vrai soleil
de mon séjour en Californie.
J'espère pouvoir revenir bientôt. Sven]

Waouh ! Bon, OK, je retire tout ce que j'ai pu dire sur l'amour. Certains mecs ont la classe.

– Kate…

– Je sais, dit-elle. Il est…

– … magique, complété-je. Oui, je comprends mieux ton béguin, maintenant. On ne va pas se mentir, les types comme ça, ça ne court pas les rues.

– On est bien d'accord.

– Et rien ne nous dit qu'il obtiendra un nouveau visa.

– Oui, confirme-t-elle le regard humide.

– Alors la question ne se pose pas, m'exclamé-je en lui arrachant son portable des mains.

Ni une ni deux, j'envoie :

[À quelle heure décolle ton avion ? K]

Du tac au tac, le beau Sven répond :

[7 h]

– Tess, qu'est-ce que tu fais ?

– Il part à l'aube, Kate, l'informé-je. Tu dois absolument dîner avec lui avant. Et quand je dis « dîner », je veux dire bai…

– Tu sais bien que je ne peux pas, me coupe Kate en rougissant jusqu'aux oreilles.

– Bien sûr que si, tu peux ! Tu n'as qu'à m'enfermer à double tour, si ça peut te rassurer. Personne n'en saura rien. Tu y vas et tu manges tout ce qu'il y a au menu, y compris le dessert, *capisce* ?

– J'aimerais bien, tu le sais. Mais j'ai pris un engagement. Vis-à-vis de toi, vis-à-vis de la prod'…

– Oui ? Eh bien moi, je te libère de tout engagement pour

la nuit. Et quant à la prod', on l'emmer…

Je suis coupée dans mon élan par trois coups secs frappés à la porte.

– Chut ! m'intime Kate en gloussant. Ce doit être Joshua Pierce.

Elle fonce ouvrir à son boss, toute en sourires et courbettes.

– Joshua ! Vous venez vérifier que notre candidate se porte bien ?

Le producteur exécutif, qui doit avoir dans les 30 ans, entre dans la chambre en nous jetant à peine un regard. Il a beau être séduisant avec ses cheveux noirs, ses sourcils épais et sa carrure athlétique, il est vraiment trop renfrogné. À la limite du désagréable.

« Chouchoute » mes fesses : je porte ma robe porte-bonheur (mini, noire, ultra-moulante) et pourtant, c'est comme si j'étais transparente.

– Elle a l'air d'aller, Kate, marmonne-t-il. Par contre, on a un souci pour demain.

– Un souci pour demain ? Quel souci ? demande ma *nanny* en sentant venir le plan foireux.

– Le secret. Ça ne passe pas. Le service marketing a réalisé plusieurs études auprès des téléspectateurs et cette histoire de fac n'est pas jugée assez spectaculaire ou croustillante.

– Mais… Mais… C'est impossible, bafouillé-je.

– Tess, me répond Pierce avec emportement, les chiffres ne mentent pas.

– Alors ça veut dire… que je suis *out* d'office ?

– Écoutez, me dit Pierce radouci, ça m'embête autant que vous, croyez-moi. Nos panels ont très bien réagi à vos vidéos de casting. Vous faites rire les jeunes avec votre franc-parler, la ménagère vous trouve attendrissante, les hommes fantasment sur vous… Mais votre secret est trop fade, c'est comme ça.

– Il doit bien y avoir quelque chose à faire ! proteste Kate.

– Il y aurait bien une solution, suggère Pierce.

– Laquelle ?

– Ce serait de changer de secret.

– Changer de secret ? Mais comment ? Je n'ai pas des tonnes de secrets en stock, moi !

– Mais moi, j'ai eu une idée qui pourrait tout arranger. Vous jouerez la garce de l'émission. Votre secret, ce sera : « Je suis prête à tout pour réussir. »

– Même à accepter un secret à la con ? lancé-je en grimaçant.

Ce type ne peut pas être sérieux !

Je constate immédiatement que ma remarque acerbe ne passe pas *du tout*. Pierce me fusille du regard alors que Kate vole à ma rescousse.

– Joshua, plaide ma *nanny*, je ne pense pas que Tess soit partante pour se donner en spectacle.

– Vraiment, Tess ? me demande Pierce en se tournant vers moi. Après tout ce que vous avez traversé ? Les castings successifs, les entrevues avec le psychologue de l'émission, la semaine d'isolement ? Vous renonceriez à tout ce que nous pouvons vous offrir ?

Le producteur avance dans ma direction en me lançant un regard perçant qui signifie : « Je vais t'hypnotiser, tu es ma créature, plie-toi à ma volonté de grand ponte de la télé. » Je serre les dents et tente de masquer mon dégoût.

J'ai besoin de faire cette émission. Violetta en a besoin.

– Pouvez-vous me garantir, commencé-je à négocier, que si j'accepte de signer ce nouveau contrat, j'entrerai demain dans la Maison des Murmures ?

– Tess, me répond Pierce avec un sourire satisfait, je vous jure que si vous acceptez nos conditions, vous ferez partie des candidats. Et avec ce nouveau secret, je pense que vous irez au moins jusqu'en finale ! Je vous l'ai dit, le public vous adore.

– Très bien, me résigné-je. Vous pouvez me faire monter le nouveau contrat, Joshua. J'accepte.

Joshua Pierce exulte. Kate, elle, a l'air mortifié. Et moi, je rumine mon amertume derrière un masque de soumission.

T'as des raisons d'être fier, mon coco. Réussir à faire plier une fille qui n'a pas un rond et qui ne possède aucun moyen de pression sur toi, c'est vraiment du grand art ! Bravo !

– C'est la bonne décision, Tess, me dit-il en se laissant raccompagner jusqu'à la porte. Je vais de ce pas détruire l'ancien contrat et vous faire porter le nouveau. Vous verrez, grâce à ça, vous irez loin dans le jeu.

J'espère que Pierce dit vrai, que « prête à tout » peut m'amener en finale…

Parce que le jour où j'aurai du fric, je ne laisserai plus jamais personne me traiter de la sorte.

Après tout, si je réussis à conquérir le cœur des téléspectateurs, qui sait où je serai dans un an ? *Petits secrets* est déjà une excellente opportunité de se faire de l'argent… Chaque candidat reçoit au début du jeu une cagnotte de cinq mille dollars. Tout au long de son séjour dans la Maison des Murmures, la production lui lance des défis qui lui donnent l'occasion de gagner encore plus. Lorsqu'il croit avoir deviné le secret de quelqu'un, il peut mettre en jeu une partie de sa cagnotte. S'il a deviné juste, celui qu'il a démasqué doit lui céder la somme pariée ; s'il s'est trompé, c'est l'inverse qui se passe. Je ne suis pas une tronche en maths mais dix candidats détenant chacun cinq mille dollars, c'est cinquante mille dollars qui circulent dans la maison et qu'on peut espérer rafler. Et ça, sans compter les défis !

Cinquante mille dollars, quarante loyers, trois ans de tranquillité. Là d'où je viens, nous sommes nombreux à être « prêts à tout » pour ça.

Sauf que je ne compte pas m'arrêter là. Télévision, vente d'interviews exclusives, livre… Il existe mille manières de se faire de l'argent une fois qu'on est passé à la télé.

– Oh ! une dernière chose, me glisse Pierce sur le pas de la porte. Votre objet fétiche, on veut également le changer.

Pierce me tend un petit sac dont je sors l'« objet fétiche » choisi par la prod'.

C'est pas vrai ! Ils sont dingues ou quoi ?

– Une… boîte de capotes ? demandé-je, éberluée.

– L'émission a un partenariat avec la marque, m'explique Pierce. Ce sont eux qui financent les cagnottes des candidats et, en contrepartie, ils ont droit à un placement produit dès le premier prime.

– Et c'est moi qui vais devoir faire le sale boulot ?

– Le sale boulot ? Donner à des milliers d'adolescentes qui vous admireront une leçon de sexualité libérée et responsable ?

– J'imagine que, pendant que vous y êtes, vous allez me

demander de m'en servir dès le premier soir ? ironisé-je.

– Je ne vous force à rien, Tess, me répond Pierce d'un ton mielleux. Mais si jamais vous en avez envie, ne vous privez pas.

OK, Josh, l'ironie n'est visiblement pas ton fort. Il va falloir que je trouve un autre moyen de te faire comprendre que je plaisantais.

Ni une ni deux, j'ouvre la « précieuse » boîte qui rapporte à l'émission la modique somme de cinquante mille dollars et en sors une capote. Je déchire l'emballage et me mets à gonfler le préservatif comme un ballon, que je lance en direction de Pierce.

– Je veux que vous sachiez, Josh, que ces ballons sont le seul usage que je compte faire de vos capotes à l'antenne.

– Vous réagissez comme une gamine, Tess, me répond-il, agacé.

– Et vous, comme un parfait proxénète. Ma place vaut mieux que la vôtre.

Piqué, Pierce récupère la boîte de capotes et fait mine de vouloir partir en claquant la porte.

Du bluff, rien que du bluff.

– C'est bon, Pierce, pas la peine d'en faire des caisses. Vous avez besoin d'une garce, je vous l'offre. Vous avez besoin d'un placement produit, vous l'avez. Je crois que j'en ai fait assez pour vous ce soir. À vous de faire quelque chose pour moi.

– OK, dites-moi ce que vous voulez en échange, me demande Pierce, acculé.

– Rester le plus longtemps possible dans cette foutue maison. Alors vous ne me sabotez pas au montage, vous ne me faites pas de coups tordus, et on sera bons copains vous et moi.

À ces mots, le producteur vire cramoisi.

– Je vais être très clair, siffle-t-il. Vous et moi ne sommes pas copains, nous sommes liés par un contrat que vous allez honorer, sinon je vous foutrai tellement de procès au cul que même gagner à la loterie nationale ne suffira pas à vous sortir de la merde, c'est bien clair ?

Stupéfaite par ce déferlement soudain de colère, je serre les poings le plus fort que je peux, en m'enfonçant les ongles dans la paume. Hors de question de laisser voir à Pierce les larmes qui me montent aux yeux et mes mains qui tremblent comme des feuilles !

– Très clair, M. Pierce.

– Bien, conclut-il, de nouveau gai comme un pinson. Vous êtes raisonnable, Tess, c'est très bien. Nous allons vivre une merveilleuse aventure, à n'en point douter !

Comment peut-on changer d'humeur aussi vite ? Ce mec est un vrai psychopathe, ma parole !

– Bonne soirée, mesdames, lance-t-il joyeusement. Je vous verrai demain sur le plateau du prime, Tess.

Sur ce, il referme la porte. Je me tourne vers Kate, qui est blême.

– Tu disais quoi, déjà ? plaisanté-je pour détendre la pauvre *nanny* bouleversée. Que tu avais un « devoir moral » envers la prod' ?

– Tess, me dit-elle en s'avançant vers moi pour me prendre dans ses bras. Oh ! je suis désolée. J'aurais dû m'interposer, te défendre mais…

– Kate, ce taré est notre boss à toutes les deux. Tu n'avais pas plus le choix que moi.

– Mais il n'a pas le droit de te traiter comme ça ! On ne va quand même pas se laisser faire aussi facilement, non ?

Mon visage s'illumine.

– Non, en effet, lui dis-je avec un sourire espiègle, on ne va pas se laisser faire aussi facilement.

Il ne manquerait plus que ça !

Accepter qu'on me marche sur les pieds ? Pas le genre de la maison.

***

– Tess, tu es absolument certaine que… Enfin… Tu sais ce que tu fais ?

Je continue d'appliquer à Kate son maquillage sans écouter ses récriminations.

– Kate, je suis naturellement douée pour ces trucs de nanas, crois-moi.

– Je veux bien te faire confiance mais la dernière fois que je me suis maquillée, c'était en 94.

– En 94 ? Mais t'as commencé hyper jeune ! m'exclamé-je, surprise d'imaginer Kate Wilson en mini-miss.

– T'emballe pas. C'était un maquillage de tigre pour la fête de l'école…

– Ah, OK, dis-je en riant. Je vois le genre.

– Ce que je veux dire, m'explique-t-elle en choisissant ses mots un peu trop soigneusement à mon goût, c'est que je n'ai pas exactement l'exubérance de…

– … de Nicki Minaj, la coupé-je, exaspérée. Ça va, j'ai compris le message, Wilson. Pour qui tu me prends ?

Une dernière touche d'enlumineur au niveau des tempes… Une petite touche de gloss par-dessus la bouche « effet mordu » de Kate… Waouh ! Elle est sublime.

– Alors ? lui demandé-je en la plantant devant le miroir. Tu trouves ça comment ?

Kate respire, soulagée.

– Tess, c'est… parfait ! C'est même « Waouh », comme dirait quelqu'un que je connais bien, sourit-elle, attendrie, en reprenant mon plus gros tic de langage.

– Ah ! m'exclamé-je, triomphale. Tu vois ?

– C'est dingue ! C'est moi mais… en mieux.

– J'ai juste joué sur la lumière et les volumes. Je ne voulais pas te dénaturer, tu as une peau parfaite, bien préservée des ravages du soleil de L.A. Certainement tes heures enfermée à la bibliothèque…

– Il faut bien que mon bac +15 serve à quelque chose, concède-t-elle avec une grimace comique. Et pour les fringues, on fait comment ? Je ne peux pas retrouver Sven dans un resto chic avec ma robe de plage.

J'examine sa robe bain de soleil vert émeraude. Super jolie mais trop simple, en effet.

– Viens, lui dis-je en ôtant ma petite robe noire bustier. On échange.

– Tess… Tu es certaine ? Ta robe fétiche !

Kate connaît l'histoire. Cette Dior m'a été donnée par un styliste après un shooting. « Elle te servira à sortir dans les soirées chic de Hollywood et à te faire passer pour l'une des leurs, m'a-t-il dit. Je viens de Compton, je sais ce que c'est que se battre pour s'en sortir. » Depuis, je la considère comme ma robe porte-bonheur.

Mais puisque je sais déjà que je suis prise dans le show, je n'en ai pas besoin dans l'immédiat.

– Je ne pourrai pas la porter pour le prime, de toute façon, réponds-je en haussant les épaules. C'est la prod' qui va m'habiller. Elle te portera chance ce soir.

– Et toi, qu'est-ce qui te portera chance ?

– Ta robe à toi ! m'exclamé-je, en proie à une illumination.

– Celle-là ?

– Oui ! Je serai ton porte-bonheur pour ton rendez-vous et toi, tu seras le mien pour cette dernière nuit avant le grand saut dans l'inconnu.

– Ça marche, dit-elle en s'amusant de mon idée farfelue.

– Et gare à toi si tu rentres avant l'aube ! l'avertis-je pendant que nous procédons à l'échange. Ton rencard, c'est *ma* vengeance contre ce trou du cul de Pierce.

– Mais si on se fait attraper…

– … il ne nous arrivera rien du tout, la rassuré-je. L'ancien contrat a été détruit, le nouveau n'a pas encore été signé. Jusqu'à demain matin, je ne suis officiellement plus une des candidates potentielles de *Petits secrets entre amis*. Et si je ne suis plus candidate…

– Je ne suis plus ta *nanny* ! s'exclame Kate. Tess, tu es un génie.

– Je sais, dis-je en partant d'un rire qui imite les méchants dans *James Bond*.

– Et comment est-ce que tu vas faire pour dîner si je ne suis pas là pour aller te chercher du chinois à emporter ?

– Room service, ma vieille.

– Prends ce que tu veux. Caviar, champagne… c'est moi qui régale.

– Des œufs de poisson ? grimacé-je. Très peu pour moi. Et pour ce qui est du champagne, je veux être fraîche comme la rose demain. Ce soir, ce sera légumes vapeur et eau minérale. Régime détox.

– Tu ne vas pas trop t'ennuyer ou stresser, toute seule ? Tu sais que je ne peux pas te laisser la clef du meuble télé…

– Je vais faire quelques réussites, dis-je en brandissant le jeu de cartes. Et puis, j'ai encore *La Nausée*. En moins d'un chapitre, je dormirai à poings fermés !

Kate rit en s'examinant une nouvelle fois dans le miroir, ravie.

Bon, OK, être amoureuse, c'est peut-être « beurk » mais ça rend belle.

Et si, au passage, ça m'aide à rendre à Joshua Pierce la monnaie de sa pièce…

addictives

Romans déjà parus et à paraître

Rose Becker
Le Bébé, mon milliardaire et moi (aussi en poche)
Torride, sexy & dangereux
Forever You – saisons 1 et 2
Dangerous

Phoebe Campbell
Tes ordres sont mes désirs – poche
Lui résister... ou pas – l'intégrale
You Again
Single Daddy. Try Me if You Can

Mia Carre
Bad for You
Teach Me Everything
Charmant connard !

Mélodie Chavin
Campus Rules

Olivia Dean
À lui, corps et âme – volumes 1 et 2 – poche

Ann Fox
Spring Break – l'intégrale

Emma Green
Toi + Moi : L'un contre l'autre (aussi en poche)
Toi + Moi : Envers et contre tout (aussi en poche)
Toi + Moi : Seuls contre tous (aussi en poche)
Call Me Baby – volumes 1 et 2
Call Me Bitch
Love Me if You Can
Kiss Me if You Can
Bliss. Le faux journal d'une vraie romantique – volumes 1 et 2

Jeux interdits
Jeux insolents
Jeux imprudents
Une toute dernière fois
Fallait pas me chercher! – volumes 1 et 2
Corps impatients (aussi en poche)
Cœurs insoumis (aussi en poche)
Âmes indociles
Cent facettes de Mr Diamonds – l'intégrale
Bliss. Le faux journal d'une vraie romantique – l'intégrale
(Im)parfait
Love Me if You Can – l'intégrale
Kiss Me if You Can – l'intégrale
It's Raining Love!
The Boy Next Room
Call Me Baby – l'intégrale
Call Me Bitch – l'intégrale
PS: Oublie-moi!
Fallait pas me chercher! – l'intégrale
Recherche coloc: emmerdeurs, râleurs, lovers… s'abstenir!
10 bonnes raisons de te détester!
Just 17
Love & Lies on Campus

Kim Grey
Insolent Bastard

Megan Harold
Sublime-moi! – poche
Breaking the Rules
Initiation with my Boss

Amy Hopper
Gone Boy
Le Coloc

Julie Huleux
Alpha Player

Kate Jacobson
Révèle-moi – volumes 1 et 2

Charlie Lazlo
Mon insupportable boss

Sienna Lloyd
Mords-moi !

Caroline Mongas
Mariage forcé. Un contrat indécent

June Moore
Étreinte – volumes 1 à 3

Zoé Murat
Stepbrother Love
Boss Me Around

Clara Oz
Arrogant
Te séduire, te trahir

Lise Robin
Infiltrée. Sex, Drugs & Danger
Love Scandal
Forbidden Stepbrother – poche

Alex Roussel
The Casting

Gaëlle Sage
Kiss, Kill & Ride

Ana Scott
Dark Ride
Last Ride
Vicious Ride
The Dominant

Camilla Simon
Le voisin parfait est un enfoiré
Initiation with My Enemy

Ève Souliac
Sexy Mistake

Liv Stone
Love Lessons

Lisa Swann
Adore-moi ! – l'intégrale

Louise Valmont
Toi & moi, c'est compliqué !
Mine Again

Chloe Wilkox
Ordonne-moi ! – l'intégrale
Extreme Lover – l'intégrale
Immoral
Your Game, My Rules – poche
Dominant Boss. Apprends-moi
The Virgin's Price

Luv

Romans déjà parus et à paraître

Ana K. Anderson
Indompté
Scottish Bastard

Sophie Auger
Be with Me

Laura Black
Dark Initiation
Games of Desire
H.A.R.D. Hot, Arrogant, Rebelle, Déterminé

Margot D. Bortoli
Too Young

Juliette Brunel
Delicious

Anne Cantore
On the Road with You
Promets-moi. Louise et Marco

Sarina Cassint
Avec toi… peut-être
Insolent Boss

Mary Ann Davis
Coach Me Love !

Nora Davy
Absolute Boss
Don't Resist

Gwen Delmas
Noël, toi & moi
Perfect Boss

Cléa Dorian & Ninon Vars
Dark Love

Laurie Eschard
Love Naked

Lil Evans
Savage Rider
Crash & Burn
Boss Affair

Alexandra Gonzalez
Shades of You

Erin Graham
Teach Me Love
The Boss
Secret Stepbrother
Strong Addiction

Joh Harper
Crazy Love

Mary Hayle
Under Control

Iris Julliard
Prends-moi contre toi
Catch & Shoot

Lucie F. June
Fight with Darkness

Sara June
Rider in the Dark
Sexy Wild Rider

Lena Jung
Mon coloc, mes désirs & moi

Emily Jurius
Love to Hate You

Pauline Libersart
Tiger. Entre ses griffes

Ella Lores
Mariée par accident à un connard arrogant rencontré la veille...

Jessica Lumbroso
Emma X. Secrète et insoumise

Mila Marelli
Dark Man in Love

Mag Maury
Fast Games
No Love, No Limits
My Hipster Christmas

Jeanne Pears
Insupportable coloc
Colocs & Sex Friends

Jeanne Périlhac
Only You... & Me

Alexia Perkins
Arrogant Fake Lover

Sophie S. Pierucci
L'Inconnu de l'ascenseur & Moi (aussi en poche)
My Stepbrother. L'initiation

Silvia Reed
Darkest. La dernière heure
Too Close

Anita Rigins
No Rules

Avril Rose
Coffee, Sex & Law

Jana Rouze
Effet de vague – saisons 1, 2 et 3

Wendy Roy
Une seule fois (ou presque)

Ana Scott
À corps brisés

Léana Soal
Fight & Hope

Cara Solak
Perfect Obsession

Liv Stone
Initie-moi. Mes jours contre tes nuits

Lena K. Summers
Perfect Bad Boy

Kaly Swann
Austin. Breathe with Me

Lily Tortay
Dance for Me

Flore Valier
Ta peau contre la mienne

Anna Wendell
Arrogant Bad Boy
Apprends-moi le désir

Under Control
Marie Hayle

Il domine tout sauf elle.

Tyler Cole est respecté, secret et froid. Rien ni personne ne lui résiste, il impose ses décisions en toutes circonstances. Samantha est une sage-femme attentionnée, vite déstabilisée, mais déterminée à ne laisser personne lui marcher sur les pieds.

Quand Tyler la croise au cours d'une soirée, il croit pouvoir la soumettre aux mêmes règles que les autres, l'utiliser et la garder à distance avant de la jeter.

Il n'avait pas prévu qu'elle serait une adversaire à sa mesure…

Elle le bouleverse, le trouble, révèle ses failles cachées et lui donne envie de croire à des sentiments interdits…

Est-il prêt à baisser les armes pour elle ?

Auteure : Lise Robin

Edisource – Éditions Addictives
100, rue Petit, 75019 Paris
Imprimé par Jouve-Print, 733, rue Saint Léonard
53101 Mayenne cedex France
Dépôt légal : mars 2021
Achevé d'imprimer : janvier 2021
ISBN : 978-2-37126-414-4
Réf. contrat : ZKYL_001